中国历代诗歌精选

元明清

欧阳光 主编

陕西师范大学出版总社 西安

图书代号 WX24N2417

图书在版编目（CIP）数据

中国历代诗歌精选 . 元明清 / 欧阳光主编 . -- 西安 : 陕西师范大学出版总社有限公司 , 2025. 1. -- ISBN 978-7-5695-5185-3

Ⅰ . I222

中国国家版本馆 CIP 数据核字第 20246TT373 号

中国历代诗歌精选：元明清

ZHONGGUO LIDAI SHIGE JINGXUAN : YUAN MING QING

欧阳光　主编

出 版 人 / 刘东风

出版统筹 / 冯晓立 侯海英 曹联养

责任编辑 / 张爱林

责任校对 / 王　冰

出版发行 / 陕西师范大学出版总社

（西安市长安南路 199 号　　邮编　710062）

网　　址 / http://www.snupg.com

印　　刷 / 西安五星印刷有限公司

开　　本 / 787 mm × 1092 mm　　1/16

印　　张 / 22

字　　数 / 360 千

版　　次 / 2025年1月第1版

印　　次 / 2025年1月第1次印刷

书　　号 / ISBN 978-7-5695-5185-3

定　　价 / 98.00 元

总序

中华诗歌，源远流长，《诗经》《楚辞》，初创辉煌。《诗经》以四言为主，又杂以三言、五言、六言、七言乃至九言的各种句式；有通篇四言的齐言诗，又有一篇之中长短句交错的杂言诗。这既表明《诗经》的形式并不单一，又可以清楚地看出，这里已孕育着此后产生多样诗体的萌芽。《楚辞》从内容到形式，是特定历史情况下楚地文化与中原文化交融的产儿，句式加长，句中或句末的“兮”字曼声咏叹，情韵悠扬。《诗经》《楚辞》以后，各种新体诗不断出现。由汉魏而六朝，五言诗已十分成熟，七言诗也已形成；而在乐府民歌中，既有五言、七言的齐言诗，又有句式多变的杂言体。到了唐代，近体诗基本定型，便把唐前的各种诗体分别称为古体诗、乐府诗。近体诗是严格的格律诗，古体诗和乐府诗则相对自由。近体诗包括五言绝句、五言律诗、五言排律和七言绝句、七言律诗、七言排律，在唐代盛开灿烂的艺术之花，争奇斗丽；而各种古体诗和乐府诗的创作，也精益求精，盛况空前。晚唐以后，宋词、元曲大放异彩，名家辈出，灿若群星，流风余韵，至今未衰。值得特别指出的是：每一种新诗体的出现，只给诗歌的百花园中增光添彩，而不取代任何尚有生命力的原有诗体。相反，原有的各种诗体，也在适应反映新的社会生活、抒发新的思想情感、表现新的时代精神的要求，不断开拓和创新。中华民族是饶有诗情诗意的民族，也是自强不息、富有创造力的民族。这在三千多年的诗歌发展中得到了完美的体现。巍巍中华素有“诗国”之誉，良非偶然。

诗歌不仅是文学的瑰宝，更是中华文化的重要组成部分。它承载着历史的记忆，反映了社会的变迁，表达了人民的情感。诗歌中的意象和典故，是中华文化的精髓，它们跨越时空，与读者产生共鸣。为了全面展现中国诗歌的风貌与精髓，我们聘请霍松林先生为总主编，邀请李浩、尚永亮、王兆鹏、欧阳光等知名学者，精心编撰了《中国历代诗歌精选》系列丛书，包括先秦汉魏六朝、唐、宋、元明清四卷。从《诗经》的古朴纯真到唐诗的雄浑壮阔，从宋词的婉约细腻到元曲的清新质朴，再到明清诗歌的多元风格，本丛书精心遴选各个时期具有代表性的诗作，力求为读者呈现一幅完整的中国诗歌历史长卷。

希望广大读者能够通过这套丛书，领略中国诗歌的无穷魅力，感受中华民族深厚的文化底蕴，让这些经典之作在新时代焕发出更加耀眼的光彩，为中华优秀传统文化的复兴与发展贡献一份力量。愿这套丛书成为您心灵的伴侣，陪伴您在文学的道路上不断探索与前行。

前言

元明清三代，中国封建社会进入了最后阶段。在这一阶段，文学发展的格局发生了较大变化，以小说、戏曲为代表的叙事文学异军突起，成就辉煌，成为这一阶段最耀眼的文学体裁；而以诗歌为代表的抒情文学,却再也无法超越它在唐宋时代曾经达到的高峰了。然而，我们也应该看到，在这一长达近七个世纪的时期里，诗歌这一文学体裁始终顽强占据着文学正宗的地位，无论是作者的数量，抑或是作品的数量，均远远超过了唐宋，尤其是它所反映的这一特定时代的风云变幻、文人墨客的精神风貌，以及它在沟通古代与近代之间所起的桥梁作用，均有力地证明了其独特的不可替代的价值，值得我们珍视和欣赏。

元代的历史只延续了短短的近一百年。此前南宋后期，永嘉四灵、江湖诗派流行，诗坛被瘦硬生涩、气骨衰弊、缺乏激情的习气所笼罩。元代诗人们竭力摈弃此种诗风，提出了“宗唐得古”的主张，他们崇尚唐诗的浑融流丽、风骨遒健、体式端雅，自觉以唐人为旨归。然而，元人学唐大多止于形貌，而未得其神髓。因而，总体来说，元诗并未形成自己的鲜明特色，在创作上也未取得突出的成就。

相对而言，有两类诗人的创作较有特色。

一类是少数民族诗人，前期有耶律楚材，后期有廼贤、余阙、丁鹤年、贯云石等。我们知道，元代是蒙古族在中原建立的政权，并非只有民族压迫才是这个时代的主流，各民族间的融合、文化的碰撞与交流，也是这一时代最鲜明的特色。活跃于这个时代的少数民族诗人们，一方面深受汉文化的浸润熏陶，已经具备了丝毫不亚于汉族文人的汉文化修养，另一方面，他们的民族特性、精神气质仍然与汉族士人有着微妙的差异，这一特殊秉性贯注在创作中，因而使他们的诗歌在意境、意象、情趣、韵味等方面均呈现出特殊的风貌。这种独特的风神，给元代诗坛增添了活力。

另一类是以杨维桢、萨都剌等为代表的追求个性化的诗人。所谓“个性化”，指的是重视个体的感受，肯定个人的权利，也就是个性解放的意识。这一类诗人的创作大致具有感情炽热、色彩艳丽、想象瑰奇的特点，渗透着尊重自我、表现自我的强烈欲望。有学者曾经对这一类诗歌给予了极高的评价，认为这些诗歌“在我国诗史上为进入新天地打开了一扇虽则是很狭窄的门，也许只是推开了一条缝，但仅仅这一点就值得大书特书”。（详见章培恒《元明清诗鉴赏辞典序》）的确，这一类个性化诗歌创作，给沉闷的元代诗坛增添了一抹亮色。

然而，真正能够代表元诗成就的并不是传统创作样式，而是刚刚兴起的新的诗歌形式——散曲。

散曲产生于民间的俗谣俚曲。它包括两种主要体制：小令和套数。小令，又称“叶儿”，指的是单片只曲；套数，又称“套曲”“大令”，由同一宫调的若干首曲牌联缀而成。这两种体制一个短小精练，一个富赡雍容，各具不同的表现功能。

散曲作为新的诗体，有着不同于传统诗、词的鲜明独特的艺术个性和表现手法。灵活多变伸缩自如的句式，以俗为尚和口语化、散文化的语言风格，明快显豁、自然酣畅的审美取向，是它最突出的特征。其代表性作家，前期有关汉卿、王和卿、白朴、马致远、卢挚等，后期有张可久、乔吉、张养浩、睢景臣、刘时中、贯云石等。一般来说，前期的创作现实精神强烈，激情喷涌，风格豪放，语言泼辣；后期创作现实精神有所减弱，哀婉蕴藉的感伤情调和清丽婉约的语言风格渐成散曲创作的主流。

明代（1368—1644）的诗歌创作曾有一个相当不错的开局。生活在元代末年直到明代初年的一批作家，如刘基、高启、杨基、袁凯等，由于亲历了改朝换代的巨大变迁，对种种灾难和痛苦有着切身体验，这自然加深了对社会、人生的认识，因而他们的诗歌创作富有现实内容，往往直抒胸臆，感情真挚，气象阔大，风格沉郁。前人评价高启："一涉笔即有博大昌明气象，亦关有明一代文运。"（赵翼《瓯北诗话》）"天才高逸，实据明一代诗人之上。"（《四库全书总目提要》）其实从高启的成就亦可以看出明初诗歌创作呈现出的勃勃生机。

然而，明初诗歌创作上的良好势头并没能延续下去，由于统治者所推行的严厉的思想文化政策，诗歌创作很快堕入了一个沉闷的局面。永乐至成化年间，在诗坛上占据统治地位的是以杨士奇、杨荣、杨溥等馆阁名臣为代表的"台阁体"。"台阁体"诗风的特征是，以歌功颂德、粉饰太平、道德说教为主要题材，诗歌内容严重脱离现实，缺乏真情实感；艺术上则追求平正典丽、雍容醇厚的风格。这种背离我国诗歌现实主义传统的诗风，由于统治者的提倡而风靡一时。在这一时期，只有个别诗人如解缙、于谦等，能够自成体格，写出了一些风格遒劲、兴象深远的诗篇。

台阁体的流行不可避免地导致了诗歌创作的衰弊。正如清人沈德潜所指出的："永乐以还，尚台阁体，诸大老倡之，众人靡然和之，相习成风，而真诗渐亡矣。"（《明诗别裁集》）这种局面自然引起了人们的不满，最先出来向台阁体发起挑战的是以李东阳为代表的茶陵诗派。针对台阁体的肤廓空泛，茶陵派以诗学汉唐相标榜，这种复古主张及其创作实践产生了一定影响，"三杨台阁之末流，为之一振"（陈田《明诗纪事》）。然而，真正将复古主张推至极致，并最终改变了诗歌创作局面的，乃是继茶陵派而起、由前后七子所领导的一场声势浩大的文学复古运动。

弘治、正德年间，李梦阳、何景明、徐祯卿、边贡、康海、王九思、王廷相等七人，稍后的嘉靖、隆庆年间，李攀龙、王世贞、谢榛、宗臣、梁有誉、徐中行、吴国伦等七人，被称为前后七子。前后七子比茶陵派的复古主张更为彻底，他们几乎否定了宋元以来的诗歌创作，而提出“诗必盛唐”，即以唐诗为唯一楷模，力图直接与唐诗接轨。与此同时，他们又认为“真诗乃在民间”。这两种主张之间似乎差异很大，其实内在的精神却是一致的，即反对宋代诗歌直至台阁体诗歌的“重理轻情”，而崇尚唐诗和民间诗歌的浑然天成、真情显露。这种主张显然有着纠偏振弊、回归正途的积极意义，因为得到了广泛响应，明中叶诗坛诗风为之一振。于是可以看到，针砭现实、关心民瘼的题材和内容，雄浑豪放、沉郁雅健、富于情韵的格调，成为诗歌创作的主流，明诗的气象真正开始展露出来。但是，前后七子的诗歌主张和创作实践也存在着明显的弊病，即他们过分崇尚复古，却又难以把握复古与模拟之间的界限。许多人并不能真正学到唐诗之精髓，而只是在字句、法度、音调等形式上用力，自然难以避免堕入蹈袭甚或剽窃的末路，从而局限了前后七子及其所发动的诗文复古运动取得更大的成就。

明代末年，诗歌创作又发生了新的变化。当时的社会处在激烈的变革之中，思想解放思潮风起云涌。王阳明心学的兴起，尤其是李贽等王学左派思想家，大力肯定个体自身价值，肯定人们发自自然的生活欲望的合理性，对程朱理学“存天理，灭人欲”的观念进行了尖锐的批判。在这一新思潮的冲击下，传统道德观念、价值体系的堤坝开始崩塌。这一思想解放思潮在文学领域的反映，就是以湖北公安人袁宗道、袁宏道、袁中道为领袖的公安派的崛起。公安派主张的核心理念是“独抒性灵，不拘格套”，也就是反对在诗歌创作中受任何既定观念的束缚，诗歌就是要表现发自自然的个人情感和生活欲望。在这一创作理念的指导下，公安派的诗歌的确具有畅抒襟怀、感情浓厚、清新洒脱、轻逸自然的风貌，与前后七子末流一味以模拟剽窃为能事的呆滞诗风相比，自然充满了勃郁的生机和活力，给诗坛带来了清新之风。不过，公安派的创作也存在着过于随意轻率、直白浅俗之病，限制了他们取得更高的成就。公安派之后，还出现了以钟惺、谭元春等为代表的竟陵派等诗歌流派，但毕竟已是强弩之末，成就和影响均有限。

与元、明时代诗歌创作不甚景气的状况相比，清代诗歌创作出现了中兴的局面，其成就超越了元、明两代。清代是我国封建社会的最后一个王朝，其诗歌创作同样为古代诗歌的发展写下了一个圆满的句号。

清诗的开篇就显露出不凡的气象。以顾炎武、黄宗羲、王夫之、吴嘉纪、屈大均等为代表的一大批遗民诗人，身处明清易代的历史大变局，或怀思故国，或讴歌忠烈，或标榜气节，或叹息民艰，表现了坚强不屈的民族精神和崇高的爱国思想。遗民群体的诗歌创作在艺术上也显示了鲜明的特色。他们胸中郁积了巨大的悲痛，发而为诗，其格调激荡昂扬，凄楚感怅，沉雄苍劲，质朴自然，不假矫饰而真情滂沛，具有很高的艺术成就。与遗民诗人同时的还有被称为“江左三大家”的钱谦益、吴伟业、龚鼎孳等优秀诗人。他们的身世与遗民诗人不同之处在于，他们在入清之后被迫出仕新朝，因而内心深处对故国的怀念与失节的悔恨交织在一起，感情尤为复杂，故其诗歌创作亦呈现出别样的风貌，委婉曲折，沉丽细密，表现出被历史巨流裹挟下的个人的无奈和情感挣扎，具有很高的认识意义和鉴赏价值。

康、雍以降，清政权逐渐巩固，社会也渐趋稳定，诗歌创作则始终保持繁荣局面，作手代不乏人。王士禛、施闰章、宋琬、赵执信、朱彝尊、查慎行、沈德潜、袁枚、黄景仁等，风云际会，各领风骚。其中成就和影响较大的是王士禛和袁枚。王士禛论诗主“神韵说”，以唐代司空图“不着一字，尽得风流”（《二十四诗品》）和宋代严羽“羚羊挂角，无迹可求”（《沧浪诗话》）为旨归，即在诗歌艺术表现上追求一种空灵澹雅、含蓄深蕴的意境和韵味。他本人大量写作七言绝句，践行其主张，同时以此为标准编选《唐人万首绝句选》等选本推行其主张，故一时风靡景从，蔚为风气。袁枚则大力倡导“性灵说”。这一主张从明代公安派的“独抒性灵”一脉相承而来，都是将人们发自自然的性情、感受、欲望作为诗歌表现的第一要素，含有个性解放的积极意义。袁枚不仅强调“性灵”，还将才、学、识作为创作的必要条件，也较公安派的主张更加深入而具体。他的诗作大多取材于日常生活，重在表现个人志趣，清新脱俗，韵味悠长。

道光二十年（1840），鸦片战争爆发。此时的中国封建社会虽然离它寿终正寝尚有七十余年时间，但社会性质已经发生变化，正在缓慢地向着近代社会转型。在社会变革的激荡下，诗歌创作也开始冲决传统的藩篱，向着五四文学的方向移动。引领着这一时代潮流的是龚自珍、丘逢甲、黄遵宪、陈三立、梁启超等人，他们的创作深刻地反映了这个时代的变革，为时代的进步推波助澜，并最终完成了向五四新文学的转变。

清代诗歌创作的另一引人注目的现象是词的再度勃兴。我们知道，宋代是词的创作高峰，接下来的元、明两代虽然也有个别作家作品较为可观，但总体说来，是比较萎靡消沉的。清词的创作则形成了可以媲美两宋的又一个高峰。

清初词坛可以说是名家辈出。王夫之、吴伟业、屈大均、宋琬、龚鼎孳、尤侗、王士禛等都是一时作手，而陈维崧与阳羡词派、朱彝尊与浙西词派，更是登坛树帜，影响巨大。而在清初作者中成就最高的当属纳兰性德。纳兰是满洲正黄旗人，贵族出身，官至一等侍卫，深得康熙皇帝宠信。然而他厌倦官场，向往自由真率的生活。他的词风与南唐李后主相近，哀感顽艳，清新自然。其悼亡之作历来为人所称道，词中所展现的与亡妻的深厚感情，低回凄戚，执着缠绵，感人至深。王国维谓其词“北宋以来，一人而已”（《人间词话》），洵为的论。

清中叶词坛则有以张惠言、周济为领袖的常州词派的崛起。该词派在词学理论建构方面颇有建树，其主张推尊词体，强调“意内言外”，倡导“比兴”“寄托”，对近代词坛影响甚巨。而在词的创作方面，成就则稍逊一筹。

清代后期词的创作一直保持着旺盛的活力，词人词作之多，甚至超过了前期和中期，其成就最著者有谭献、文廷式以及被誉为“晚清四大家”的王鹏运、郑文焯、朱孝臧、况周颐等。他们生活在风雨飘摇的封建末世，词作中对时事政治多有反映，也不乏忧国伤时的情感。艺术上则讲究音律，重视锤炼，或委婉致密，或沉郁豪放，如朵朵繁花，将清末词坛装点得分外艳丽。

元明清三代诗歌浩如烟海，我们从中精选出六百余首作品，力图通过这些作品将整个时代的诗歌创作面貌反映出来。为了帮助读者阅读，对每首作品均作了简要注释。由于时间仓促，所选所注难免存在不甚准确之处，尚祈读者不吝赐教。

欧阳光

己丑年初春于中山大学

目录

元

清

元

元好问

元好问（1190—1257），字裕之，号遗山，太原秀容（今山西忻县）人。金朝著名文学家，金宣宗兴定五年（1221）进士，官至尚书省左司都员外郎，入翰林，知制诰。入元不仕，致力于金朝史料搜集，编纂了《壬辰杂编》、金诗总集《中州集》。其诗多慷慨悲凉之作，人以“诗史”目之，词亦逼近苏辛。有《遗山先生集》《遗山乐府》传世。

岐　阳[1]

百二关河草不横[2]，
十年戎马暗秦京[3]。
岐阳西望无来信，
陇水东流闻哭声[4]。
野蔓有情萦战骨，
残阳何意照空城[5]！
从谁细向苍苍问[6]，
争遣蚩尤作五兵[7]？

注释　1. 岐阳：今陕西凤翔。　2. “百二”句：意谓边防要塞守卫废弛，以致杂草丛生。百二关河，指能够以二敌百的险要之处。　3. “十年”句：金兴定五年（1221）元军进犯陕北，到此时凤翔陷落，共十年。秦京，咸阳，此处泛指秦地。　4. 陇水：源出今宁夏南部的陇山，向西而流。　5. 蔓：草。空城：即凤翔。　6. 苍苍：苍天。　7. 争：怎。蚩（chī）尤：上古神话中发明武器者，此处喻指元军。五兵：各种武器。

论诗（选二）

邺下风流在晋多[1]，
壮怀犹见缺壶歌[2]。
风云若恨张华少[3]，
温李新声奈若何[4]。

注释　1. 邺下风流：指曹操、曹丕、曹植父子与建安七子的文才风流。　2. 缺壶歌：东晋大将军王敦每次酒后都会以铁如意击打唾壶为节拍，咏曹操乐府歌云：“老骥伏枥，志在千里；烈士暮年，壮心不已。”后代指抒发壮怀的诗歌。　3. 张华：晋代文学家，南朝梁文学批评家钟嵘在《诗品》中评价其诗“儿女情多，风云气少”。　4. 温李：晚唐诗人温庭筠和李商隐，作品多写男女之情。

一语天然万古新，
豪华落尽见真淳。
南窗白日羲皇上，
未害渊明是晋人[1]。

注释　1.“南窗”二句：谓陶渊明虽白日高卧南窗，效仿上古之人的超脱，但仍然关心晋代的社会现实。羲皇，上古三皇中的伏羲氏。

摸鱼儿

乙丑岁赴试并州[1]，道逢捕雁者云：“今旦获一雁，杀之矣。其脱网者悲鸣不能去，竟自投于地而死。”予因买得之，葬之汾水之上[2]，累石为识，号曰雁丘。时同行者多为赋诗，予亦有《雁丘词》。旧所作无宫商，今改定之。

问人间、情是何物，直教生死相许！天南地北双飞客，老翅几回寒暑。欢乐趣，离别苦，就中更有痴儿女[3]。君应有语。渺万里层云，千山暮雪，只影向谁去？

横汾路，寂寞当年箫鼓，荒烟依旧平楚[4]。招魂楚些何嗟及，山鬼自啼风雨[5]。天也妒，未信与，莺儿燕子俱黄土。千秋万古。为留待骚人，狂歌痛饮，来访雁丘处。

注释　1. 并州：今山西太原。　2. 汾水：水名，在今山西。　3. 就中：其中。　4.“横汾路”三句：汉武帝《秋风辞》：“泛楼船兮济汾河，横中流兮扬素波。箫鼓鸣兮发棹歌，欢乐极兮哀情多。”此处以当年武帝游幸盛况来衬托今日的萧条寥落。横汾路，此指汾水畔葬雁之地。平楚，平林，远树。　5.“招魂”二句：《招魂》《山鬼》都是《楚辞》中的名篇。楚些，《招魂》中多以“些”字作句尾，因以代称《楚辞》。

摸鱼儿

泰和中，大名民家小儿女，有以私情不如意赴水者[1]。官为踪迹之，无见也。其后踏藕者得二尸水中，衣服仍可验，其事乃白。是岁，此陂荷花开无不并蒂者[2]。沁水梁国用，时为录事判官，为李用章内翰言如此。曲以乐府《双蕖怨》命篇，"咀五色之灵芝，香生九窍；咽三危之瑞露，春动七情"，韩偓《香奁集》中自序语[3]。

问莲根、有丝多少，莲心知为谁苦[4]。双花脉脉娇相向，只是旧家儿女。天已许。甚不教、白头生死鸳鸯浦[5]。夕阳无语。算谢客烟中[6]，湘妃江上[7]，未是断肠处。

香奁梦，好在灵芝瑞露。人间俯仰今古。海枯石烂情缘在，幽恨不埋黄土。相思树，流年度，无端又被西风误。兰舟少住。怕载酒重来，红衣半落，狼藉卧风雨。

注释　1. 泰和：金章宗年号（1201—1208）。大名：今河北大名。　2. 陂（bēi）：池塘。　3. 韩偓：晚唐诗人，以艳情诗闻名，有《香奁集》。奁（lián）：镜匣、匣子。　4. 莲根：即莲藕。古代诗词中常以莲根谐音"连根"，莲藕谐"怜偶"，丝谐相思之"思"，莲心谐"怜心"，皆喻男女情爱。　5. 浦：水边或河流入海之处。　6. 谢客：谢灵运小字客儿，时称谢客。　7. 湘妃：尧有二女名娥皇、女英，为舜的妃子。舜南巡死于苍梧山，二妃亦投湘水而死，化为水神，世称湘妃。

临江仙·自洛阳往孟津道中作[1]

今古北邙山下路[2]，黄尘老尽英雄。人生长恨水长东[3]。幽怀谁共语，远目送归鸿[4]。

注释　1. 孟津：县名，在今河南。　2. 北邙山：在河南洛阳东北，汉魏以来多有公卿王侯葬于此山。　3."人生"句：李煜《乌夜啼》词有"自是人生长恨水长东"。　4."远目"句：嵇康《赠秀才入军》："目送归鸿，手挥五弦。"归鸿，归雁，古诗文中多用以寄托归思。

盖世功名将底用，从前错怨天公。浩歌一曲酒千钟。男儿行处是，未要论穷通[5]。

5. 穷通：命运的穷困或显达。

鹧鸪天

只近浮名不近情[1]，且看不饮更何成。三杯渐觉纷华远[2]，一斗都浇磈磊平。

醒复醉，醉还醒，灵均憔悴可怜生[3]。《离骚》读杀浑无味，好个诗家阮步兵[4]。

注释　1.“只近”句：谓自己虽薄有虚名，却无追名逐利之心。　2. 纷华：尘世的浮华。　3.“灵均”句：谓自己和屈原一样憔悴可怜。灵均，屈原字灵均。可怜生，即可怜，“生”为语助词。　4. 阮步兵：《晋书·阮籍传》载，诗人阮籍听闻步兵营的厨子擅长酿酒，遂求任步兵校尉。

【中吕】喜春来·春宴

梅残玉靥香犹在[1]，柳破金梢眼未开[2]。东风和气满楼台。桃杏拆[3]，宜唱喜春来。

注释　1.“梅残”句：谓梅花已谢但香气犹存。靥（yè），酒窝，此处比喻梅花瓣。　2.“柳破”句：形容柳梢乍黄、柳芽初萌未绽之状。金梢，嫩黄如金的柳梢。眼未开，古诗文中常以“柳眼”喻指初生柳叶好像人惺忪的睡眼。　3. 拆：开裂，此指花苞绽放。

【双调】小圣乐·骤雨打新荷

绿叶阴浓，遍池亭水阁，偏趁凉多。海榴初绽[1]，朵朵簇红罗。乳燕雏莺弄语，有高柳鸣蝉相和。骤雨过，珍珠乱撒，打遍新荷。

人生百年有几，念良辰美景，休放虚过。穷通前定，何用苦张罗。命友邀宾玩赏，对芳尊浅酌低歌[2]。且酩酊[3]，任他两轮日月，来往如梭。

注释　1. 海榴：即石榴，因从海外移植而来，故名。　2. 芳尊：芳香的酒。尊，同“樽”，酒杯。　3. 酩酊：大醉状。

杨　果

杨果（1195—1269），字正卿，号西庵，祁州蒲阴（今河北安国）人。金哀宗正大元年（1224）登进士第，金亡仕元，官至参知政事，以精干廉洁著称。工文章，尤擅乐府，散曲风格典雅华美，有《西庵集》。

【越调】小桃红·采莲女

采莲人和采莲歌，柳外兰舟过。不管鸳鸯梦惊破。夜如何？有人独上江楼卧。伤心莫唱，南朝旧曲，司马泪痕多[1]。

注释　1.“伤心”三句：全篇伤悼金亡，这三句即是说这些前朝旧曲会让闻者流下伤心之泪。南朝旧曲，一说为陈后主所作《玉树后庭花》，一说为梁武帝所作《采莲曲》。司马泪痕多，白居易《琵琶行》有“座中泣下谁最多，江州司马青衫湿”。

刘秉忠

刘秉忠（1216—1274），初名侃，字仲晦，邢州（今河北邢台）人。曾任小官，后出家为僧，更名子聪。后为元世祖忽必烈重用，改名秉忠，官居极品，为元朝开国名臣。长于诗词，有《藏春集》。

【南吕】干荷叶·有感（选二）

干荷叶，色苍苍[1]，老柄风摇荡。减了清香，越添黄。都因昨夜一场霜，寂寞在秋江上。

注释　1. 苍苍：深青色。

干荷叶，色无多，不奈风霜剉[1]。贴秋波，倒枝柯[2]。宫娃齐唱采莲歌[3]，梦里繁华过。

注释　1. 剉（cuò）：折磨、摧残。2. 枝柯：荷的枝干。　3. 宫娃：宫女，此指采莲女。

王和卿

王和卿，大名（今属河北）人，生卒年不详。与关汉卿大体同时，有交往。所作散曲以诙谐滑稽闻名，多以夸张手法对社会现实进行辛辣讽刺。

【仙吕】醉中天·咏大蝴蝶

挣破庄周梦[1]，两翅驾东风。三百座名园、一采一个空。难道

注释　1. 庄周梦：庄周梦中化为蝴蝶，出自《庄子》。

风流种[2]，唬杀寻芳的蜜蜂[3]。轻轻的飞动，把卖花人扇过桥东。

2. 难道：哪里是。风流种：原指多情男子，此处作贬义，指浪子。 3. 唬杀：吓坏。

【双调】拨不断·大鱼

胜神鳌[1]，夯风涛[2]，脊梁上轻负着蓬莱岛[3]。万里夕阳锦背高[4]，翻身犹恨东洋小[5]。太公怎钓？

注释 1. 神鳌：神话中的大海龟。 2. 夯（hāng）：砸、撞。 3. 蓬莱岛：传说中海上三仙山之一。 4. "万里"句：夸写大鱼背极阔大、极高耸，竟可辉映万里夕照。 5. 东洋：东海，此泛指海洋。

盍西村

盍西村，盱眙（今江苏盱眙）人，生平不详。作品语言清新明丽，被评为"如清风爽籁"。

【越调】小桃红·临川八景[1]（选二）

江岸水灯

万家灯火闹春桥，十里光相照。舞凤翔鸾势绝妙[2]。可怜宵[3]，波间涌出蓬莱岛。香烟乱飘，笙歌喧闹，飞上玉楼腰。

注释 1. 临川：在今江西。 2. 舞凤翔鸾：扎成凤、鸾等各式形状的元宵花灯盘旋飞舞。鸾（luán），凤凰一类的鸟。 3. 可怜：可爱。宵：夜晚。

市桥月色[1]

玉龙高卧一天秋，宝镜青光透[2]。星斗阑干雨晴后[3]，绿悠悠，软风吹动玻璃皱[4]。烟波顺流，乾坤如昼，半夜有行舟。

注释　1. 市桥：集市中的桥。 2. 玉龙高卧：比喻桥的姿态。宝镜：喻指月亮。 3. 阑干：形容星斗纵横交错之状。 4. 玻璃皱：形容玻璃般明净的水面被风吹起波纹。

张弘范

张弘范（1238—1280），字仲畴，定兴（今河北定兴）人。元名将，官至蒙古汉军都元帅，灭南宋于崖山。能文，工诗词。有《淮阳集》《淮阳乐府》。

南乡子

深院日初长，万卷诗书一炷香。竹掩茅斋人不到，清凉。茶罢西轩读老庄。

世事莫论量[1]，今古都输梦一场。笑煞利名途上客，干忙[2]。千丈红尘两鬓霜。

注释　1. 论量：评论衡量。 2. 干忙：白忙。

点绛唇

独上高楼，恨随春草连天去。乱山无数，隔断巫阳路[1]。

注释　1. 巫阳：巫山的南坡。

信断梅花，惆怅人何处？愁无语，野鸦烟树，一点斜阳暮。

临江仙·忆旧

千古武陵溪上路[1]，桃花流水潺潺。可怜仙侣剩浓欢。黄鹂惊梦破，青鸟唤春还。

回首旧游浑不见，苍烟一片荒山。玉人何处倚阑干。紫箫明月底[2]，翠袖暮天寒。

注释　1. 武陵：古地名，在今湖南桃源，陶渊明《桃花源记》故事发生处。2. 紫箫：紫竹箫。

商　挺

商挺（1209—1288），字孟卿，晚号左山老人，曹州济阴（今山东曹县）人。历任参知政事、枢密副使等职。善诗工曲，亦工书画。

【双调】潘妃曲

一点青灯人千里，锦字凭谁寄[1]？雁来稀。花落东君也憔悴[2]。投至望君回[3]。滴尽多少关山泪[4]。

注释　1. 锦字：书信。相传前秦秦州刺史窦滔有意另娶，其妻苏蕙在锦缎上织成回文诗寄赠，二人情好如初。后人因称妻子寄给丈夫的书信为锦字、锦书。　2. 东君：司春之神。　3. 投至：等到。　4. 关山泪：此指相思泪。

胡祗遹

胡祗遹（1227—1293），字绍开，号紫山，磁州武安（今河北武安）人。元初入仕，累官至江南浙西按察使，颇有政声。谥文靖。《元史》有传。著有《紫山大全集》，小令风格清雅，被评为“如秋潭孤月”。

【中吕】阳春曲·春景（选二）

几枝红雪墙头杏[1]，数点青山屋上屏。一春能得几晴明。三月景，宜醉不宜醒。

注释 1. 红雪：喻指盛开的红杏花。

残花酝酿蜂儿蜜，细雨调和燕子泥[1]。绿窗春睡觉来迟。谁唤起？窗外晓莺啼。

注释 1. 燕子泥：燕子用来筑巢的湿泥。

刘 因

刘因（1249—1293），雄州容城（今河北徐水）人。元世祖至元十九年（1282）征为承德郎、右赞善大夫，不久即辞归。至元二十八年（1291）征为集贤学士，不就。有《静修集》。

白　沟[1]

宝符藏山自可攻[2]，
儿孙谁是出群雄。
幽燕不照中天月[3]，
丰沛空歌海内风[4]。
赵普原无四方志[5]，
澶渊堪笑百年功[6]。
白沟移向江淮去，
止罪宣和恐未公[7]。

注释　1. 白沟：河名，今拒马河，宋、辽的界河。　2.“宝符”句：《史记·赵世家》载，赵简子藏宝符于常山，让儿子们竞赛寻找。毋恤找到宝符并建议攻取常山下的代国，简子便废掉太子伯鲁，立毋恤为太子。此处借指宋太祖曾图谋收取燕云十六州。　3. 幽燕：即燕云十六州。后晋石敬瑭割让其地来换取契丹相助，后汉、后周及宋都未能收复。　4.“丰沛”句：谓宋太祖未能完成收复之愿。丰沛空歌，刘邦为沛（今江苏沛县）之丰邑人，称帝后回乡宴请父老，唱《大风歌》：“大风起兮云飞扬，威加海内兮归故乡，安得猛士兮守四方。”　5. 赵普：宋太祖、宋太宗的宰相。　6. 澶渊：水名，在今河南濮阳。宋真宗景德元年（1004），辽军攻至澶渊，真宗在寇准劝说下御驾亲征，小胜后即议和，宋每年输辽银十万两、绢二十万匹，史称“澶渊之盟”。　7. 宣和：宋徽宗年号，代指徽宗。

渡白沟

蓟门霜落水天愁[1]，
匹马冲寒渡白沟。
燕赵山河分上镇，
辽金风物异中州。
黄云古戍孤城晚，
落日西风一雁秋。
四海知名半凋落，
天涯孤剑独谁投。

注释　1. 蓟（jì）门：即蓟丘，故址在今北京德胜门外。

观梅有感

东风吹落战尘沙，
梦想西湖处士家[1]。
只恐江南春意减，
此心元不为梅花。

注释　1. 西湖处士：北宋隐逸诗人林逋，隐居于杭州西湖的孤山，种梅养鹤，终身不娶，世称“梅妻鹤子”。

王　恽

王恽（1127—1304），字仲谋，号秋涧，卫辉汲县（今河南卫辉）人。元中统元年（1260）入仕，官至国史编修、监察御史等，有德政。著有《秋涧先生大全文集》百卷，文名颇盛。

【正宫】黑漆弩·游金山寺[1]

苍波万顷孤岑矗[2]，是一片水面上天竺[3]。金鳌头满咽三杯[4]，吸尽江山浓绿。

蛟龙虑恐下燃犀，风起浪翻如屋[5]。任夕阳归棹纵横[6]，待偿我平生不足。

注释　1. 金山寺：今江苏镇江市西北金山上的著名古刹。曲为游寺后所作。　2. 岑：高高的小山，此指金山。　3. 天竺：天竺峰，在今浙江杭州灵隐山飞来峰之前。　4. 金鳌头：金山顶上的金鳌峰。咽三杯：形容金鳌峰仿佛巨鳌在吞咽江水。　5.“蛟龙”二句：谓蛟龙害怕人们投下燃犀，因而掀起惊涛骇浪。燃犀，犀牛角为镇邪压凶之物，传说晋人温峤曾以燃烧的犀牛角照出水怪原形。　6. 棹（zhào）：船桨，代指舟船。

【正宫】双鸳鸯·柳圈词

野溪边，丽人天[1]，金缕歌声碧玉圈[2]。解祓不祥随水去[3]，尽回春色到樽前。

注释　1. 丽人天：杜甫《丽人行》有“三月三日天气新，长安水边多丽人”。2. 金缕歌：即《金缕曲》，古代歌曲。碧玉圈：喻指柳圈。　3. 解祓（fú）：去灾祈福的仪式，此指古代三月三日上巳节在水边解祓的习俗。

卢　挚

卢挚（约1235—1314），字处道，一字莘老，号疏斋，涿郡（今河北涿州）人。元世祖至元五年（1268）进士，官至翰林学士。诗文词曲均有盛名，为元朝前期散曲大家，著有《疏斋集》《文章宗旨》等。

【双调】沉醉东风·秋景

挂绝壁松枯倒倚[1]，落残霞孤鹜齐飞[2]。四围不尽山，一望无穷水。散西风满天秋意。夜静云帆月影低，载我在潇湘画里[3]。

注释　1.“挂绝壁”句：李白《蜀道难》有“枯松倒挂倚绝壁”。　2.“落残霞”句：王勃《滕王阁序》有“落霞与孤鹜齐飞，秋水共长天一色”。　3. 潇湘画：比喻潇湘风景如画。

【双调】沉醉东风·闲居

恰离了绿水青山那搭[1]，早来到竹篱茅舍人家。野花路畔开，

注释　1. 恰：刚刚。那搭：那里。

村酒槽头榨[2]。直吃的欠欠答答[3]。醉了山童不劝咱，白发上黄花乱插。

2. 槽：酿酒器具。 3. 欠欠答答：迷迷蒙蒙的醉态。

【双调】蟾宫曲·金陵怀古[1]

记当年六代豪夸[2]，甚江令归来，玉树无花[3]。商女歌声，台城畅望，淮水烟沙[4]。问江左风流故家[5]，但夕阳衰草寒鸦。隐映残霞，寥落归帆，呜咽鸣笳[6]。

注释 1. 金陵：今江苏南京。 2. 六代：指建都于金陵的吴、东晋、宋、齐、梁、陈六朝。豪夸：豪华奢侈。 3. 江令：江总，南朝陈时官至尚书令，善为艳曲，常陪陈后主游宴。玉树无花：谓繁华已逝，不复闻《玉树后庭花》。 4. 台城：古城名，故址在今南京市北面。淮水：秦淮河，两岸是六朝繁华游冶之地。 5. 江左：此指金陵。风流故家：六朝的世家贵族。 6. 笳：北方少数民族乐器，音色悲凉。

【双调】寿阳曲·别珠帘秀[1]

才欢悦，早间别[2]，痛煞煞好难割舍。画船儿载将春去也[3]，空留下半江明月。

注释 1. 珠帘秀：或作朱帘秀，元代杂剧名伶。 2. 早间别：很快就分别。 3. “画船”句：以“春”喻指珠帘秀。

珠帘秀

珠帘秀，姓朱，一说姓宋，元代杂剧名伶，主要活动于大都和扬州一带。名公文士多与其交往。胡祗遹、王恽、冯子振、关汉卿等均有词曲相赠，本人亦能写散曲。

【双调】寿阳曲·答卢疏斋[1]

山无数，烟万缕，憔悴煞玉堂人物[2]。倚篷窗一身儿活受苦[3]，恨不得随大江东去。

注释　1. 疏斋：卢挚号。　2. 玉堂人物：指卢挚。玉堂为当时翰林院别称，卢挚曾为翰林学士。　3. 篷窗：船窗。

关汉卿

关汉卿，约生于金末，卒于元大德初年。号已斋叟，大都（今北京）人。博学能文，滑稽多智，是元代最杰出的戏剧家、元杂剧的奠基人，元曲四大家之首。贾仲明《录鬼簿》称其为“驱梨园领袖，总编修帅首，捻杂剧班头”。所著杂剧今存目60余种，传《窦娥冤》《救风尘》《望江亭》等18种。散曲亦为当世佼佼者。

【南吕】四块玉·别情

自送别，心难舍，一点相思几时绝，凭栏袖拂杨花雪[1]。溪又斜，山又遮，人去也。

注释　1. 凭栏：靠着栏干。杨花雪：像雪一般的杨花。

【双调】沉醉东风·送别

咫尺的天南地北[1]，霎时间月缺花飞[2]。手执着饯行杯，眼搁着别离泪。刚道得声“保重将息”，

注释　1. 咫尺：形容很近的距离。　2. 月缺花飞：古代以花好月圆象征团聚，反者即指分离。

痛煞煞教人舍不得。"好去者望前程万里！"[3]

3. 好去者：好好去。者，语助词。

【双调】大德歌（选四）

春

子规啼[1]，不如归，道是春归人未归。几日添憔悴，虚飘飘柳絮飞。一春鱼雁无消息[2]，则见双燕斗衔泥[3]。

注释　1. 子规：杜鹃，又名杜宇，相传其啼声好似"不如归"。　2. 鱼雁：古时传说鱼和雁均可传递书信，因而作为书信的代称。　3. 则：只。斗：争着。

夏

俏冤家[1]，在天涯，偏那里绿杨堪系马[2]。困坐南窗下，数对清风想念他[3]。蛾眉淡了教谁画[4]？瘦岩岩羞戴石榴花[5]。

注释　1. 俏冤家：心上人的昵称。　2."偏那里"句：指游子在外另结新欢，被牵绊而久不回家。　3. 数（shuò）：每每。　4."蛾眉"句：汉代张敞常为妻子画眉，传为佳话，后世以画眉代指夫妻恩爱。　5. 瘦岩岩：非常消瘦的样子。

秋

风飘飘，雨潇潇，便做陈抟睡不着[1]，懊恼伤怀抱，扑簌簌泪点抛。秋蝉儿噪罢寒蛩儿叫[2]，淅零零细雨打芭蕉。

注释　1. 陈抟（tuán）：宋代隐士，相传常常一睡百日不醒。　2. 寒蛩（qióng）儿：蟋蟀。

冬

雪纷纷，掩重门，不由人不断魂，瘦损江梅韵[1]。那里是清江江上村[2]，香闺里冷落谁瞅问[3]？好一个憔悴的凭栏人。

注释　1.“瘦损”句：形容因思念而过度消瘦，失去了如江梅般美好的风韵。　2.江上村：借指心上人所在之处。　3.瞅问：关心、过问。

【南吕】一枝花·不服老

攀出墙朵朵花，折临路枝枝柳[1]。花攀红蕊嫩，柳折翠条柔。浪子风流。凭着我折柳攀花手，直煞得花残柳败休。半生来折柳攀花，一世里眠花卧柳。

【梁州】我是个普天下郎君领袖，盖世界浪子班头[2]。愿朱颜不改常依旧，花中消遣，酒内忘忧。分茶攧竹，打马藏阄[3]；通五音六律滑熟[4]，甚闲愁到我心头！伴的是银筝女银台前理银筝笑倚银屏，伴的是玉天仙携玉手并玉肩同登玉楼，伴的是金钗客歌金缕捧金樽满泛金瓯[5]。你道我老也暂休。占排场风月功名首，更玲珑又剔透。我是个锦阵花营都帅头[6]，曾玩府游州。

注释　1.“攀出墙”二句：花、柳都喻指风尘女子，攀花折柳与后文的眠花卧柳均指与风尘女子厮混。　2.班头：头领。　3.分茶：一种茶艺。攧（diān）竹：一种宴席上抽签饮酒的游戏。打马：一种博戏。藏阄（jiū）：又名藏钩，猜别人手中所藏之物的游戏。四者都是妓女待客的技艺。　4.五音六律：泛指音乐。五音，指古代音乐中宫、商、角、徵、羽五个音阶。六律，又称律吕，古代用来审定音阶高低的律制。从低到高有黄钟、大吕、太簇、夹钟、姑洗、仲吕、蕤宾、林钟、夷则、南吕、无射、应钟十二音阶，其中奇数为六律，偶数为六吕，合称十二律。　5.银筝女、玉天仙、金钗客：此处都指妓女。金缕：即《金缕曲》。瓯（ōu）：酒杯。　6.锦阵花营：喻指倡优群。都帅头：总头领。

【隔尾】子弟每是个茅草冈沙土窝初生的兔羔儿乍向围场上走，我是个经笼罩受索网苍翎毛老野鸡蹅踏的阵马儿熟[7]。经了些窝弓冷箭铁枪头，不曾落人后。恰不道"人到中年万事休"，我怎肯虚度了春秋。

【尾】我是个蒸不烂煮不熟捶不扁炒不爆响珰珰一粒铜豌豆，恁子弟每谁教你钻入他锄不断斫不下解不开顿不脱慢腾腾千层锦套头[8]。我玩的是梁园月，饮的是东京酒，赏的是洛阳花，攀的是章台柳[9]。我也会吟诗，会篆籀；会弹丝，会品竹；我也会唱鹧鸪，舞垂手；会打围，会蹴鞠；会围棋，会双陆[10]。你便是落了我牙，歪了我口，瘸了我腿，折了我手，天赐与我这几般儿歹症候[11]，尚兀自不肯休[12]。则除是阎王亲自唤，神鬼自来勾，三魂归地府，七魄丧冥幽。天哪，那其间才不向烟花路儿上走！

7."子弟每"二句：谓不比那些初涉风月场的后生小子们，自己是见过世面、经过风浪的老手。每，们。蹅（chǎ），踩。阵马儿，战场，此处与围场同指风月场。 8. 恁：即"您"。锦套头：锦做的套包。套包为一种驭使牲口的用具。 9. 梁园：又称梁苑，为西汉梁孝王所建庭园，代指汴京（今河南开封）。东京：北宋对汴京的称呼。洛阳花：指名动天下的洛阳牡丹。章台柳：指妓女。唐小说《柳氏传》载诗人韩翃有姬柳氏住章台，后因离京三年思念柳氏而作《章台柳》词："章台柳，章台柳，昔日青青今在否？纵使长条似旧垂，亦应攀折他人手。" 10. 篆籀（zhòu）：篆即篆书，分大篆与小篆，籀为大篆。弹丝：弹奏二胡、琵琶等弦乐。品竹：吹奏箫、笛等竹制的管乐。鹧鸪：指《鹧鸪天》等曲子，此处泛指各种歌曲。垂手：指《大垂手》《小垂手》等舞蹈，此处泛指舞蹈。打围：围场打猎。蹴鞠：一种踢球游戏。双陆：一种棋类游戏。 11. 歹症候：坏毛病。 12. 尚兀自：元俗语，还是、仍然的意思。

白 朴

白朴（1226—1306以后），初名恒，字仁甫，后字太素，号兰谷。原籍隩州（今山西河曲），后居真定（今河北正定）。工于杂剧，与关汉卿、马致远、郑光祖并称元曲四大家。有词集《天籁集》，及《梧桐雨》《墙头马上》等杂剧传世。

【中吕】阳春曲·题情

从来好事天生俭[1]，自古瓜儿苦后甜。奶娘催逼紧拘钳[2]，甚是严，越间阻越情忺[3]。

注释　1. 俭：少。　2. 拘钳：拘束。　3. 忺（xiān）：高兴、适意。

【双调】沉醉东风·渔夫

黄芦岸白蘋渡口[1]，绿杨堤红蓼滩头[2]。虽无刎颈交，却有忘机友[3]。点秋江白鹭沙鸥。傲杀人间万户侯，不识字烟波钓叟[4]。

注释　1. 黄芦：芦苇。白蘋：一种开白花的水草。　2. 红蓼：一种多生于水边的草本植物，开粉红色花。　3. 刎颈交：生死之交，典出《史记·廉颇蔺相如列传》。忘机友：没有心机、推心置腹的朋友。　4. 万户侯：汉朝所封食邑万户的侯爵，泛指达官显贵。烟波钓叟：渔翁。

【越调】天净沙（选四）

春

春山暖日和风，阑干楼阁帘栊[1]，杨柳秋千院中。啼莺舞燕，小桥流水飞红[2]。

注释　1. 栊：窗。帘栊：挂着帘的窗。　2. 飞红：飞旋的落花。

夏

云收雨过波添，楼高水冷瓜甜，绿树阴垂画檐[1]。纱幮藤簟[2]，玉人罗扇轻缣[3]。

注释　1. 画檐：有装饰图案的屋檐。2. 纱幮：以木架笼上纱帐，坐卧其中可避蚊蝇。簟（diàn）：席子。　3. 缣（jiān）：双丝织成的细绢。此指轻薄的衣裳。

秋

孤村落日残霞，轻烟老树寒鸦，一点飞鸿影下[1]。青山绿水，白草红叶黄花。

注释　1. 飞鸿：大雁。

冬

一声画角谯门[1]，半庭新月黄昏，雪里山前水滨[2]。竹篱茅舍，淡烟衰草孤村。

注释　1. 画角：有彩绘的号角，军用或用以报时。樵门：即“谯门”，有瞭望楼的城门。　2. 水滨：水边。

姚　燧

姚燧（1238—1313），字端甫，号牧庵，原籍柳城（今辽宁朝阳），迁居洛阳。官至翰林学士承旨等，为元代名儒，以古文闻名。著有《牧庵文集》。

【越调】凭栏人·寄征衣

欲寄君衣君不还，不寄君衣君又寒。寄与不寄间，妾身千万难。

马致远

马致远（约1250—1321），字千里，号东篱，大都（今北京）人。元曲四大家之一，有“曲状元”之称，曾参加“书会”创作，有散曲集《东篱乐府》和《汉宫秋》等杂剧传世。小令《天净沙·秋思》被誉为“秋思之祖”。

【越调】天净沙·秋思

枯藤老树昏鸦，小桥流水人家。古道西风瘦马。夕阳西下，断肠人在天涯。

【双调】落梅风（选二）

远浦帆归

夕阳下，酒旆闲[1]，两三航未曾著岸。落花水香茅舍晚，断桥头卖鱼人散。

注释　1. 旆(pèi)：旗子。酒旆即酒旗，古代酒家挂在门前作为招牌的幌子。

潇湘夜雨

渔灯暗，客梦回，一声声滴人心碎。孤舟五更家万里，是离人几行情泪。

【双调】夜行船·秋思

百岁光阴一梦蝶[1]，重回首往事堪嗟。今日春来，明朝花谢。急罚盏夜阑灯灭[2]。

【乔木查】想秦宫汉阙[3]，都做了衰草牛羊野。不恁么渔樵没话说[4]。纵荒坟，横断碑，不辨龙蛇[5]。

【庆宣和】投至狐踪与兔穴，多少豪杰。鼎足虽坚半腰里折。魏耶？晋耶[6]？

【落梅风】天教你富，莫太奢，没多时好天良夜。富家儿更做道你心似铁，争辜负了锦堂风月[7]？

【风入松】眼前红日又西斜，疾似下坡车。不争镜里添白雪，上床与鞋履相别[8]。休笑巢鸠计拙，葫芦提一向装呆[9]。

【拨不断】利名竭，是非绝，红尘不向门前惹，绿树偏宜屋角

注释　1.“百岁”句：谓人生百年如一梦。　2. 急罚盏：快饮酒。夜阑：夜深。　3. 阙：宫殿的门楼，此处泛指前朝遗迹。　4. 不恁么：不如此的话。　5. 龙蛇：喻指断碑上的文字。　6.“鼎足”三句：谓无论是鼎足三分的魏、蜀、吴三国，还是统一三国的晋，都难逃最终的覆亡。鼎，古代食器，有两耳三足。　7. 争：怎奈。　8. 上床：喻指死亡。　9. 巢鸠计拙：据说鸠生性笨拙不会筑巢，往往占据鹊巢。葫芦提：糊糊涂涂。

遮，青山正补墙头缺。更那堪竹篱茅舍。

【离亭宴煞】蛩吟罢一觉才宁贴[10]，鸡鸣时万事无休歇，争名利何年是彻？看密匝匝蚁排兵[11]，乱纷纷蜂酿蜜，急攘攘蝇争血。裴公绿野堂，陶令白莲社[12]。爱秋来时那些：和露摘黄花，带霜烹紫蟹，煮酒烧红叶。想人生有限杯，浑几个重阳节[13]？嘱咐你个顽童记者："便北海探吾来，道东篱醉了也[14]！"

10. 宁贴：安稳、妥帖。 11. 密匝匝（zā）：密密麻麻。 12. 裴公绿野堂：唐裴度不满宦官专权，罢相后在洛阳建绿野堂退隐。陶令：陶渊明，因曾任彭泽县令，故称。白莲社：晋高僧慧远曾在庐山结"白莲社"，相传曾邀陶渊明加入。 13. 浑：同"混"。 14. 北海：东汉孔融曾任北海太守，性好客。这里借指好客又有地位的人。

【般涉调】耍孩儿·借马

【耍孩儿】近来时买得匹蒲梢骑[1]，气命儿般看承爱惜[2]。逐宵上草料数十番，喂饲得膘息胖肥[3]。但有些污秽却早忙刷洗，微有些辛勤便下骑。有那等无知辈，出言要借，对面难推。

【七煞】懒设设牵下槽，意迟迟背后随，气忿忿懒把鞍来鞴[4]。我沉吟了半晌语不语，不晓事颓人知不知[5]。他又不是不精细，道

注释　1. 蒲梢：骏马名。《史记·乐书》："后伐大宛，得千里马，马名蒲梢。" 2. 气命儿般：性命似的。 3. 膘息：长膘。 4. 懒设设：懒洋洋。意迟迟：犹犹豫豫。鞴（gōu）：给马套上鞍辔等。 5. 语不语：欲言又止。颓人：骂人话，犹言鸟人。颓，雄性生殖器。

不得“他人弓莫挽，他人马莫骑”[6]。

【六煞】不骑呵西棚下凉处拴。骑时节拣地皮平处骑。将青青嫩草频频的喂。歇时节肚带松松放，怕坐的困尻包儿款款移[7]。勤觑着鞍和辔，牢踏着宝镫，前口儿休提[8]。

【五煞】饥时节喂些草，渴时节饮些水，着皮肤休使粗毡屈[9]。三山骨休使鞭来打，砖瓦上休教隐着蹄[10]。有口话你明明的记：饱时休走，饮了休驰。

【四煞】抛粪时教干处抛，绰尿时教净处尿，拴时节拣个牢固桩橛上系[11]。路途上休要踏砖块，过水处不要践起泥。这马知人义，似云长赤兔，如翼德乌骓[12]。

【三煞】有汗时休去檐下拴，渲时节休教侵着颓[13]，软煮料草铡底细。上坡时款把身来耸，下坡时休教走得疾。休道人忒寒碎[14]。休教鞭飏着马眼[15]，休教鞭擦损毛衣。

【二煞】不借时恶了弟兄[16]，不借时反了面皮。马儿行嘱咐叮咛记：鞍心马户将伊打，刷子去刀莫作疑[17]。则叹的一声长吁气。哀哀怨怨，切切悲悲。

6. 道不得：难道不知道。 7. 尻（kāo）包儿：屁股。款款移：慢慢挪。 8. 觑：看。辔：马笼头。前口儿：马嚼子。 9. 屈：使受折磨。 10. 三山骨：马后股上隆起的骨骼。隐着蹄：扭伤蹄。 11. 绰尿：撒尿。桩橛：拴马桩。 12. 云长赤兔：三国时关羽字云长，所乘之马名赤兔。翼德乌骓：张飞字翼德，坐骑名乌骓。 13. 渲：洗刷。 14. 忒（tuī）：太、过于。寒碎：寒酸啰嗦。 15. 飏（biāo）：挥打。 16. 恶了：得罪了。 17. 马户：二字合为“驴”字。刷子去刀：如“屌”字。“驴屌”是骂人话。

【一煞】早晨间借与他，日平西盼望你，倚门专等来家内。柔肠寸寸因他断，侧耳频频听你嘶。道一声好去，早两泪双垂。

【尾】没道理没道理，忒下的忒下的[18]。恰才说来的话君专记，一口气不违借与了你。

18. 忒下的：太狠心，此为马主人自责语。

杨　载

杨载（1271—1323），字仲弘，原籍浦城（在今福建），迁居杭州。四十岁时以布衣召为翰林国史编修。为文自成一家，为诗一洗宋代风习，颇得时人推重，为元诗四大家之一。有《杨仲弘诗集》。

京下思归[1]

黄落蓟门秋，飘飘在远游。
不眠闻戍鼓，多病忆归舟。
甘雨从昏过，繁星达曙流。
乡逢徐孺子[2]，万口薄南州。

注释　1. 京下：元大都（今北京）。2. 徐孺子：东汉徐稺，字孺子，南昌人。朝廷多次征聘，不仕。有大名。

王实甫

王实甫（1260—1336），名德信，大都（今北京）人。与关汉卿同时而略晚。元代重要杂剧作家，其词被评为“如花间美人，铺叙委婉，深得骚人之趣”。有《西厢记》闻名于世，散曲仅存一首。

【中吕】十二月过尧民歌·别情

【十二月】自别后遥山隐隐，更那堪远水粼粼。见杨柳飞绵滚滚，对桃花醉脸醺醺[1]。透内阁香风阵阵[2]，掩重门暮雨纷纷。

【尧民歌】怕黄昏忽地又黄昏，不销魂怎地不销魂[3]？新啼痕压旧啼痕，断肠人忆断肠人！今春，香肌瘦几分，缕带宽三寸[4]。

注释　1.“对桃花”句：形容醉脸如嫣红的桃花。　2. 内阁：闺阁。　3. 销魂：失魂落魄状。　4. 缕带：腰带。

赵孟頫

赵孟頫（1254—1322），字子昂，号松雪道人，又号水精宫道人，吴兴（今浙江吴兴）人。宋王朝宗室，入元后曾任兵部郎中、翰林学士承旨等。能诗文，通音律，精书画。书称“赵体”，为楷书四大家之一。诗文有《松雪斋集》。

岳鄂王墓[1]

鄂王坟上草离离，
秋日荒凉石兽危[2]。
南渡君臣轻社稷，
中原父老望旌旗[3]。
英雄已死嗟何及，

注释　1. 岳鄂王墓：即岳飞墓，在杭州。鄂王，宋宁宗时，追封岳飞为鄂王。　2. 石兽：指岳飞墓道上的石马、石象等。　3.“南渡”二句：批评宋高宗等君臣罔顾中原父老盼望北伐的心愿，偏安江南，苟且偷生。

天下中分遂不支。
莫向西湖歌此曲，
水光山色不胜悲。

渔父词

渺渺烟波一叶舟，西风木落五湖秋[1]。盟鸥鹭，傲王侯，管甚鲈鱼不上钩。

注释　1. 五湖：指太湖。

【仙吕】后庭花

清溪一叶舟，芙蓉两岸秋[1]。采菱谁家女，歌声起暮鸥[2]。乱云愁，满头风雨，戴荷叶归去休[3]。

注释　1.“芙蓉”句：开在两岸的荷花显出了秋意。　2. 起暮鸥：惊起傍晚已栖息的鸥鸟。　3. 休：句尾语气助词，同“吧”。

贯云石

贯云石（1286—1324），原名小云石海涯，因父名贯只哥，即以贯为姓，号酸斋，又号芦花道人。畏兀儿（今维吾尔族）人，祖、父均为显贵。少年时袭父荫曾任武职，后弃武从文，北上就学于姚燧。历任翰林侍读学士、中奉大夫知制诰等。散曲豪放中兼有清俊，为时人称道。

【正宫】塞鸿秋·代人作

战西风几点宾鸿至[1]，感起我南朝千古伤心事[2]。展花笺欲写几句知心事[3]，空教我停霜毫半晌无才思[4]。往常得兴时，一扫无瑕疵。今日个病恹恹，刚写下两个相思字。

注释　1. 战西风：迎着西风而飞。宾鸿：鸿雁如作客般秋来春往，古有"鸿雁来宾"一说，故称宾鸿。　2."感起"句：宋、齐、梁、陈四朝偏安江南，不思进取，终至灭亡。后人多借南朝旧事，抒发亡国之思。　3. 花笺：精美的信纸。　4. 霜毫：用白兔毛制成的毛笔。

【双调】殿前欢·吊屈原

楚怀王，忠臣跳入汨罗江[1]。《离骚》读罢空惆怅，日月同光[2]。伤心来笑一场，笑你个三闾强[3]，为甚不身心放？沧浪污你，你污沧浪[4]？

注释　1."楚怀王"二句：怀王听信谗言放逐屈原，屈原自投汨罗江而死。汨罗江，在今湖南东北。　2.《离骚》：《史记》评《离骚》为"与日月争光"。　3. 三闾（lǘ）：即三闾大夫，官名。屈原曾任三闾大夫。强：同"犟"，固执。　4."沧浪"二句：意谓屈原至死未能超越尘俗。沧浪，汉水。

【双调】清江引

弃微名去来心快哉[1]，一笑白云外。知音三五人，痛饮何妨碍？醉袍袖舞嫌天地窄。

注释　1. 去来：去，指辞官归隐。

【双调】落梅风

新秋至，人乍别，顺长江水流残月。悠悠画船东去也，这思量起头儿一夜[1]！

注释　1.“这思量”句：这才是开始相思的第一夜。

【双调】清江引

若还与他相见时，道个真传示[1]：不是不修书[2]，不是无才思，绕清江买不得天样纸[3]。

注释　1. 真传示：真实情形。　2. 修书：写信。　3.“绕清江”句：形容无穷相思难以尽诉。天样纸，天那么大的纸。

【中吕】红绣鞋

挨着靠着云窗同坐，偎着抱着月枕双歌，听着数着愁着怕着早四更过。四更过情未足，情未足夜如梭。天哪更闰一更儿妨甚么[1]！

注释　1.“天哪”句：写恋人难舍难分，恨不能如闰年、闰月般再多一更。

白　贲

白贲，字无咎，生卒不详，钱塘（今浙江杭州）人。曾官温州路平阳州教授、南安路总管府经历等，善诗文，工绘画。小令《黑漆弩》影响很大，有众多和作，因其首句为“侬家鹦鹉洲边住”，后又得名《鹦鹉曲》。

【正宫】黑漆弩

依家鹦鹉洲边住[1]，是个不识字渔父。浪花中一叶扁舟，睡煞江南烟雨[2]。觉来时满眼青山，抖擞绿蓑归去。算从前错怨天公，甚也有安排我处[3]。

注释　1. 侬家：我。鹦鹉洲：原在湖北汉阳西南长江中。　2. 睡煞：睡得极熟。　3. 甚：正、真。

冯子振

冯子振（1257—约1348），字海粟，自号怪怪道人，又号瀛州客，攸州（今湖南攸县）人。曾任承事郎、集贤院待制等，以博闻强识、文思敏捷著称。贯云石评其词风"豪辣灏烂，不断古今"。

【正宫】鹦鹉曲（选二）

序云[1]：白无咎有《鹦鹉曲》云："侬家鹦鹉洲边住，是个不识字渔父。浪花中一叶扁舟，睡煞江南烟雨。觉来时满眼青山，抖擞绿蓑归去。算从前错怨天公，甚也有安排我处。"余壬寅岁留上京[2]，有北京伶妇御园秀之属[3]，相从风雪中，恨此曲无续之者。且谓前后多亲炙士大夫[4]，拘于韵度，如第一个"父"字，便难下语；又"甚也有安排我处"，"甚"字必须去声字，"我"字必须上声字，音律始谐，不然不可歌，此一节又难下语。诸公举酒，索余和之，以汴、吴、上都、天京风景试续之。

农夫渴雨

年年牛背扶犁住[5]，近日最懊恼杀农父[6]。稻苗肥恰待抽花，渴

注释　1. 序云：序中说明《鹦鹉曲》是受邀和白贲之作，以诸地风景为题材。其作共四十二首，此选二首。　2. 壬寅岁：元成宗大德六年（1302）。上京：元京城大都。　3. 伶妇：女演员。御园秀为其艺名。　4. 亲炙：这里指亲近、相熟。　5. 住：过活，过日子。　6. 懊恼杀：烦恼死。杀：助词，有极为之意。

煞青天雷雨。恨残霞不近人情，截断玉虹南去[7]。望人间三尺甘霖[8]，看一片闲云起处。

7.“恨残霞”二句：漫天残霞而无彩虹，即无雨之兆。玉虹，彩虹，在雨后出现。 8. 甘霖：及时雨。

山亭逸兴

嵯峨峰顶移家住[1]，是个不唧溜樵父[2]。烂柯时树老无花[3]，叶叶枝枝风雨。故人曾唤我归来，却道不如休去。指门前万叠云山，是不费青蚨买处[4]。

注释　1. 嵯峨：山峰高耸险峻貌。 2. 唧溜：元俗语，伶俐精明之意。 3. 烂柯：《述异记》载晋人王质入山砍柴遇仙童对弈，观完一局之后发现斧柄已经朽烂，归家才知一去百年。柯，斧柄。 4. 青蚨（fú）：昆虫名，传说用其血涂钱，钱可以自动回归，往复无已。后用作钱的代称。

鲜于必仁

鲜于必仁，字去矜，号苦斋，生卒不详，渔阳（今天津蓟州区）人。长于乐府。

【中吕】普天乐·平沙落雁

稻粱收，菰蒲秀[1]。山光凝暮，江影涵秋[2]。潮平远水宽，天阔孤帆瘦。雁阵惊寒埋云岫，下长空飞满沧洲[3]。西风渡头，斜阳岸口，不尽诗愁。

注释　1. 菰：茭白。蒲：水草。 2.“山光”二句：山光里凝聚着暮霭，江水中倒映着秋景。 3. 埋云岫：飞入云中。云岫，似峰峦般的云层。沧洲：水边。

张养浩

张养浩（1269—1329），字希孟，号云庄，山东济南人。官至礼部尚书、参议中书省事等，为人刚正敢谏，曾辞官归隐。文宗天历二年（1329），关中大旱，拜陕西行台中丞，遂散尽家财赴任，到任四月，积劳而卒。著有诗文集《归田类稿》、散曲集《云庄休居自适小乐府》。

【中吕】山坡羊·骊山怀古[1]

骊山四顾，阿房一炬[2]，当时奢侈今何处？只见草萧疏，水萦纡[3]，至今遗恨迷烟树。列国周齐秦汉楚[4]。赢，都变做了土；输，都变做了土！

注释　1. 骊山：在今陕西临潼东南，有秦始皇墓。　2. 阿房：即秦始皇所建阿房宫，占地极广，至为奢华，后被项羽烧毁。　3. 萦纡：曲折环绕。　4. 列国：泛指东周列国至楚汉的各个朝代。

【中吕】山坡羊·潼关怀古[1]

峰峦如聚，波涛如怒，山河表里潼关路。望西都[2]，意踌躇[3]，伤心秦汉经行处，宫阙万间都做了土[4]。兴，百姓苦；亡，百姓苦！

注释　1. 潼关：古关名，在今陕西潼关县，雄踞华山，下临黄河，扼陕、晋、豫三省要冲。　2. 西都：指长安。　3. 意踌躇：心里怅惘不安。　4. “伤心”二句：意谓一路经过秦汉遗迹，心中伤痛。

【双调】雁儿落兼得胜令·退隐

【雁儿落】云来山更佳，云去山如画。山因云晦明[1]，云共山高下。

【得胜令】倚仗立云沙[2]，回首见山家[3]，野鹿眠山草，山猿戏野花。云霞，我爱山无价，看时行踏[4]，云山也爱咱。

注释 1. 晦明：忽明忽暗。 2. 云沙：指云沙遥接的苍茫之处。 3. 山家：山那边。家，处。 4. 看时行踏：看好时节登山游玩。

【双调】水仙子·咏江南

一江烟水照晴岚[1]，两岸人家接画檐。芰荷丛一段秋光淡[2]，看沙鸥舞再三。卷香风十里珠帘。画船儿天边至，酒旗儿风外飐[3]。爱杀江南！

注释 1. 晴岚：因阳光照射而蒸腾形成的雾霭。 2. 芰（jì）荷：荷花。芰，菱角。 3. 飐（zhǎn）：因风飘动。

【双调】庆东原

鹤立花边玉，莺啼树杪弦[1]。喜沙鸥也解相留恋。一个冲开锦川[2]，一个啼残翠烟[3]，一个飞上青天。诗句欲成时，满地云撩乱。

注释 1."鹤立"二句：仙鹤在花丛边玉立，黄莺在树梢放歌。树杪（miǎo），树梢。弦，比喻莺啼如奏乐。 2. 锦川：锦绣般的原野。 3. 翠烟：浓翠的树冠令烟云也呈青绿色。

曾允元

曾允元，字舜卿，号鸥江。江西泰和人。

点绛唇·闺情

一夜东风，枕边吹散愁多少。数声啼鸟，梦转纱窗晓[1]。

来是春初，去是春将老。长亭道[2]，一般芳草，只有归时好。

注释 1.“数声”句：化用唐金昌绪诗：“打起黄莺儿，莫教枝上啼。啼时惊妾梦，不得到辽西。”梦转，梦醒。2. 长亭：古时在路旁供行人休息的亭子，五里一短亭，十里一长亭。

郑光祖

郑光祖，字德辉，平阳襄陵（今山西临汾）人，生卒年不详。曾任杭州路吏。其曲以词藻典丽见长，为元曲四大家之一。有《倩女离魂》等杂剧传世。

【双调】蟾宫曲·梦中作

半窗幽梦微茫，歌罢钱塘[1]，赋罢高唐[2]。风入罗帏，爽入疏棂[3]，月照纱窗。缥缈见梨花淡妆[4]，依稀闻兰麝余香[5]。唤起思量，待不思量，怎不思量！

注释 1. 钱塘：杭州。南齐钱塘名妓苏小小善歌，有《苏小小歌》。2. 高唐：战国宋玉《高唐赋》写楚襄王游高唐，梦中与巫山神女欢会。3. 爽：清爽。疏棂：稀疏的窗格。4. 缥缈：隐约。梨花淡妆：形容女子淡妆清雅。5. 兰麝：兰与麝香，泛指名贵香料。麝（shè），鹿科，脐下有囊，可取麝香。

【双调】蟾宫曲·梦中作

弊裘尘土压征鞍，鞭倦袅芦花[1]。弓剑萧萧，一竟入烟霞[2]。动羁怀：西风禾黍，秋水蒹葭[3]。千点万点，老树寒鸦。三行两行，写高寒呀呀、雁落平沙[4]。曲岸西边，近水涡、鱼网纶竿钓艖[5]。断桥东下，傍溪沙，疏篱茅舍人家。见满山满谷，红叶黄花。正是凄凉时候，离人又在天涯。

注释　1. 弊裘：旧皮衣。袅：摇曳。　2. 萧萧：萧疏的样子。烟霞：指山水深处。　3. 羁怀：游子旅客的情怀。西风禾黍：《诗经·王风》有《黍离》篇，相传西周灭亡后，周大夫过故宗庙宫殿，见尽为禾黍，感而有作。后代指故国之思。秋水蒹葭（jiān jiā）：代指相思。《诗经·秦风·蒹葭》："蒹葭苍苍，白露为霜。所谓伊人，在水一方。"蒹葭，芦苇。　4. 写高寒：大雁常排成"人"字形在高空飞行，有"雁书"之称。高寒，即寒冽的高空。　5. 水涡：水流中的漩涡。纶竿：钓鱼竿。钓艖（chā）：钓鱼小船。艖，同"槎"，木筏。

范　康

范康，字子安，杭州人。生卒年不详，约成宗大德前后在世。能词章，通音律，前人评其曲为"如竹里鸣泉"。

【仙吕】寄生草·酒

长醉后方何碍，不醉时有甚思？糟腌两个功名字[1]，醅淹千古兴亡事[2]，曲埋万丈虹霓志[3]。不达时皆笑屈原非[4]，但知音尽说陶潜是[5]。

注释　1. 糟腌：用酒糟腌制。糟，酒糟。　2. 醅（pēi）淹：用酒泡起来。醅，还没有过滤的酒。　3. 曲：酿酒的酵母，这里代指酒。虹霓志：喻指远大志向。虹霓，雨后彩虹的内环为虹，外环为霓。　4. "不达时"句：意谓不得志者都认为屈原应与世人同醉。屈原曾说"众人皆醉，而我独醒"。　5. "但知音"句：谓知音人都会认可陶潜归隐田园、寄情诗酒的选择。

睢景臣

睢景臣，字景贤，扬州人，生卒年不详。心性聪明，酷爱音律，所作杂剧皆不传，所撰散曲仅存3套。

【般涉调】哨遍·高祖还乡[1]

【哨遍】社长排门告示，但有的差使无推故[2]。这差使不寻俗，一壁厢纳草也根，一边又要差夫，索应付[3]。又是言车驾，都说是銮舆，今日还乡故[4]。王乡老执定瓦台盘，赵忙郎抱着酒胡芦[5]。新刷来的头巾，恰糨来的绸衫，畅好是妆么大户[6]。

【耍孩儿】瞎王留引定火乔男女，胡踢蹬吹笛擂鼓[7]。见一彪人马到庄门[8]，匹头里几面旗舒[9]：一面旗白胡阑套住个迎霜兔，一面旗红曲连打着个毕月乌，一面旗鸡学舞，一面旗狗生双翅，一面旗蛇缠葫芦[10]。

【五煞】红漆了叉，银铮了斧，甜瓜苦瓜黄金镀[11]。明晃晃马镫上枪尖挑，白雪雪鹅毛扇上铺[12]。这些个乔人物[13]，拿着些不曾见的器仗，穿着些大作怪衣服。

注释　1. 高祖：即汉高祖刘邦。据《史记》记载，刘邦在汉十二年（前195）平定淮南王英布叛乱后曾回故乡沛县小住。　2. 社长：元代乡民五十家为一社，选年长有识者任社长。不过汉代并没有这种乡制，这里只是借用。排门：逐门逐户。但有的：只要有的。无推故：不得借故推辞。　3. 不寻俗：不寻常。一壁厢：一边。纳草：缴纳喂马草料。差夫：派差徭役。索：都需要。　4. 车驾、銮舆：都是帝王所乘之车，此处代称帝王。　5. 乡老：秦汉时的乡官名，由德高望重的人担任。瓦台盘：陶制托盘。忙郎：一般乡民。　6. 糨（jiàng）：浆，用米汤给洗好的衣服上浆，使之硬挺。畅好是：真是、正是。妆么：装模作样。　7. 瞎王留：元曲中常见乡下人名，如张三、李四之类。引定：引来。火：同“伙”。乔男女：不三不四的家伙。胡踢蹬：乱七八糟的。　8. 一彪：一队。　9. 匹头里：当头、劈头。舒：展开。　10. “一面旗”五句：分别指帝王仪仗队中的月旗、日旗、凤旗、飞虎旗、蟠龙旗。胡阑，合读即“环”。迎霜兔，白兔，传说月中有玉兔捣药。曲连，合音为“圈”。毕月乌，传说日中有三足乌。鸡学舞，凤舞图。狗生双翅，神虎飞黄图。蛇缠葫芦，蟠龙戏珠图。　11. 银铮：镀银。甜瓜苦瓜黄金镀：仪仗队中的金瓜兵仗。　12. 马镫上枪尖挑：镫仗。鹅毛扇上铺：宫扇。　13. 乔人物：装模作样的人。

【四煞】辕条上都是马，套顶上不见驴。黄罗伞柄天生曲[14]。车前八个天曹判，车后若干递送夫[15]。更几个多娇女，一般穿着，一样妆梳[16]。

【三煞】那大汉下的车，众人施礼数。那大汉觑得人如无物[17]。众乡老展脚舒腰拜，那大汉挪身着手扶。猛可里抬头觑，觑多时认得，险气破我胸脯。

【二煞】你身须姓刘，你妻须姓吕[18]。把你两家儿根脚从头数：你本身做亭长耽几盏酒[19]，你丈人教村学读几卷书。曾在俺庄东住，也曾与我喂牛切草，拽坝扶锄[20]。

【一煞】春采了桑，冬借了俺粟，零支了米麦无重数。换田契强秤了麻三秤，还酒债偷量了豆几斛[21]。有甚胡突处，明标着册历，见放着文书[22]。

【尾声】少我的钱差发内旋拨还，欠我的粟税粮中私准除[23]。只道刘三，谁肯把你揪扯住[24]？白甚么改了姓更了名[25]，唤做汉高祖！

14.“黄罗伞”句：指仪仗中的曲盖伞。 15. 天曹判：本指神话中的天神判官，此指车驾前导侍从。递送夫：专司递送物品的侍从。 16. 多娇女：宫娥。 17. 觑得人如无物：即目中无人。觑（qù），看。 18. 你妻须姓吕：刘邦妻名吕雉，即吕后。 19. 亭长：刘邦在秦朝曾任泗水亭长。秦制十里为亭。耽：贪恋。 20. 拽坝扶锄：泛指农活。坝，碎土平地的农具。 21. 斛（hú）：古代量器，十斗为一斛。 22. 胡突：糊涂。册历：账本。见：通“现”。文书：合同、借据等。 23. 差发内旋拨还：在摊派的官差中马上扣除。旋，立即。私准除：暗中抵偿折除。 24. 刘三：即刘邦。 25. 白甚么：平白无故地为什么。

周文质

周文质，字仲彬，原籍建德（今浙江建德），后居杭州。与钟嗣成为多年挚友。善丹青，能歌舞，谐音律，文笔新奇。

【正宫】叨叨令·悲秋

叮叮当当铁马儿乞留玎琅闹[1]，啾啾唧唧促织儿依柔依然叫[2]。滴滴点点细雨儿淅零淅留哨，潇潇洒洒梧叶儿失流疏刺落。睡不着也末哥[3]，睡不着也末哥，孤孤另另单枕上迷颩模登靠[4]。

注释　1. 铁马儿：又名檐马，悬在屋檐下的铁片，风吹时会叮当作响。乞留玎琅：与下文“依柔依然”“淅零淅留”“失流疏刺”都是形容各种声响的象声词。　2. 促织儿：蟋蟀。　3. 也末哥：元曲中增强语气的语尾助词，无实义。　4. 迷颩模登：迷迷糊糊的样子。

揭傒斯

揭傒斯（1274—1344），字曼硕，龙兴富州（今江西丰城）人。出身书香门第，少有盛名，晚年任翰林编修、《辽史》及《金史》总裁官，朝廷典册多出其手。兼工诗文，为元诗四大家之一。有《揭文安集》。

秋　雁

寒向江南暖，饥向江南饱。
莫道江南恶，须道江南好。

晓出顺承门有怀太虚[1]

步出城南门，怅望江南路。
前日风雨中，故人从此去。

注释　1. 太虚：何中，字太虚，乐安（今属江西）人，元初文学家。

乔　吉

乔吉（1280—1345），字梦符，号笙鹤翁，一号惺惺道人。原籍太原，流寓杭州。元代最多产的散曲家之一，美姿容，善词章，博学多才，然一生潦倒。杂剧有《扬州梦》《金钱记》《两世姻缘》3种传世，散曲集有《惺惺道人乐府》《文湖州集词》《乔梦符小令》3种。

【南吕】玉交枝

溪山一派，接松径寒云绿苔。萧萧五柳疏篱寨[1]，撒金钱菊正开。先生拂袖归去来[2]，将军战马今何在？急跳出风波大海，作个烟霞逸客。翠竹斋，薜荔阶[3]，强似五侯宅[4]。这一条青穗绦，傲煞你黄金带[5]。再不著父母忧[6]，再不还儿孙债。险也啊拜将台[7]！

注释　1. 五柳：陶渊明宅边植有五棵柳树，故自称“五柳先生”。　2.“先生”句：陶渊明做彭泽县令时作《归去来辞》，辞官归隐。　3. 薜荔：一种常绿爬蔓植物，这里泛指野草。　4. 五侯：汉桓帝时单超等五人同日受封为侯，世称五侯，此处泛指豪门权贵。　5. 青穗绦（tāo）：平民束衣的黑腰带，饰有穗子。黄金带：指当官的腰带。　6. 著：让。　7. 拜将台：刘邦曾重用韩信，筑台拜将，却在功成后杀了韩信以绝威胁。

【正宫】六幺遍·自述

不占龙头选，不入名贤传[1]。时时酒圣，处处诗禅[2]。烟霞状元，江湖醉仙。笑谈便是编修院[3]。留连，批风抹月四十年[4]。

注释　1.“不占”二句：谓不参加科举，也不想名垂青史。龙头选，考中状元。名贤传，古代史书与地方志有专为名宦、先贤所立传记。　2.“时时酒圣”二句：谓平生只愿专注于饮酒作诗。　3.“笑谈”句：谓笑谈古今就当是修史一般。编修院，元代中央机构中有翰林兼国史院，负责编写国史。　4. 批风抹月：吟风弄月。

【双调】水仙子·重观瀑布

天机织罢月梭闲，石壁高垂雪练寒[1]。冰丝带雨悬霄汉[2]，几千年晒未干。露华凉人怯衣单[3]。似白虹饮涧，玉龙下山，晴雪飞滩。

注释　1. 月梭：将新月比作织女的梭子。雪练：雪白的绢。　2. 冰丝：《琅琊记》载，梁沈约曾遇神女以雨丝缠成冰丝相赠，用此丝织成冰纨制扇，夏日不摇自凉。霄汉：天空。　3. 露华：露水，此指瀑布飞溅的水露。

【双调】水仙子·咏雪

冷无香柳絮扑将来，冻成片梨花拂不开，大灰泥漫了三千界[1]。银稜了东大海[2]，探梅的心噤难挨[3]。面瓮儿里袁安舍[4]，盐堆儿里党尉宅[5]，粉缸儿里舞榭歌台[6]。

注释　1. 漫：铺满。三千界：佛家用语，指整个世界。　2. 银稜（léng）：银镀。3. 噤：打哆嗦。挨：忍受。　4.“面瓮儿”句：意谓由于下雪，袁安的家像个大面缸。袁安，东汉人。洛阳大雪，袁安僵卧家中。　5.“盐堆儿”句：《绿窗新话》载，北宋太尉党进每逢大雪，便在家饮酒作乐。　6. 舞榭歌台：表演歌舞的楼台。

【越调】凭阑人·金陵道中

瘦马驮诗天一涯，倦鸟呼愁村数家。扑头飞柳花，与人添鬓华[1]。

注释　1. 鬓华：两鬓的白发。

【双调】清江引·有感

相思瘦因人间阻[1]，只隔墙儿住。笔尖和露珠，花瓣题诗句，倩衔泥燕儿将过去[2]。

注释　1. 间阻：阻挡。　2. 倩：请。将：拿、带。

【中吕】满庭芳·渔父词

秋江暮景。胭脂林障，翡翠山屏[1]。几年罢却青云兴，直泛沧溟[2]。卧御榻弯的腿疼，坐羊皮惯得身轻[3]。风初定，丝纶慢整[4]，牵动一潭星。

注释　1. "胭脂"二句：描写红如胭脂的枫林和青如翡翠的山峦好似天然屏障。　2. 青云兴：古代称仕途登荣为步上青云。沧溟：大海。　3. "卧御榻"二句：东汉严光，字子陵，与汉光武帝有故交。光武即位后，他隐姓埋名，披羊裘在江边垂钓。光武帝派人寻他入京，并与他同榻而眠，但严光不愿为官，终归隐富春山。　4. 丝纶：钓鱼线。

【中吕】山坡羊·冬日写怀

朝三暮四，昨非今是[1]。痴儿不解荣枯事[2]。攒家私，宠花枝[3]，黄金壮起荒淫志。千百锭买张招状纸[4]。身，已至此；心，犹未死。

注释　1.“朝三暮四”二句：形容世事变幻无常。2. 痴儿：迷恋名利的痴人。荣枯事：谓世事盛衰更替。3. 宠花枝：宠恋女色。4. 招状纸：古时犯人招写供词的纸。

刘　致

刘致（1258—1335 以后），字时中，号逋斋，石州宁乡（今山西离石）人。流寓长沙期间，因文章清俊宏丽受姚燧举荐，为湖南宪府吏，历官翰林待制、江浙行省都事等职。

【仙吕】醉中天·西湖春感

花木相思树，禽鸟折枝图。水底双双比目鱼，岸上鸳鸯户。一步步金镶翠铺[1]。世间好处，休没寻思[2]，典卖了西湖。

注释　1. 金镶翠铺：形容杭州的富丽堂皇。2. 没寻思：没头脑。

【双调】雁儿落过得胜令·送别

和风闹燕莺，丽日明桃杏。
长江一线平，暮雨千山静。
载酒送君行，折柳系离情[1]。
梦里思梁苑，花时别渭城[2]。长亭，
咫尺人孤零；愁听，阳关第四声[3]。

注释　1. 折柳：古人有折柳赠别的习俗。 2. 渭城：今咸阳，唐王维有《渭城曲》为送别名篇。 3. 阳关第四声：《渭城曲》被谱为“阳关三叠”，为中唐以来极为流行的离歌。

虞　集

虞集（1272—1348），字伯生，号道园，崇仁（今江西崇仁）人。大德初荐授大都路儒学教授，累迁奎章阁侍书学士。与杨载、范梈、揭傒斯并称“元诗四大家”。有《道园学古录》等。

至正改元辛巳寒食日示弟及诸子侄[1]

江山信美非吾土，
漂泊栖迟近百年[2]。
山舍墓田同水曲，
不堪梦觉听啼鹃[3]。

注释　1. 至正：元顺帝年号。 2. 栖迟：游息，居住。 3. 啼鹃：相传杜鹃为古蜀国望帝杜宇魂魄所化，啼声悲凄。

挽文山丞相[1]

徒把金戈挽落晖[2]，
南冠无奈北风吹[3]。
子房本为韩仇出[4]，
诸葛宁知汉祚移[5]。
云暗鼎湖龙去远[6]，
月明华表鹤归迟[7]。
不须更上新亭望，
大不如前洒泪时[8]。

注释　1. 文山丞相：宋忠臣文天祥，号文山。　2.“徒把”句：用鲁阳公挥戈反日事，谓文天祥竭尽所能也无法挽救南宋灭亡。　3. 南冠：楚冠，代指囚犯。文天祥战败被俘后被囚禁在大都。　4.“子房”句：张良家五世相韩，韩为秦所灭后，张良散尽家财，使刺客狙击秦始皇于博浪沙，后又辅佐刘邦灭秦。　5. 祚（zuò）：皇位。　6. 鼎湖：黄帝升天处。传说黄帝铸鼎荆山下，鼎成后乘龙上天，后世代指皇帝之死。　7.“月明”句：辽东人丁令威学道于灵虚山，成仙后化鹤归乡，落在城门华表上，诵曰：“有鸟有鸟丁令威，去家千年今始归，城郭如故人民非，何不学仙冢累累。”此借指文天祥的死。　8.“不须”二句：谓宋亡时的局势比东晋渡江时还不如。新亭，故址在今南京。《世说新语》载东晋诸人常在新亭追忆故土，相对垂泪。

萨都剌

萨都剌（约 1307—1359 后），字天锡，号直斋，答失蛮氏，蒙古人。泰定四年（1327）进士，累官御史。工诗文，亦善词。其诗词长于抒情，流丽清婉，间有豪迈奔放之作。有《雁门集》《天锡词》。

上京即事（选二）

牛羊散漫落日下，
野草生香乳酪甜。
卷地朔风沙似雪，
家家行帐下毡帘[1]。

注释　1. 行帐：帐幕。

紫塞风高弓力强[1]，
王孙走马猎沙场。
呼鹰腰箭归来晚，
马上倒悬双白狼。

注释　1. 紫塞：北方边塞。晋崔豹《古今注》："秦筑长城，土色皆紫，汉塞亦然，故称紫塞焉。"

百字令·登石头城[1]

石头城上，望天低吴楚，眼空无物。指点六朝形胜地[2]，唯有青山如壁。蔽日旌旗，连云樯橹[3]，白骨纷如雪。一江南北，消磨多少豪杰。

寂寞避暑离宫[4]，东风辇路[5]，芳草年年发。落日无人松径里，鬼火高低明灭。歌舞尊前，繁华镜里，暗换青青发。伤心千古，秦淮一片明月[6]。

注释　1. 石头城：南京的别称。　2. 六朝：三国吴、东晋、宋、齐、梁、陈六个朝代，均建都南京。　3. 樯橹：指船舰。樯（qiáng），桅杆。　4. 离宫：行宫。古代皇帝在正宫之外另筑宫室，以便游处。　5. 辇路：天子车驾常经之路。　6. 秦淮：河名。

木兰花慢·彭城怀古[1]

古徐州形胜，消磨尽，几英雄。想铁甲重瞳[2]，乌骓汗血[3]，玉帐连空[4]。楚歌八千兵散，料梦魂，

注释　1. 彭城：徐州的古称，为西楚霸王项羽的都城。　2. 重瞳：指项羽。项羽每只眼睛中都有两个瞳孔。　3. 乌骓：项羽的坐骑。汗血：相传大宛马汗如血色，后指宝马。　4. 玉帐：军营。

应不到江东[5]。空有黄河如带，乱山回合云龙[6]。

汉家陵阙起秋风[7]，禾黍满关中。更戏马台荒[8]，画眉人远，燕子楼空[9]。人生百年寄耳，且开怀，一饮尽千钟。回首荒城斜日，倚栏目送飞鸿[10]。

5.“楚歌”三句：据《史记·项羽本纪》载，项羽垓下被围，四面楚歌，突围至乌江，想起八千江东子弟兵无人生还，遂自刎而死。 6. 云龙：山名，在徐州南。 7.“汉家”句：化用李白《忆秦娥》“西风残照，汉家陵阙”句意。 8. 戏马台：故址在徐州，为项羽所建。 9. 燕子楼：故址在徐州。为唐代名妓关盼盼居所。 10. 目送飞鸿：语本嵇康诗：“目送归鸿，手挥五弦。”

满江红·金陵怀古

六代豪华[1]，春去也，更无消息。空怅望，山川形势，已非畴昔。王谢堂前双燕子，乌衣巷口曾相识[2]。听夜深，寂寞打孤城，春潮急。

思往事，愁如织。怀故国，空陈迹。但荒烟衰草，乱鸦斜日。玉树歌残秋露冷[3]，胭脂井坏寒螀泣[4]。到如今，只有蒋山青[5]，秦淮碧。

注释 1. 六代：六朝。 2.“王谢”二句：化用刘禹锡《乌衣巷》：“朱雀桥边野草花，乌衣巷口夕阳斜。旧时王谢堂前燕，飞入寻常百姓家。”王谢，王、谢两姓，均为东晋世族豪门。乌衣巷，王、谢所居地，在南京。 3. 玉树：指《玉树后庭花》，南朝陈后主所制，后被视为亡国之音。 4. 胭脂井：即景阳宫井，陈后主与张丽华曾藏匿其中。螀（jiāng）：蝉。 5. 蒋山：钟山。

薛昂夫

薛昂夫，名超吾，字九皋，回鹘人，生卒年不详。汉姓马，故又称马昂夫。曾任三衢路达鲁花赤，善书法，有诗名。

【正宫】塞鸿秋·凌歊台怀古[1]

凌歊台畔黄山铺，是三千歌舞亡家处。望夫山下乌江渡[2]，是八千子弟思乡去。江东日暮云，渭北春天树[3]。青山太白坟如故[4]。

注释　1. 凌歊（xiāo）台：在安徽当涂黄山，为南朝宋刘裕所建，并筑离宫，蓄歌舞女三千人。　2. 望夫山：在安徽当涂西北。乌江渡：在安徽和县东北。楚汉相争，项羽兵败垓下，退至乌江，乌江亭长劝他渡江，他说："我和江东八千子弟渡江而西，今无一人生还，我有何面目独见江东父老？"遂仗剑自刎而亡。　3."江东"二句：杜甫《春日忆李白》："渭北春天树，江东日暮云。"时杜甫身在渭北长安，李白则在山东。　4. 青山：在安徽当涂东南。太白坟：李白坟在青山西北处。

【正宫】塞鸿秋

功名万里忙如燕，斯文一脉微如线[1]。光阴寸隙流如电，风雪两鬓白如练。尽道便休官，林下何曾见[2]？至今寂寞彭泽县[3]。

注释　1. 斯文：指诗书礼乐。一脉：一支。　2."尽道"二句：灵澈《东林寺酬韦丹刺史》："相逢尽道休官好，林下何曾见一人？"林下，指归隐之处。　3. 彭泽县：即曾任彭泽县令而后辞官归隐的陶渊明。

【双调】楚天遥过清江引·送春

【楚天遥】花开人正欢，花落春如醉。春醉有时醒，人老欢难会。一江春水流[1]，万点杨花坠。谁道

注释　1. 一江春水流：南唐李煜《虞美人》词："问君能有几多愁，恰似一江春水向东流。"

是杨花，点点离人泪[2]。

【清江引】回首有情风万里，渺渺天无际。愁共海潮来，潮去愁难退[3]。更那堪晚来风又急[4]。

2.“谁道”二句：苏轼《水龙吟》词：“细看来不是杨花，点点是离人泪。” 3.“回首”四句：苏轼《八声甘州》词：“有情风万里卷潮来，无情送潮归。” 4.“更那堪”句：李清照《声声慢》词：“怎敌他晚来风急。”更那堪，再加上。

【楚天遥】有意送春归，无计留春住[1]。明年又着来，何似休归去。桃花也解愁，点点飘红玉。目断楚天遥，不见春归路。

【清江引】春若有情春更苦[2]，暗里韶光度。夕阳山外山，春水渡傍渡[3]。不知那答儿是春住处[4]。

注释 1. 无计留春住：宋欧阳修《蝶恋花》词：“雨横风狂三月暮，门掩黄昏，无计留春住。” 2.“春若”句：套用唐李贺《金铜仙人辞汉歌》中“天若有情天亦老”一句。 3.“夕阳”二句：宋戴复古《世事》：“春水渡傍渡，夕阳山外山。” 4. 那答儿：哪里。

赵善庆

赵善庆，字文贤，一作文宝，饶州乐平（今江西乐平）人。善卜术，曾任阴阳学正。散曲存小令二十余首，善写景。

【双调】沉醉东风·秋日湘阴道中[1]

山对面蓝堆翠岫，草齐腰绿染沙洲。傲霜橘柚青，濯雨蒹葭秀。隔沧波隐隐江楼。点破潇湘万顷秋，是几叶儿传黄败柳。

注释 1. 湘阴：今湖南湘阴。

张可久

张可久（约1280—1349以后），字小山，庆元（今浙江宁波）人。一生沉沦下僚，遂放怀诗酒，隐居杭州。不作杂剧，专长散曲，风格工丽典雅，表现了散曲雅化的倾向。有《苏堤渔唱》《小山北曲联乐府》等集，为元散曲家中存作最多者。

人月圆·客垂虹

三高祠下天如镜[1]，山色浸空濛[2]。莼羹张翰[3]，渔舟范蠡，茶灶龟蒙[4]。

故人何在？前程那里，心事谁同？黄花庭院，青灯夜雨，白发秋风。

注释　1. 三高祠：在江苏吴江，祀范蠡、张翰和陆龟蒙三位吴地的先贤。　2. 空濛：迷茫的样子。　3. 莼羹张翰：张翰，字季鹰，西晋时任齐王东曹掾。因思念家乡的美味莼菜羹、鲈鱼脍而弃官归里。　4. 茶灶龟蒙：《新唐书·陆龟蒙传》："升舟设篷席、赍束书、茶灶、笔床、钓具往来，时谓江湖散人。"

【中吕】卖花声·怀古

美人自刎乌江岸[1]，战火曾烧赤壁山[2]，将军空老玉门关[3]。伤心秦汉，生民涂炭，读书人一声长叹。

注释　1."美人"句：项羽兵败自刎于乌江，其妾虞姬亦自刎相随。　2."战火"句：三国时刘备、孙权联军在赤壁以火攻大败曹操，史称赤壁之战。　3."将军"句：东汉班超长驻西域三十多年，年老思归，上疏请还云："臣不敢望到酒泉郡，但愿生入玉门关。"玉门关，汉武帝置，在今甘肃敦煌市西。

【中吕】红绣鞋·天台瀑布寺[1]

绝顶峰攒雪剑，悬崖水挂冰帘。倚树哀猿弄云尖，血华啼杜宇[2]，阴洞吼飞廉[3]。比人心山未险。

注释 1. 天台：山名，在浙江天台县北。 2. 杜宇：杜鹃。传说古蜀国国君杜宇死后化为杜鹃，夜夜哀啼至血出。 3. 飞廉：传说中的风神。

【黄钟】人月圆·山中书事

兴亡千古繁华梦，诗眼倦天涯[1]。孔林乔木[2]，吴宫蔓草[3]，楚庙寒鸦[4]。数间茅舍，藏书万卷，投老村家[5]。山中何事？松花酿酒，春水煎茶。

注释 1. 诗眼：此指超脱的诗人眼光。 2. 孔林：在山东曲阜孔子墓地旁，为孔子门生从各自故乡带来的树种种植而成，后世亦以孔林代称孔墓。 3. 吴宫：春秋时吴王夫差所建的宫殿，在苏州。 4. 楚庙：战国时楚国的宗庙。 5. 投老：到老。

【中吕】山坡羊·闺思

云松螺髻[1]，香温鸳被，掩春闺一觉伤春睡。柳花飞，小琼姬[2]，一声“雪下呈祥瑞”，团圆梦儿生唤起。谁，不做美？呸，却是你！

注释 1. 螺髻：状如螺壳的发髻。 2. 小琼姬：漂亮的小丫鬟。

【双调】折桂令·九日

对青山强整乌纱[1]。归雁横秋，倦客思家。翠袖殷勤，金杯错落，玉手琵琶。人老去西风白发，蝶愁来明日黄花。回首天涯，一抹斜阳，数点寒鸦。

注释　1. 强整乌纱：喻勉强提起登高游览之兴。乌纱，乌纱帽。

【双调】殿前欢·次酸斋韵[1]

钓鱼台，十年不上野鸥猜[2]。白云来往青山在，对酒开怀。欠伊周济世才[3]，犯刘阮贪杯戒[4]，还李杜吟诗债[5]。酸斋笑我，我笑酸斋。

注释　1. 酸斋：贯云石，号酸斋。2. 钓鱼台：东汉严子陵钓鱼台，在浙江富春山。野鸥猜：化用鸥鹭忘机典故，谓久不归隐因而野鸥不能与之亲近。3. 伊周：商朝的伊尹、周朝的周公，都是济世贤臣。　4. 刘阮：晋人刘伶、阮籍，都嗜酒，为竹林七贤中人。　5. 李杜：李白和杜甫。

【双调】落梅风·越城春雪[1]

朱帘上，皓齿歌，柳梢青野梅开过。倚阑干醉眸天地阔，雪山寒玉龙高卧。

注释　1. 越城：今浙江绍兴。

【双调】清江引·山居春枕[1]

门前好山云占了，尽日无人到。松风响翠涛，槲叶烧丹灶[2]。先生醉眠春自老。

注释　1. 春枕：即春睡。　2. 槲（hú）：落叶乔木，叶可喂柞蚕。丹灶：炼丹炉。

【越调】凭阑人·江夜

江水澄澄江月明，江上何人搊玉筝[1]？隔江和泪听，满江长叹声。

注释　1. 搊（chōu）：弹拨。

【正宫】醉太平·叹世

人皆嫌命窘[1]，谁不见钱亲？水晶环入面糊盆，才沾粘便滚[2]。文章糊了盛钱囤[3]，门庭改做迷魂阵[4]，清廉贬入睡馄饨[5]。胡芦提倒稳[6]！

注释　1. 窘：穷困。　2.“水晶环”二句：喻指清白的人一入官场，很快便同流合污了。　3.“文章”句：谓世人只认钱财，才学无用。盛钱囤，钱柜。　4.“门庭”句：喻指人人都设法算计。　5.“清廉”句：谓清廉者往往被贬，只好昏睡度日。　6.“胡芦提”句：谓行事糊涂者反倒平安稳当。

【南吕】一枝花·湖上晚归

长天落彩霞，远水涵秋镜[1]。花如人面红，山似佛头青，生色围屏[2]。翠冷松云径，嫣然眉黛横。但携将旖旎浓香，何必赋横斜瘦影[3]。

【梁州】挽玉手留连锦英，据胡床指点银瓶[4]。素娥不嫁伤孤另[5]。想当年小小，问何处卿卿[6]？东坡才调，西子娉婷，总相宜千古留名[7]。吾二人此地私行，六一泉亭上诗成[8]。三五夜花前月明[9]，十四弦指下风生[10]。可憎[11]，有情，捧红牙合和伊州令[12]。万籁寂，四山静，幽咽泉流水下声[13]，鹤怨猿惊。

【尾】岩阿禅窟鸣金磬[14]，波底龙宫漾水晶[15]。夜气清，酒力醒；宝篆销[16]，玉漏鸣[17]。笑归来仿佛二更，煞强似踏雪寻梅灞桥冷[18]。

注释　1. 涵：包含。　2. 生色围屏：指景物好似色彩鲜明的屏风。生色，色彩鲜明生动。　3. 旖旎（yǐ nǐ）：婀娜柔美的样子，此指美人。横斜瘦影：指梅花。林逋《梅花》："疏影横斜水清浅。"　4. 锦英：美丽的花丛。指点银瓶：指索要酒喝。　5. 素娥：嫦娥。孤另：孤零。　6. 小小：即苏小小，南齐时钱塘名妓。卿卿：恋人间的昵称。　7. "东坡"三句：苏轼《饮湖上初晴后雨》诗："欲把西湖比西子，淡妆浓抹总相宜。"　8. 六一泉：在杭州西湖孤山下。欧阳修自号六一居士，与西湖僧人惠勤交好。苏轼任杭州太守时，为纪念欧阳修，将惠勤讲堂后的泉水命名为"六一泉"。　9. 三五夜：即阴历十五月圆之夜。　10. 十四弦：古代的一种弦乐。　11. 可憎：即可爱，爱极反语。　12. 红牙：击打节拍用的牙板，以红色檀木制成。合和：伴唱和声。伊州令：曲牌名。　13. "幽咽"句：白居易《琵琶行》形容乐声有"幽咽泉流冰下难"句。　14. 岩阿：山岩曲处。禅窟：佛寺。金磬（qìng）：僧人诵经时敲击的法器。　15. "波底"句：形容明净湖水中倒映的屋舍在月光下仿似龙宫。　16. 宝篆：即篆香。因烟雾如篆字般弯曲，故名。　17. 玉漏：古代以滴水方法来计时的器具。　18. 踏雪寻梅灞桥冷：相传唐诗人孟浩然常在雪天到灞桥去寻探梅花。

任　昱

任昱，字则明，四明（今浙江宁波）人。约与张可久同时。善七言诗，工散曲，有不少小令为歌姬传唱。

【双调】沉醉东风·宫词

鸡鹊层楼夜永[1]，芙蓉小苑秋晴[2]。金掌凉[3]，银汉莹[4]，按霓裳何处新声[5]？懒下瑶阶独自行，怕羞见团团桂影[6]。

注释　1. 夜永：夜长。　2. 芙蓉小苑：唐时长安东南曲江有芙蓉苑，此泛指御苑。　3. 金掌凉：汉武帝在建章宫前立铜仙人，手捧铜盘承接露水。　4. 银汉莹：银河灿烂。　5. 霓裳：唐明皇时宫中有《霓裳羽衣曲》，此泛指宫廷乐曲。新声：新谱的曲子。　6. 桂影：指月中丹桂。

徐再思

徐再思，字德可，因嗜甜食，自号甜斋，浙江嘉兴人。生卒年不详，曾任嘉兴路吏。元代散曲大家，风格清丽秀雅。近人任讷将他与贯云石的散曲合辑为《酸甜乐府》。

【双调】水仙子·夜雨

一声梧叶一声秋，一点芭蕉一点愁，三更归梦三更后。落灯花棋未收，叹新丰孤馆人留[1]。枕上十年事，江南二老忧[2]，都到心头。

注释　1.“叹新丰”句：唐代马周任官之前曾落魄潦倒，困于新丰（今陕西临潼）旅舍。　2. 二老：指父母。

【双调】沉醉东风·春情

平生不会相思，才会相思，便害相思。身似浮云，心如飞絮，气若游丝。空一缕余香在此，盼千金游子何之[1]？症候来时[2]，正是何时？灯半昏时，月半明时。

注释　1. 何之：去了哪里。　2. 症候：指相思病。

【越调】凭阑人·咏史

九殿春鳷鹊楼[1]，千里离宫龙凤舟[2]。始为天下忧，后为天下羞。

注释　1. 鳷（zhī）鹊楼：汉武帝时的宫观，在长安甘泉宫外，此泛指宫殿。2.“千里”句：谓隋炀帝把龙舟当作离宫。

【越调】天净沙·秋江夜泊

斜阳万点昏鸦，西风两岸芦花，船系浔阳酒家[1]。多情司马，青衫梦里琵琶[2]。

注释　1. 浔阳：浔阳江，长江流经江西九江市北的一段。　2.“多情司马”二句：白居易《琵琶行》末云：“座中泣下谁最多，江州司马青衫湿。”

【中吕】阳春曲·皇亭晚泊

水深水浅东西涧[1]，云去云来远近山，秋风征棹钓鱼滩[2]。烟树晚，茅舍两三间。

注释　1. 涧（jiàn）：山间的水沟。2. 征棹：行舟。

曹德

曹德，字明善，衢州（今浙江衢州）人。曾任衢州路吏。相传元顺帝时曾作《清江引》二首讽刺太师伯颜专权，遭到通缉，避祸吴中寺庙数年，至伯颜病死才返京城。其散曲风格华丽而不失自然，与任昱、薛昂夫有唱和。

【双调】清江引（选二）

长门柳丝千万结[1]，风起花如雪[2]。离别复离别，攀折更攀折，苦无多旧时枝叶也。

注释　1. 长门：汉武帝时陈皇后失宠，居长门宫。此借指元代宫廷。　2. 花：此指柳絮。

长门柳丝千万缕，总是伤心树[1]。行人折嫩条，燕子衔轻絮，都不由凤城春作主[2]。

注释　1. 伤心树：指不堪攀折之苦的柳树。　2. 凤城：京城。相传秦穆公之女弄玉吹箫引凤降于京城，因号丹凤城，后世以此指称京城。

查德卿

查德卿，生平不详。现存小令二十余首，文辞平易，风格活泼。

【仙吕】寄生草·感叹

姜太公贱卖了磻溪岸[1]，韩元帅命博得拜将坛[2]。羡傅说守定岩前版[3]，叹灵辄吃了桑间饭[4]，劝

注释　1. “姜太公”句：谓姜太公轻易离开磻溪去做官很不值得。下四句都是举例说明仕途凶险，不值得为之卖命。磻溪，在今陕西宝鸡东南，相传姜太公遇周文王前曾在此垂钓隐居。　2. 韩元

豫让吐出喉中炭[5]。如今凌烟阁一层一个鬼门关，长安道一步一个连云栈[6]。

帅：韩信。拜将坛：刘邦筑坛拜韩信为元帅，待平定江山后却将他杀害。 3. 傅说（yuè）：殷代贤相，相传原本是在傅岩筑墙的奴隶。岩：傅岩，在今山西平陆。版：筑墙版。 4. 灵辄：《左传·宣公二年》载，晋大夫赵宣子去首阳山打猎，见灵辄饿昏在桑林中，便赐给饭食。后晋灵公派灵辄刺杀赵宣子，灵辄倒戈相救以报一饭之恩。 5. 豫让：战国时晋国人，事智伯，后智伯为赵襄子所灭，豫让漆身为癞，吞炭变哑，欲刺杀赵襄子为智伯报仇，但因事败自杀。 6. "如今"二句：形容当今仕途极为险恶。凌烟阁，唐太宗将二十四位开国功臣的画像列于凌烟阁以示表彰，后人遂以登上凌烟阁作为仕途登峰造极的象征。长安道，通往长安的道路，喻指仕途。连云栈，在今陕西汉中西北，是一条在绝壁上开成的极险栈道，此泛指危途。

张鸣善

张鸣善，名择，号顽老子。原籍平阳（今山西临汾），后迁湖南，流寓扬州，元亡后隐居吴江。所存小令以讥讽时弊见长。

【双调】水仙子·讥时

铺眉苫眼早三公[1]，裸袖揎拳享万钟[2]，胡言乱语成时用[3]。大纲来都是哄[4]。说英雄谁是英雄？五眼鸡岐山鸣凤[5]，两头蛇南阳卧龙，三脚猫渭水非熊[6]。

注释　1. "铺眉"句：谓不正经的人早早官居极品。铺眉苫（shàn）眼，挤眉弄眼、装模作样。三公，原指官职最高的太师、太傅、太保，后泛指高官。 2. 裸袖揎拳：捋起袖子、摩拳擦掌。 3. 成时用：合乎时势所需。 4. 大纲来：总之。哄：欺哄。 5. 五眼鸡：与下文两头蛇、三脚猫都是比喻无才无德或贪婪狡诈之辈。岐山：在今陕西岐山县东北，传说周代初兴时有凤凰鸣于此山。 6. 渭水非熊：指姜太公吕尚。传说周文王出猎前占卜，卜辞说："你获得的非熊非罴，而是辅佐霸主之才。"果然在渭水遇见吕尚。

杨朝英

杨朝英，号澹斋，青城（今山东高青）人。与贯云石友善。曾编选元人散曲集《阳春白雪》《太平乐府》两部，对散曲的留存有卓越的贡献。

【双调】清江引

秋深最好是枫树叶，染透猩猩血。风酿楚天秋，霜浸吴江月[1]。明日落红多去也。

注释 1. 吴江：即吴淞江，又名松江，为太湖支流，流经吴县、松江、上海，汇黄浦江入海。

周德清

周德清，号挺斋，高安（今江西高安）人。北宋词人周邦彦的后代。工乐府，善音律，所作散曲独步当时。著有《中原音韵》一书，总结并规范了北曲创作格律。

【正宫】塞鸿秋·浔阳即景[1]

长江万里白如练[2]，淮山数点青如淀[3]，江帆几片疾如箭，山泉

注释 1. 浔阳：今江西九江。 2. 练：白绢。 3. 淮山：指长江下游的山。淀：同"靛"，即靛青，青色染料。

千尺飞如电。晚云都变露，新月初学扇，塞鸿一字来如线[4]。

4. 塞鸿：边塞飞来的鸿雁。

【中吕】满庭芳·误国贼秦桧[1]

官居极品[2]，欺天误主，贱土轻民，把一场和议为公论。妒害功臣，通贼虏怀奸诳君[3]，那些儿立朝堂仗义依仁[4]。英雄恨，使飞云幸存[5]，那里有南北二朝分[6]。

注释　1. 秦桧：字会之，江宁（今南京市）人。南宋高宗时宰相，在位十九年间擅权卖国，力主和议，诬杀岳飞等主战将领。　2. 极品：最高品级。　3. 贼虏：对金人的蔑称。　4. “那些儿”句：哪里是以仁义来执掌朝堂呢？　5. 飞云：岳飞和岳云父子，均为秦桧所害。　6. 南北二朝：指宋分南北朝，一说指位于北方的金朝和南宋对峙。

【中吕】红绣鞋·郊行（选二）

穿云响一乘山轿。见风消数盏村醪[1]。十里松声画难描。枫林霜叶舞，荞麦雪花飘[2]，又一年秋事了。

注释　1. 醪（láo）：浊酒。　2. 荞麦：一种北方粗粮作物，开白花。

雪意商量酒价[1]。风光投奔诗家。准备骑驴探梅花。几声沙嘴雁[2]，数点树头鸦，说江山憔悴煞[3]。

注释　1. 商量：酝酿。意指雪天更能体现酒的价值。　2. 沙嘴：沙洲近水的尖端。　3. 江山憔悴煞：秋天景物萧瑟凋敝。

【中吕】阳春曲·秋思

千山落叶岩岩瘦[1]。百结柔肠寸寸愁。有人独倚晚妆楼。楼外柳，眉叶不禁秋[2]。

注释　1. 岩岩瘦：瘦削的样子。　2."楼外柳"二句：以柳叶难以承受秋意来拟写女子触景生愁。

【双调】折桂令

倚蓬窗无语嗟呀[1]，七件儿全无，做甚么人家[2]。柴似灵芝，油如甘露，米若丹砂[3]。酱瓮儿恰才梦撇，盐瓶儿又告消乏[4]。茶也无多，醋也无多，七件事尚且艰难，怎生教我折柳攀花[5]。

注释　1. 蓬窗：茅草房的窗子，泛指陋居。嗟呀：叹息。　2. 七件儿：指柴、米、油、盐、酱、醋、茶等日用物资。做人家：过日子。　3."柴似灵芝"三句：形容柴、油、米十分稀少珍贵。丹砂，一种名贵矿物，可入药炼丹。　4. 恰才：刚刚。梦撇、消乏：没有了。　5. 折柳攀花：本指浪迹青楼，这里泛指悠游自在的闲情雅致。

钟嗣成

钟嗣成（约 1279—约 1360），字继先，号丑斋，汴京（今河南开封）人，寓居杭州。早年屡试不第，从吏无门，遂转而以著述为事。著有记载元曲家事迹和著作的专著《录鬼簿》，为研究元曲的重要文献。所作杂剧均不传，散曲存小令 59 首，套数 1 篇。

【正宫】醉太平

风流贫最好，村沙富难交[1]。拾灰泥补砌了旧砖窑[2]，开一个教乞儿市学[3]。裹一顶半新不旧乌纱帽，穿一领半长不短黄麻罩[4]，系一条半联不断皂环绦[5]，做一个穷风月训导[6]。

注释　1. 村沙富：粗鄙愚劣的富人。　2. 旧砖窑：指穷人住处。　3. 乞儿：指贫家孩子。市学：村中公学。　4. 黄麻罩：穷人穿的粗麻外衣。　5. 皂环绦：平民系的黑腰带。　6. 穷风月：穷风流、穷开心。训导：古时的州县学政教官，这里指教书先生。

【正宫】醉太平

俺是悲田院下司[1]，俺是刘九儿宗枝[2]。郑元和当日拜为师[3]，传留下莲花落稿子[4]。搠竹杖绕遍莺花市[5]，提灰笔写遍鸳鸯字，打爻槌唱会鹧鸪词[6]。穷不了俺风流敬思[7]。

注释　1. 悲田院：乞丐收容所。下司：下属。　2. 刘九儿：元杂剧中的乞丐。宗枝：后人。　3. 郑元和：唐传奇《李娃传》中的人物，曾流落为丐，唱曲行乞。　4. 莲花落：乞丐行乞时唱的曲子。　5. 搠（shuò）：提着。莺花市：此泛指闹市。　6.“提灰笔”二句：以灰笔写艳情曲词、打着拍子唱《鹧鸪天》小调，都是行乞手段。爻槌，用来打拍子的鼓槌。　7. 风流敬思：风流浪子。

【双调】凌波仙·吊睢景臣[1]

吟髭拈断为诗魔[2]，醉眼慵开被酒酡。半生才便作三闾些[3]，叹翻成薤露歌[4]，等闲间鬓发成皤[5]。功名事，岁月过，又待如何？

注释　1. 睢景臣：元作家，详见前文小传。钟嗣成在《录鬼簿》中为已故的“名公才人”和知交好友每人作了一首《凌波仙》以示纪念。　2.“吟髭”句：唐卢延让《苦吟》：“吟安一个字，拈断数茎须。”髭（zī），胡子。　3. 三闾：代指屈原。些：

代指《楚辞》。 4. 翻成：反成。薤（xiè）露歌：古时丧歌。 5. 皤（pó）：白色。

张 翥

张翥（1287—1368），字仲举，号蜕庵，晋宁（今山西临汾）人。至元初，召为国子助教，官至翰林学士承旨。预修宋、辽、金三史。其诗清润稳妥，格高调雅，而尤擅七律。词则婉约风流，号称绝唱。著《蜕庵集》《蜕岩词》。

寄浙省参政周玉坡[1]

天子临轩授钺频[2]，
东南无地不红巾[3]。
铁衣远道三军老[4]，
白骨中原万鬼新。
义士精灵虹贯日[5]，
仙家谈笑海扬尘[6]。
都将两眼凄凉泪，
哭尽平生几故人。

注释 1. 周玉坡：即周伯琦，号玉雪坡真逸，曾任江浙行省参政。作者好友。 2. 授钺：古代皇帝授大臣以专杀之权。钺，古兵器，状如大斧。 3."东南"句：指元末农民大起义。 4. 铁衣：古代战士所披的铁甲。 5."义士"句：西汉邹阳狱中上书："昔者荆轲慕燕丹之义，长虹贯日。"形容义士的精神感天动地。 6."仙家"句：用沧海桑田事。

多 丽

西湖泛舟夕归，施成大席上，以"晚山青"为起句，各赋一词。

晚山青，一川云树冥冥。正参差、烟凝紫翠，斜阳画出南屏[1]。

注释 1. 南屏：山名，在西湖之滨。

馆娃归[2]、吴台游鹿[3]；铜仙去、汉苑飘萤[4]。怀古情多，凭高望极，且将尊酒慰飘零。自湖上、爱梅仙远，鹤梦几时醒[5]。空留得、六桥疏柳[6]，孤屿危亭[7]。

待苏堤[8]、歌声散尽，更须携妓西泠[9]。藕花深、雨凉翡翠；菰蒲软、风弄蜻蜓。澄碧生秋，闹红驻景[10]，采菱新唱最堪听。见一片、水天无际，渔火两三星。多情月、为人留照，未过前汀。

2. 馆娃：指馆娃宫，吴王夫差为西施所建。 3. 游鹿：伍子胥曰："吾见麋鹿游姑苏台。"见《吴越春秋》。 4. "铜仙"句：即金铜仙人。 5. "爱梅"句：谓先贤林逋早已逝去。 6. 六桥：西湖苏堤有映波、锁澜、望山、压堤、东浦、跨虹等六桥，为苏轼所建。 7. 孤屿：孤山。 8. 苏堤：在西湖，苏轼开湖为堤，故称。 9. 西泠：桥名，在孤山西。 10. 闹红：指荷花。

杨维桢

杨维桢（1296—1370），字廉夫，号铁崖、铁笛道人，诸暨（今浙江诸暨）人。泰定四年（1327）进士，官至建德路推官。其诗学李贺，奇诡纤丽，称"铁崖体"。有《铁崖古乐府》《东维子集》等。

题苏武牧羊图

未入麒麟阁[1]，时时望帝乡。寄书元有雁，食雪不离羊[2]。旄尽风霜节[3]，心悬日月光。李陵何以别，涕泪满河梁[4]。

注释 1. 麒麟阁：汉宣帝绘制功臣像的宫阁，苏武居第十一。 2. "食雪"句：匈奴单于将苏武置于大窖中，断绝饮食。苏武餐毡饮雪，终不屈服。 3. 旄：装饰节杖的牦牛尾。 4. "李陵"二句：李陵诗有"携手上河梁，游子暮何之"句，后人认为是送别苏武之作。李陵，汉将军，与苏武友善。汉武帝天汉二年（前 99），李陵带兵五千北征，遭遇匈奴，战败投降。

传舍吏

传舍吏，当封侯[1]。晋鄙救兵邺中留[2]，邯郸急击危缀旒[3]。传舍吏儿当国忧，散君帑藏大飨士[4]，编君妻妾列兵俦。传舍吏儿率死士，踔踍赤手科鳌头[5]。救兵至，邯郸危复瘳[6]，传舍儿死父封侯[7]。

注释　1.“传舍吏”二句：秦围邯郸，邯郸传舍吏之子李同劝平原君散家财以养士，编婢妾入兵伍，与民同甘共苦，以保全赵国。平原君听从建议，得死士三千，令李同率领攻退秦军三十里，终于等来救兵，保存了邯郸。传舍，古代供来往行人居住的旅舍。　2.“晋鄙”句：魏王派晋鄙领兵救赵，后因受秦王威胁，命晋鄙暂驻邺中观望。　3.缀旒：冠上的垂珠。　4.帑藏：国库。飨：犒劳。　5.踔踍：跳跃。科鳌头：不戴头盔，以示必死决心。　6.瘳：病愈，此指转危为安。　7.“传舍”句：李同战死，赵王封其父为侯。

周　浩

周浩，生卒年及事迹均不详。或为钟嗣成之友。

【双调】折桂令·题《录鬼簿》

想贞元朝士无多[1]，满目江山，日月如梭。上苑繁华，西湖富贵[2]，总付高歌。麒麟冢衣冠坎坷，凤凰台人物蹉跎[3]。生待如何，死待如何？纸上清名，万古难磨。

注释　1.“想贞元”句：谓前朝士人多已亡故。唐刘禹锡《听旧宫中乐人穆氏唱歌》：“休唱当时供奉曲，贞元朝士已无多。”贞元，唐德宗年号，这里泛指前朝。　2.上苑：皇帝游乐的御苑，代指元大都。西湖：代指杭州。大都、杭州都是元代曲家聚居之处。　3.“麒麟冢”二句：谓麒麟冢中、凤凰台上的衣冠人物都比不上《录鬼簿》里的曲家，后者将因“纸上清名”而流芳万古。麒麟冢，指王侯贵族的坟墓。凤凰台，在今南京，指一时人物盛出之处。

倪瓒

倪瓒（1301—1374），字元镇，号云林，又号风月主人、沧浪漫士等，江苏无锡人。元末著名书画家，兼工诗文散曲，其作神思散朗，意格高远。有《清闷阁集》。

【黄钟】人月圆

伤心莫问前朝事，重上越王台[1]。鹧鸪啼处，东风草绿，残照花开。

怅然孤啸[2]，青山故国，乔木苍苔。当时明月，依依素影，何处飞来？

注释　1. 越王台：在今浙江绍兴西南会稽山上，相传是勾践为招贤纳才而建。　2. 孤啸：独自长啸。啸，放声喊叫，是古人抒发感情的方式。

【黄钟】人月圆

惊回一枕当年梦，渔唱起南津[1]。画屏云嶂，池塘春草，无限消魂。

旧家应在，梧桐覆井，杨柳藏门。闲身空老，孤篷听雨，灯火江村。

注释　1. 渔唱：渔人所唱歌曲。南津：南浦。

【越调】小桃红

一江秋水澹寒烟[1]，水影明如练。眼底离愁数行雁。雪晴天。绿苹红蓼参差见[2]。吴歌荡桨[3]，一声哀怨，惊起白鸥眠。

注释　1. 澹寒烟：水面上荡漾着薄雾。　2. 苹：同"萍"，浮萍。　3. 吴歌：江南一带的民歌。

【双调】殿前欢·听琴

揾啼红[1]，杏花消息雨声中[2]。十年一觉扬州梦[3]，春水如空。雁波寒写去踪[4]，离愁重，南浦行云送。冰弦玉柱[5]，弹怨东风。

注释　1. 揾（wèn）：擦去。啼红：带着红色脂粉痕迹的泪水。　2. "杏花"句：陈与义《怀天经智老因访之》："客子光阴诗卷里，杏花消息雨声中。"　3. "十年"句：唐杜牧《遣怀》："十年一觉扬州梦，赢得青楼薄幸名。"　4. "雁波"句：大雁排成字形飞去，在寒波中投下倒影。　5. 冰弦玉柱：指琴。

无名氏

【正宫】醉太平·讥奸佞专权

堂堂大元，奸佞专权。开河变钞祸根源[1]，惹红巾万千[2]。官法滥刑法重黎民怨。人吃人钞买

注释　1. 开河：元顺帝至正十一年（1351），征民工二十万开掘黄河河道，贪官污吏趁机敛财，民怨沸腾。变钞：元代数次滥发钞币，导致恶性贬值，民不聊生。　2. 红巾：元末韩山童、刘福通领导的农民起义军以红巾包头，故称。

钞何曾见[3]。贼做官官做贼混愚贤。哀哉可怜！

3. 钞买钞：元朝廷发行的新钞要用旧钞来买。

【正宫】醉太平·讥贪小利者

夺泥燕口，削铁针头，刮金佛面细搜求，无中觅有。鹌鹑嗉里寻豌豆[1]，鹭鸶腿上劈精肉，蚊子腹内刳脂油[2]，亏老先生下手。

注释　1. 嗉（sù）：鸟类喉咙下贮存食物的食囊。　2. 刳（kū）：刮。

【中吕】朝天子·志感

不读书有权，不识字有钱，不晓事倒有人夸荐。老天只恁忒心偏，贤和愚无分辨。折挫英雄，消磨良善，越聪明越运蹇[1]。志高如鲁连[2]，德过如闵骞[3]，依本分只落的人轻贱。

注释　1. 运蹇(jiǎn)：命苦。　2. 鲁连：鲁仲连，战国时齐人，志向高远、轻财仗义，曾解赵国之围，平原君以重金相酬，笑而不纳。　3. 闵骞：即闵子骞，春秋时鲁国人，孔子门生，以德行高尚著称。

不读书最高，不识字最好，不晓事倒有人夸俏。老天不肯辨清浊，好和歹没条道[1]。善的人欺，贫的人笑，读书人都累倒。立身

注释　1. 条道：准则。

则小学[2]，修身则大学[3]，智和能都不及鸦青钞[4]。

2. 小学：古代贵族子弟八岁入小学，习六艺（礼、乐、射、御、书、数），为立身之本。 3. 大学：即太学，十五岁入太学，习四书（《大学》《论语》《孟子》《中庸》），为修身之道。 4. 鸦青钞：以青黑色纸所印的元代纸币。

【双调】水仙子·重九登临

夕阳西下水东流，一事无成两鬓秋。伤心人比黄花瘦[1]。怯重阳九月九。强登临情思悠悠。望故国三千里，倚秋风十二楼。没来由惹起闲愁。

注释 1.“伤心人”句：李清照词《醉花阴》：“帘卷西风，人比黄花瘦。”

【仙吕】寄生草·相思

有几句知心话，本待要诉与他。对神前剪下青丝发，背爷娘暗约在湖山下，冷清清湿透凌波袜[1]。恰相逢和我意儿差，不刺[2]，你不来时还我香罗帕。

注释 1. 凌波袜：曹植《洛神赋》有“凌波微步，罗袜生尘”句，后以凌波袜代称美人之袜。 2. 不刺：算了、罢了。

【南吕】干荷叶

南高峰，北高峰，惨淡烟霞洞[1]。宋高宗[2]，一场空。吴山依旧酒旗风。两度江南梦[3]。

注释　1. 南高峰、北高峰：在今杭州西湖，二峰遥对。烟霞洞：在南高峰下。　2. 宋高宗：宋徽宗第九子赵构，靖康二年（1127）金人攻下汴京，俘徽宗、钦宗二帝北去，赵构南逃称帝，建都临安（今杭州），史称南宋。　3. 两度江南梦：指曾偏安杭州的五代吴越与南宋这两个王朝都已如梦而逝，只有江山依旧。

明

张以宁

张以宁（1301—1370），字志道，福建古田人。有俊才，博学强记，擅名于时。泰定中进士，官至翰林侍读学士。明授侍讲学士。奉使安南，还，卒于道。家于古田翠屏山下，学者称翠屏先生。工诗，高雅俊逸，超绝畦畛。有《翠屏集》。

送重峰阮子敬南还[1]

君家重峰下，我家大溪头[2]。
君家门前水，我家门前流。
我行久别家，思忆故乡水。
何况故乡人，相见六千里。
十年在扬州，五年在京城。
不见故乡人，见君难为情。
见君情尚尔，别君奈何许。
送君遽不堪[3]，忆君良独苦[4]。
君归过溪上，为问水中鱼。
别时鱼尾赤[5]，别后今何如。

注释　1. 阮子敬：福建古田人，作者好友。　2. 大溪：在今福建古田县城南，有两条溪流于此汇合，故又名双溪。　3. 遽：突然。不堪：不能忍受。　4. 良：实在。　5. 鱼尾赤：传说鱼游走劳累时尾巴会变赤。后遂以"鱼尾赤"指百姓劳苦。

峨眉亭[1]

白酒双银瓶，独酌峨眉亭。
不见谪仙人[2]，但见三山青[3]。
秋色淮上来[4]，苍然满云汀。
欲将十五弦[5]，弹与蛟龙听。

注释　1. 峨眉亭：在南京采石山下。　2. 谪仙人：即唐代诗人李白。《新唐书·李白传》载：贺知章一见李白，即叹曰："子，谪仙人也。"　3. 三山：在南京西南长江东岸，有三座山峰并立，故名。　4. 淮上：秦淮河之上。南京城南有秦淮河流过。　5. 十五弦：琴的代称。

钱 宰

钱宰（1299—1394），字子予，又字伯均，会稽（今浙江绍兴）人。吴越王钱镠十四世孙。幼好学，弱冠即有文名。元至正间中进士。明太祖洪武二年（1369）以明经征为国子助教，后进为博士，校书翰林，撰功臣诰命及历代帝王庙乐章，甚得赏识。善诗，刻意古调，吐辞清拔，寓意高远。有《临安集》。

己亥岁避兵[1]

中原丧乱起，群雄遍江河。
我行江之南，亦复罹兵戈[2]。
亲戚相奔窜，闾里传惊讹。
一朝闻寇至[3]，攀腾上岩萝。
路逢伟男子，负母匿山阿。
弱妇行不前，缢死枯树柯。
“岂忍弃尔死[4]？救尔如母何！”
听此欲援之，山下寇已多。
行登寂高峰，天高郁嵯峨[5]。
怅然思匪风[6]，吞声不成歌[7]。

注释　1. 己亥岁：指元至正十九年（1359）。朱元璋部将胡大海等屯兵萧山，欲攻打占据绍兴的元江浙行省枢密院副使吕珍。　2. 罹：遭遇。　3. 寇：对农民军的蔑称。　4. 尔：指妻子。　5. 郁嵯峨：山势高峻貌。　6. 匪风：《诗经·桧风》篇名。《毛诗序》云此篇“国小政乱，忧及祸难，而思周道焉”，谓深处离乱的时代而渴慕和平的到来。　7. 吞声：即呜咽。想哭而不敢大声哭。

詹 同

詹同（1305—?），原名书，婺源（今属江西）人。元至正中，授郴州学正。后朱元璋召为国子博士，赐名同。学识渊博，才思敏捷。升考功郎中，直起居注。累升为吏部尚书兼翰林学士。与宋濂等号称“中朝四学士”。诗学汉魏，有风骨。有《天衢舒啸集》。

入　峡[1]

归州女儿采薪归[2]，
荷叶遮头雨湿衣。
不怕山边石路滑，
竹篮在背走如飞。

注释　1. 峡：即西陵峡，长江三峡之一。　2. 归州：即秭归。

郭贞顺

郭贞顺（1312—1436），潮阳周伯玉之妻。明洪武五年（1372），潮州指挥俞良辅率五千大军来潮阳溪头寨，拟统兵围其村。郭贞顺赋《上俞将军》诗，盼其体察民情，勿动干戈。俞为之感动，改剿为抚，化干戈为玉帛。卒时125岁。著有《梅花集》。

上俞将军

将军开国之武臣，
早附凤翼攀龙鳞[1]。
烟云惨淡蔽九野，
半夜捧出扶桑轮[2]。
前年引兵下南粤，
眼底群雄尽流血。
马蹄带得淮河水，
洒向江南作晴雪。
潮阳僻在南海滨，
十载不断干戈尘。

注释　1. 凤翼龙鳞：常比喻帝王、权贵或珍奇祥瑞的事物。　2. 扶桑轮：即太阳。扶桑，神话中的树木名，传说太阳从此树中生出。

仁风溥被万里外[3]，
天子亦念遐方民[4]。
将军高名迈千古[5]，
五千健儿猛如虎。
轻裘缓辔踏地来，
不减襄阳晋羊祜[6]。
此时特奉明主恩，
金印斗大龟龙纹。
大开藩卫制方面[7]，
期以忠义酬明君。
宣威布德民大悦[8]，
把莱一笠谁敢夺[9]。
黄犊春耕万陇云，
牦龙夜卧千江月[10]。
去岁壶阳戍守时[11]，
下车爱民如爱儿[12]。
壶山苍苍壶水碧[13]，
父老至今歌咏之。
欲为将军纪勋绩，
天家自有如椽笔[14]。
但嘱壶民歌太平，
磨厓勒尽韩山石[15]。

3. 溥被：即普及、吹遍。 4. 遐方：指边远之地。 5. 迈：超越。 6. 羊祜：(221—278)，字叔子。西晋著名军事家，出身名门望族，世代皆为官。曾镇守襄阳。 7. 藩卫：指屏障，也指地方官统治一方。制：统治。方面：即某一区域。 8. 宣威布德：推行文治武功。 9.“把莱一笠”句：此句言将军军纪严明，不犯百姓。莱，草。笠，斗笠。代指微细物件。夺，指夺取。 10. 牦龙：即牦牛。 11. 壶阳：地在今河南省鲁山县。 12. 下车：旧指官员就任。 13. 壶山：也称大狐山或大湖山。在今河南鲁山县南。 14. 天家：朝廷。 15. 磨厓：在山崖上刻字纪功。勒：雕刻。韩山：在今广东潮州市。

甘 瑾

甘瑾，生卒年不详。字彦初。临川（今属江西）人。明初任严州同知。其诗专工律体，悲怆婉丽，多故国旧君之思。时人评其诗为“美女簪花”。诗集久已散佚，然其作品广泛流传，散见于各种选本。

寄马彦会[1]

百战孤城血未干，
故人书札报平安。
秋风代马思燕草[2]，
夜月湘歌怨澧兰[3]。
万里江湖仍旅食[4]，
百年天地自儒冠[5]。
山阴更有诛茅地，
仗剑休辞行路难[6]。

注释　1. 马彦会：作者友人，生平不详。　2. 代、燕：均为古国名。故地分别在今河北北部和辽宁西部。　3.“夜月”句：湘歌，指屈原《九歌·湘夫人》，有句云：“沅有芷兮澧有兰，思公子兮未敢言。”澧，水名，在湖南西部。　4. 旅食：在外求生存。　5. 儒冠：儒士所戴之帽。指读书人。　6. 山阴：即今浙江绍兴。诛茅：剪茅为屋。这里指封地。

袁 凯

袁凯，生卒年不详。字景文，号海叟。松江华亭（今属上海）人。早年曾于杨维桢家宴赋《白燕》诗，一座皆惊，称为“袁白燕”。明洪武三年（1370），荐授监察御史，后朱元璋恶之，佯狂归里。常背戴方巾，倒骑乌犍，盘桓山水间。有《海叟集》。

白燕诗

故国飘零事已非，
旧时王谢见应稀[1]。
月明汉水初无影，
雪满梁园犹未归[2]。
柳絮池塘香入梦，
梨花院落冷侵衣[3]。
赵家姊妹多相忌[4]，
莫向昭阳殿里飞[5]。

注释　1.“故国”二句：飘零，本指花叶凋谢、飘落，此言故国衰落。王谢，指东晋王导、谢安两大家族。刘禹锡《乌衣巷》：“旧时王谢堂前燕，飞入寻常百姓家。”　2. 梁园：即兔园，又名梁苑，西汉梁孝王刘武所建。故址在今河南省商丘市东。　3.“柳絮”二句：化用北宋晏殊的诗句：“梨花院落溶溶月，柳絮池塘淡淡风。”这是描写暮春景色的名句。　4. 赵家姊妹：指汉成帝皇后赵飞燕姐妹，以骄妒闻名。　5. 昭阳殿：汉宫殿名。

汪广洋

汪广洋（?—1380），字朝宗，高邮（今属江苏）人。朱元璋征为元帅府令史，累升至中书右司郎中。参与常遇春军务，任江西参政。后历任中书省左丞、广东行省参政、右丞相，封为忠勤伯。洪武十二年（1379），受胡惟庸牵连被杀。其诗词新调闲，意气开爽。有《凤池吟稿》。

登南海驿楼[1]

海气空蒙日夜浮，
山城才雨便成秋。
冯唐头白偏多感[2]，
倚遍天南百尺楼。

注释　1. 南海：今广州市。　2. 冯唐：汉朝冯唐身历三朝，到武帝时，举为贤良，但年事已高，不能为官。后常用“冯唐易老”感慨生不逢时。

过高邮有感[1]

去乡已隔十六载，
访旧惟存四五人。
万事惊心浑是梦[2]，
一时触目总伤神。
行过毁宅寻遗址，
泣向东风吊故亲。
惆怅甓湖烟水上[3]，
野花汀草为谁新[4]。

注释　1. 高邮：今属江苏省，为作者家乡。　2. 浑：简直。　3. 甓（pì）湖：在高邮西北。　4.“野花”句：白居易《九日寄微之》：“眼暗头风事事妨，绕篱新菊为谁黄？”此句用其意。汀草，水边沙洲上的野草。

林　弼

林弼（1325—1381），字元凯。龙溪（今福建龙海县）人。元至正八年（1348）进士，为漳州路知事。明初以儒士预修礼乐书，授礼部主事，官至登州知府。有《林登州集》。

虞姬怨[1]

君王万人敌，贱妾万人怜[2]。
昔有丝萝托，愿言金石坚[3]。
云胡竟失势，恩情不终全。
骓马骄不逝[4]，楚歌声四喧[5]。
君心为妾苦，妾身为君捐。
嗟君气如虹，创业未八埏[6]。

注释　1. 虞姬：楚王项羽的爱妾。　2. 万人敌：项羽年轻时要求叔父项梁教其学万人敌，于是项梁乃教以兵法。怜：怜爱、同情。　3. 丝萝托：喻女子依附于丈夫。丝，指菟丝；萝，指女萝。两种丝蔓植物，互相缠绕。　4.“骓马”句：项羽兵败垓下，抚乌骓马与虞姬抱颈而泣，歌曰：“力拔山兮气盖世，时不利兮骓不逝。骓不逝兮可奈何，虞兮虞兮奈若何！”骄，指马不听指挥。逝，离开。

恨妾命如叶，事主无百年。
游魂遂惊尘，怨血溅流泉。
妾死亦已矣，君行当勉旃[7]。
江东地虽小，星火亦可燃[8]。
愿身化孤燕，随渡乌江船[9]。

5.“楚歌”句：项羽与刘邦争天下，项羽兵败被围垓下，夜闻汉军四面皆楚歌。喧，喧闹。 6. 八埏：八方边际。代指全国。 7. 勉旃：努力。旃，语助，之焉的合音字。 8.“江东”二句：项羽败退至乌江，乌江亭长请求项羽渡江，以图后计，然项羽不听。星火亦可燃，喻江东虽小，也可卷土重来，完成统一大业。 9. 乌江：水名。在今安徽和县东北。

宋　濂

宋濂（1310—1381），字景濂，号潜溪，别号玄真子等。浦江（今属浙江）人。受业于元末古文家吴莱、柳贯等，于学无所不通。朱元璋尊为“五经”师。洪武初主修《元史》，官至学士承旨知制诰。后因牵涉胡惟庸案，谪茂州，中途病死夔州（今重庆奉节县）。著作有《宋学士文集》等。

皇仙引[1]

横塘风断愁红浅[2]，
旧燕衔春春信满。
鹤驭遥空不可攀，
绣扆斜张香梦懒[3]。
暖萧不到茱萸帐[4]，
宝露空薄五云盌[5]。
风前白鬓几人悲，
万里青蘋一时晚。
铜仙含泪辞青琐[6]，
渺渺空嗟西日短。
弱川无力不胜航，

注释　1. 皇仙：神仙。引：乐府体裁之一。 2. 横塘：古堤塘名。三国吴筑于建业(今南京市)城南淮河两岸。愁红：经风雨摧残的花。 3. 鹤驭：传说成仙得道者多骑鹤，故名。扆（yǐ）：宫室中户牖间的屏风。 4. 茱萸：植物名。其味香烈，相传放置帐中可辟邪。 5.“宝露”句：《拾遗记》载：远古高辛氏时丹丘国献玛瑙瓮以盛露，称宝露。五云盌(wǎn)，画有祥瑞之云的瓮。 6.“铜仙”句：铜仙，“金铜仙人”的省称。汉武帝时于建章宫置以祀仙人，上有铜仙舒掌捧铜盘承云表之露。后魏明帝欲移置前殿，铜仙临行泣下。青琐，古代宫门上刻有青色图纹。这里借指宫门。

骑龙难到白云乡[7]。
玉棺琢成已三载，
欲葬神仙归北邙[8]。

7.“弱川”二句：弱川，即弱水，古人称不能载舟之浅水。白云乡，仙人所居处。 8.北邙：山名，在洛阳北。

越 歌[1]

恋郎思郎非一朝，
好似并州花剪刀[2]。
一股在南一股北，
几时裁得合欢袍[3]。

注释 1.越歌：越地（今浙江绍兴一带）的民歌。 2.并州：地名，在今山西省。古以产剪刀而闻名。 3.合欢袍：象征男女爱情的衣服。

刘 基

刘基（1311—1375），字伯温。青田（今属浙江丽水）人。通经史，晓天文，精兵法。辅佐朱元璋完成帝业、开创明朝，被后人比作诸葛亮。性刚嫉恶，为胡惟庸所谗去职，家居忧愤而卒。其诗诸体皆工。有《诚意伯文集》。

陇头水[1]

陇头水，征夫泪。征夫之泪滴陇头，化为水入秦川流。水流向秦川[2]，呜咽鸣不已。何因得天风，吹入君王耳。

注释 1.陇头水：乐府篇名，属横吹曲辞。陇头，即陇山，在陕西省陇县西北。《乐府诗集》解题引《三秦记》云：“其坂九回，上者七日乃越。上有清水四注下，所谓陇头水也。俗歌曰：‘陇头流水，鸣声幽咽。遥见秦川，肝肠断绝。’” 2.秦川：今陕西、甘肃秦岭以北地区。川，原。

买马词

驿官亭鼓冬冬打，
驿使星驰买官马。
府官奔走群吏趋，
呵叱县官如使奴。
一时立限限乡役，
马价顿增无处觅。
卖田买马来纳官，
买时辛苦纳时难。
县官定价府官减，
骅骝也作驽骀看[1]。
归来拊膺向隅泣[2]，
门前索钱风火急。

注释　1. 骅骝：传说周穆王八骏之一。此泛指骏马。驽骀：指劣马。　2. 拊膺：捶打胸膛。指痛苦至极。

蜀国弦[1]

胡笳拍断玄冰结[2]，
湘灵曲终斑竹裂[3]。
为君更奏《蜀国弦》，
一弹一声飞上天。
蜀国周遭五千里，
蛾眉岧岧连玉垒[4]。
岷嶓出水作大江[5]，
地砉天浮戒南纪[6]。

注释　1. 蜀国弦：乐府《相和歌·四弦曲》之一，咏蜀中故事。　2. 拍：用胡笳演奏时，每一曲终为一拍。　3. 湘灵：神名，虞舜之妃。斑竹：即湘妃竹。舜南巡而终于五嶷山，二妃泪下，染竹即斑。　4. 岧岧：山高貌。玉垒：山名，在今四川中部灌县西北。　5. 岷嶓：岷，即岷山，在今四川省北部。岷江、嘉陵江发源于此。嶓，即嶓山，在今甘肃省西南部。　6. "地砉（xū）"句：大江及其支流在蜀境汹涌奔腾，使大地相离、天宇浮动。砉，相离之声。纪，基础。

舒为五色朝霞晖，
惨为虎豹嗥阴霏。
翕为千障云雨入，
嘘为百里雷霆飞。
白盐雪消春水满，
谷鸟相呼锦城暖[7]。
巴姬倚歌汉女和，
杨柳压桥花纂纂[8]。
铜梁翠气通青蛉，
碧鸡啼落天上星[9]。
山都号风寡鹄泣[10]，
杜鹃鸣咽愁幽冥。
商悲羽怒听未了，
穷猿三声巫峡晓[11]。
瞿塘喷浪翻九渊，
倒泻流泉喧木杪[12]。
楼头仲宣羁旅客[13]，
故乡渺渺皆尘隔。
含凄更听《蜀国弦》，
不待天明头尽白。

7. 锦城：即成都，古代以产蜀锦闻名，曾置锦官，故名。 8. 纂纂：五彩绦带。这里形容花色绚丽。 9. “铜梁”二句：铜梁，山名。在今重庆市合川区南。青蛉，古县名，治所在今云南大姚县。碧鸡，山名，在今云南昆明市西南。 10. 山都：兽名，即狒狒。寡鹄：比喻鹄鸟叫声如寡妇悲泣。 11. “商悲”二句：商、羽，均为五音（宫、商、角、徵、羽）之名。穷猿三声，《水经注》：“故渔者歌曰：‘巴东三峡巫峡长，猿鸣三声泪霑裳。’” 12. 瞿塘：即瞿塘峡，长江三峡之一。木杪：树梢。 13. 仲宣：东汉王粲字。王粲曾羁留荆州，作《登楼赋》，抒发思乡之情。

古 戍[1]

古戍连山火，新城殷地笳[2]。
九州犹虎豹，四海未桑麻[3]。

注释　1. 古戍：古代军队驻防的营垒。 2. 山火：即烽火。笳：即胡笳，古代西北少数民族乐器。 3. “九州”二句：九州、四海，犹言中国。虎豹，言元末天迥云垂草[4]，江空雪覆沙。
野梅烧不尽，时见两三花。

处于战乱纷争之中。桑麻，指老百姓安于农事。 4. 迥：远。

水龙吟

鸡鸣风雨潇潇[1]，侧身天地无刘表[2]。啼鹃迸泪，落花飘恨，断魂飞绕。月暗云霄，星沈烟水，角声清袅[3]。问登楼王粲[4]，镜中白发，今宵又添多少。

极目乡关何处，渺青山髻螺低小[5]。几回好梦，随风归去，被渠遮了[6]。宝瑟弦僵，玉笙指冷，冥鸿天杪[7]。但侵阶莎草，满庭绿树，不知昏晓。

注释 1. 鸡鸣：《诗经·郑风·风雨》："风雨潇潇，鸡鸣胶胶。"表达乱世之中思求君子之意。 2. 侧身：恐惧不安之貌。刘表：后汉末官荆州刺史，当时中原混战，荆州一地比较安宁，士民多逃往其地。无刘表，即没有可以投靠的地方。 3. 清袅：画角的声音清越，余音不断。袅，同"嫋"。 4. 王粲：汉末山阳人，曾从长安投往荆州依刘表，但不被任用。 5. 髻螺：盘成螺形的发髻。形容远山苍翠的样子。 6. 渠：他。 7. 冥鸿：高飞的鸿雁。天杪：天边。

贝　琼

贝琼（1314—1379），字廷琚。初名阙，字廷臣。崇德（今浙江桐乡）人。师事黄次山、杨维桢，博通经史百家。元末世乱，隐居教授，生徒云集。游京师，作《真真曲》知名。明洪武三年（1370）举明经，诏修《元史》。在史馆与宋濂相友善。诗风温厚之中自然高秀。有《清江贝先生集》。

夜泊

四更风露静[1]，欹枕独无眠。
野阔天斜倚，江清月倒悬。
谁家横塞笛[2]，有客荡归船。
可惜云深处[3]，凄凉不及前。

注释　1. 四更：一夜分五更，每更约两小时。四更，约在凌晨三、四点钟。　2. 横塞笛：用竹笛吹奏塞上之曲。　3. 云深处：指家乡。

刘崧

刘崧（1321—1381），字子高，泰和（今属江西）人。洪武三年（1370）举经明行修，授兵部职方郎中，迁北平按察司副使。征拜礼部侍郎，擢吏部尚书。致仕后复召为国子司业。有诗2400余首，被誉为豫章诗派之宗。然内容平庸，乏骨力，实乃台阁体先声。有《槎翁诗集》。

水口田家

水口山腰三四家，
枫林茅屋带苍葭[1]。
野人敲火夜然竹，
溪女踏云朝浣纱[2]。
水落寒潭鱼可捕，
草肥秋垄兔堪罝[3]。
有时刀槊还登寨[4]，
鸡犬萧萧隔暮霞。

注释　1. 苍葭：芦苇。　2. 浣纱：洗纱。　3. 罝（jū）：捕兔的网。此指捕兔。　4. 槊（shuò）：长矛，古代的一种兵器。

蓝 仁

蓝仁，字静之，自号蓝山拙者。崇安（今属福建）人。与弟蓝智早年跟随福州名儒林泉生学《春秋》，又跟随武夷山隐士杜本学《诗经》。仕履未详。其诗博采众长，多写山居生活，风格简淡朴素。著有《蓝山集》。

西山暮归

凉叶堕微风，秋山正萧爽。
天寒独鸟归，日夕百蛩响。
偶从桂树招[1]，遂有桃源想。
石磴阒无人[2]，山猿自来往。

注释　1. 桂树招：用《楚辞·小山招隐》"桂树丛生兮山之幽"，表隐居之意。2. 石磴：山间的石阶路。阒（qù）：寂静。

蓝 智

蓝智，字明之，崇安（今属福建）人。蓝仁之弟。洪武十年（1377）荐授广西按察佥事。其诗风与兄仁相近，而较为流丽。有《蓝涧集》。

雨中同孟原佥宪登嘉鱼亭[1]

高阁流莺外，荒城驻马前。
江寒三月雨，春老百蛮天[2]。
折柳悲横笛[3]，飞花落钓船。
乾坤总羁旅，把酒意茫然。

注释　1. 孟原：其人不详。佥宪：官名，即明代都察院所置佥都御史，地位次于左右副都御史。嘉鱼：明代梧州以产嘉鱼闻名。嘉鱼亭，即养有嘉鱼的池亭。　2. 百蛮：泛指南方少数民族地区。3. 折柳：古乐府有《折杨柳》曲名。李白《春夜洛城闻笛》："此夜曲中闻折柳，何人不起故园情。"

杨　基

杨基（1325—1378），字孟载，号眉庵。原籍嘉州（今四川乐山），生长于吴中（今江苏苏州）。元末曾入张士诚幕。明初累官至山西按察使，后被谗夺官，死于役所。少时曾著《论鉴》十万余言。又于杨维桢席上赋《铁笛》诗，扬名吴中。与高启、张羽、徐贲为诗友，称为“吴中四杰”。其诗清新流丽。有《眉庵集》。

登岳阳楼望君山[1]

洞庭无烟晚风定，
春水平铺如练净。
君山一点望中青，
湘女梳头对明镜[2]。
镜里芙蓉夜不收，
水光山色两悠悠。
直教流下春江去，
消得巴陵万古愁[3]。

注释　1. 君山：在洞庭湖中，又名湘山。　2. 湘女：即湘妃。据传舜之二妃娥皇、女英为湘水之神。以此喻君山。明镜：形容洞庭湖水波平如镜。　3. 巴陵：郡名，岳阳的古称。

长江万里图

我家岷山更西住，
正见岷江发源处。
三巴春霁雪初消[1]，
百折千回向东去。
江水东流万里长，
人今飘泊尚他乡。

注释　1. 三巴：古地名。巴郡、巴东、巴西的合称。相当今四川嘉陵江和綦江流域以东的大部地区。

烟波草色时牵恨，
风雨猿声欲断肠[2]。

2. 猿声：据《水经注》载：三峡两岸常有高猿长啸，哀转久绝，俗歌曰："巴东三峡巫峡长，猿鸣三声泪沾裳。"

多　丽

问莺花，晚来何事萧索[1]。是东风、酿成新雨，参差吹满楼阁。辟寒金[2]、再簪宝髻，灵犀镇[3]、重护香幄。杏惜生红，桃缄浅碧，向人憔悴未舒萼。念惟有、淡黄杨柳，摇曳映珠箔[4]。凭阑久[5]，春鸿去尽，锦字谁托。

奈梦里、清歌妙舞，觉来偏更情恶。听高楼、数声羌笛，管多少、梅花惊落[6]。鸳带慵宽，凤鞋懒绣，新晴谁与共行乐。料在楚云湘水，深处望黄鹤。天涯路，计程难定，长恁飘泊。

注释　1. 萧索：衰败，冷落。　2. 辟寒金：传说三国时昆明国向魏献嗽金鸟，可吐金屑如粟。冬天这种鸟怕冷，于是建温室以处之，名辟寒台，而把这种鸟叫辟寒金。　3. 灵犀镇：用犀牛角来镇帷幕。　4. 珠箔：珠帘。　5. 阑：同"栏"。　6. 梅花落：古笛曲有《梅花落》一种。

张　羽

张羽（1333—1385），字来仪，更字附凤。祖籍浔阳（今江西九江），徙居吴兴（今属浙江）。洪武四年（1371）征至京师。擢太常司丞。后以事窜至岭表，投龙江而死。以五言古诗见长，笔力雄放，低昂婉转。有《静居集》。

金川门[1]

两山夹沧江，拍浮若无根。
利石侔剑戟[2]，风涛相吐吞。
维天设巨险，为今国东门。
试将一卒守，坚若万马屯[3]。
吾来及清晓，天空霜露繁。
列宿森在列，北斗峭可援[4]。
江光合海气，溟涬神攸存[5]。
俯视不敢唾，中有蛟龙蟠。
浮屠者谁子，高居凌风幡[6]。
下见渡口人，扰扰蜂蚁喧[7]。
愧彼超世士[8]，去去将何言。

注释　1. 金川门：即南京城北门。洪武七年（1374）作者奉命到凤阳祭祀皇陵，从南京出发后作此诗。　2. 侔：如、相当。　3.“试将”二句：言形势险要，一人据守，可挡千军万马。用李白《蜀道难》“一夫当关，万夫莫开”之意。　4.“列宿”二句：言此地之高峻。森，清楚。北斗，即北斗七星。援，牵攀。　5. 溟涬(míng xìng)：元气混茫之貌。　6. 浮屠：梵语音译，即佛。亦指塔庙。此指僧人。幡：长幅下垂的旗。　7. 扰扰：混乱嘈杂貌。　8. 超世士：即超然世外的高人。

天平山中[1]

细雨茸茸湿楝花[2]，
南风树树熟枇杷。
徐行不计山深浅，
一路莺啼送到家。

注释　1. 天平山：在今江苏吴县。　2. 茸茸：浓密而柔细貌。楝：木名。落叶乔木，农历三四月开花。

徐 贲

徐贲（1335—1393），字幼文，祖籍四川，居毗陵（今江苏常州），后迁平江（今江苏苏州）城北，号北郭生。张士诚抗元，招为僚属，贲避居湖州蜀山。洪武中，被荐入朝，官至河南左布政使。能诗，与高启、杨基、张羽齐名，称“吴中四杰”。有《北郭集》。

柳短短送陈舜道[1]

柳短短，春江满。兰渚雪融香[2]，东风酿春暖。山长水更遥，浩荡木兰桡[3]。兰桡向何处，送君南昌去。离愁落日烟中树。

注释　1. 陈舜道：作者友人，生平不详。　2. 兰渚：水边沙渚的美称。　3. 木兰：香木名。桡（ráo）：船桨。

过荷叶浦[1]

粼粼水溶春[2]，淡淡烟销午。
不见唱歌人，空来荷叶浦。
无处寄相思，停舟采芳杜[3]。

注释　1. 荷叶浦：泛指江南长满荷花的水乡。浦，水边。　2. 粼粼：水明净貌。　3. 芳杜：香草名。屈原《九歌·湘君》：“采芳洲兮杜若，将以遗兮下女。”

孙 蕡

孙蕡（1334—1393），字仲衍，顺德（今属广东）人。洪武三年（1370）进士，授工部织染局使，调虹县主簿。召为翰林典籍，与修《洪武正韵》。洪武二十二年（1389）坐罪谪戍辽东。洪武二十六年（1393），因为大将军蓝玉题画，论死。诗长于七言古体。有《西庵集》。

湖州乐[1]

湖州溪水穿城郭，
傍水人家起楼阁。
春风垂柳绿轩窗，
细雨飞花湿帘幕。
四月五月南风来，
堂前处处芰荷开[2]。
吴姬画舫小于斛[3]，
荡桨出城沿月回。
菰蒲浪深迷白纻[4]，
有时隔花闻笑语。
鲤鱼风起燕飞斜，
菱歌声入鸳鸯渚[5]。

注释　1. 湖州：府名。治所在今浙江吴兴县。　2. 芰荷：指菱叶与荷叶。　3.“吴姬”句：吴姬，指吴地的美女。画舫，指装饰美丽的小游船。斛，圆形量器。　4. 白纻（zhù）：细而洁白的夏布。　5. 菱歌：采菱之歌。

下瞿塘[1]

我从前月来西州，
锦官城下十日留[2]。
回船正值九九节[3]，
巫山巫峡风飕飕[4]。
人言滟滪大于马，
瞿塘此时不可下[5]。
公家王事有程期[6]，
敢惮微躯作人鲊。

注释　1. 瞿塘：长江三峡之一。　2. 西州：古指巴蜀地区。锦官城：即今成都市。　3. 九九节：即九月九日重阳节。　4. 巫山：在四川巫山县东。巫峡：长江三峡之一，因巫山得名。飕飕：形容风声之急。　5. 滟滪（yù）：即滟滪堆，瞿塘峡口的巨石。今为疏通航道已被炸掉。　6. 王事：指国家之事。程期：规定的日期。

人鲊瓮头翻白波[7]，
怒流触石为漩涡。
柁公敲板助船客，
破浪一撇如飞梭。
滩声橹声历乱聒[8]，
紧摇手滑橹易脱。
沿洄划转如旋风[9]，
半侧船头水花没。
船头半没船尾高，
水花作雨飞鬓毛。
争牵百丈上崖谷，
舟子快捷如猿猱。
拢船把酒聊自劳[10]，
因笑轻生博奇好。
吟诗未解追谪仙[11]，
天遣经行蜀中道[12]。
巴东东下想安流，
便指归州向峡州[13]。
船到岳阳应渐稳，
洞庭霜降水如油。

7. 人鲊（zhà）瓮：在今湖北秭归县西，长江险滩之一，古人诗中常比为鬼门关。 8. 历乱聒：吵闹声传到耳边。 9. 沿洄：逆流而上为洄，顺流而下为沿。 10. 拢船：使船靠岸。 11. 谪仙：指唐代诗人李白。 12. 蜀中道：用李白《蜀道难》诗意。 13.“巴东”二句：巴东，即巴蜀之东，三峡所在之区域。今为县名，属湖北省。安流，平稳的江流。峡州，今湖北宜昌市西北。

高　启

高启（1336—1374），字季迪，长洲（今江苏苏州）人。自号青丘子。明初受诏修《元史》，授翰林院编修。洪武三年（1370）拟任户部右侍郎，固辞不赴。后因苏州知府魏观一案牵连，腰斩于南京。与杨基、张羽、徐贲合称“吴中四杰”。其诗兼采众家之长，雄健有力，富有才情，开始改变元末以来缛丽诗风。有《高太史大全集》等。

明皇秉烛夜游图[1]

花萼楼头日初堕，
紫衣催上宫门锁[2]。
大家今夕燕西园，
高爇银盘百枝火[3]。
海棠欲睡不得成[4]，
红妆照见殊分明。
满庭紫焰作春雾，
不知有月空中行。
新谱霓裳试初按[5]，
内使频呼烧烛换。
知更宫女报铜签[6]，
歌舞休催夜方半。
共言醉饮终此宵[7]，
明日且免群臣朝。
只忧风露渐欲冷，
妃子衣薄愁成娇。
琵琶羯鼓相追续[8]，
白日君心欢不足。
此时何暇化光明，
去照逃亡小家屋[9]。
姑苏台上长夜歌[10]，
江都宫里飞萤多[11]。
一般行乐未知极，
烽火忽至将如何[12]？

注释　1. 明皇：唐玄宗李隆基。　2.“花萼”二句：花萼楼，唐玄宗所建。紫衣，内官所穿的衣服，代指宦官。　3.“大家”二句：皇帝侍臣称皇帝曰大家。爇（ruò），燃烧。　4. 海棠：指唐明皇戏称杨贵妃为海棠。　5. 霓裳：即《霓裳羽衣曲》。相传为唐明皇所制。　6. 知更宫女：宫中专管更漏，报告时间的宫女。铜签：铜铸的更签。　7. 共言：唐明皇说。共，敬词，以示恭敬或荣幸。　8. 羯（jié）鼓：古代的一种打击乐器。相追续：指各种乐器竞相演奏。　9.“此时”二句：化用聂夷中《伤田家》诗：“我愿君王心，化作光明烛。不照绮罗筵，只照逃亡屋。”　10. 姑苏台：在苏州城外姑苏山上。吴王夫差所筑。　11. 江都宫：隋炀帝在江都郡（今扬州市）的行宫，又称放萤苑。　12. 烽火：古代报警的信号。此指安史之乱。

可怜蜀道归来客[13]，
南内凄凉头尽白[14]。
孤灯不照返魂人[15]，
梧桐夜雨秋萧瑟[16]。

13. 蜀道归来客：指唐玄宗。安史之乱平定，长安收复，玄宗自蜀中回京。 14. 南内：即兴庆宫，以其在蓬莱宫之南，故名。 15. 返魂人：指杨贵妃，安史之乱中死于马嵬坡。 16. “梧桐”句：用白居易《长恨歌》“秋雨梧桐叶落时”句意。

登金陵雨花台望大江[1]

大江来从万山中，山势尽与江流东。钟山如龙独西上[2]，欲破巨浪乘长风。江山相雄不相让[3]，形胜争夸天下壮。秦皇空此瘗黄金，佳气葱葱至今王[4]。我怀郁塞何由开，酒酣走上城南台。坐觉苍茫万古意[5]，远自荒烟落日之中来。石头城下涛声怒[6]，武骑千群谁敢渡？黄旗入洛竟何祥[7]，铁锁横江未为固[8]。前三国，后六朝，草生宫阙何萧萧。英雄乘时务割据[9]，几度战血流寒潮。我今幸逢圣人起南国[10]，祸乱初平事休息。从今四海永为家，不用长江限南北。

注释　1. 金陵：即南京。雨花台：在今南京市南聚宝山上。 2. 钟山：即紫金山，在南京市东，由东而西上升，犹如巨龙。 3. 相雄：互相争斗。 4. “秦皇”二句：传说金陵有王气，秦始皇为了压制，在金陵埋下很多珍珠宝贝。瘗（yì），埋。至今王，言朱元璋建立明朝，都于南京。 5. 坐：突然、陡然。 6. 石头城：南京的别称。 7. 黄旗入洛：三国吴主孙皓听信刁玄之言云“黄旗紫盖见于东南”，以为自己要做天子，于是带领母妻及后宫千人北上，欲至洛阳灭晋。途中遇雪，苦寒，士卒扬言遇敌，便倒戈。孙皓无奈南返。 8. 铁锁横江：晋太康元年（280），武帝遣王濬率水军伐吴，吴人于江中置铁链相拦截，终为王濬所破。孙皓降，吴亡。 9. 务：致力于。割据：称霸一方。 10. 圣人：指明洪武帝朱元璋。

养蚕词

东家西家罢来往，
晴日深窗风雨响[1]。
二眠蚕起食叶多[2]，
陌头桑树空枝柯。
新妇守箔女执筐[3]，
头发不梳一月忙。
三姑祭后今年好[4]，
满簇如云茧成早。
檐前缫车急作丝[5]，
又是夏税相催时。

注释　1. 风雨响：满屋蚕吃桑叶之声。　2. 二眠：据古《蚕书》，蚕出生后，每昼夜吃五次食，过九日后，有一日一夜不食，谓之初眠。又过七日，有一日一夜不食，谓之二眠。　3. 箔：竹编的养蚕器具。　4. 三姑：传说中的蚕仙。祭祀三姑可以求得蚕丝丰收。　5. 缫（sāo）车：古时抽丝的器具。

青丘子歌[1]

青丘子，臞而清[2]，本是五云阁下之仙卿[3]。何年降谪在世间，向人不道姓与名。蹑屩厌远游[4]，荷锄懒躬耕。有剑任锈涩，有书任纵横。不肯折腰为五斗米[5]，不肯掉舌下七十城[6]。但好觅诗句，自吟自酬赓[7]。田间曳杖复带索，旁人不识笑且轻，谓是鲁迂儒、楚狂生[8]。青丘子，闻之不介意，吟声出吻不绝咿咿鸣。朝吟

注释　1. 青丘子：作者自号。　2. 臞（qú）：清瘦。　3. 五云阁：神仙居住的宫殿楼阁，有五色瑞云缭绕。仙卿：仙官。　4. 蹑屩（juē）：穿着麻草鞋。蹑，踩。屩，用麻、草做的鞋。　5. 折腰：在权贵面前委屈自己。五斗米：低级官吏的薪俸。晋陶渊明曾为彭泽令，不肯受官场约束，叹曰："吾不能为五斗米折腰，拳拳事乡里小人！"乃辞官。　6. 掉舌：卖弄口才，摇唇鼓舌。指像古代策士一样到处游说。　7. 酬赓：以诗词酬唱应和。8. 鲁迂儒：鲁地迂腐的儒生。楚狂生：指佯狂避世的隐者。

忘其饥，暮吟散不平。当其苦吟时，兀兀如被酲[9]。头发不暇栉，家事不及营。儿啼不知怜，客至不果迎。不忧回也空，不慕猗氏盈[10]。不惭被宽褐，不羡垂华缨[11]。不问龙虎苦战斗，不管乌兔忙奔倾[12]。向水际独坐，林中独行。斫元气，搜元精[13]，造化万物难隐情，冥茫八极游心兵[14]，坐令无象作有声[15]。微如破悬虱，壮若屠长鲸[16]，清同吸沆瀣，险比排峥嵘[17]。霭霭晴云披，轧轧冻草萌[18]。高攀天根探月窟[19]，犀照牛渚万怪呈[20]。妙意俄同鬼神会，佳景每与江山争。星虹助光气，烟露滋华英。听音谐《韶》乐，咀味得大羹[21]。世间无物为我娱，自出金石相轰铿[22]。江边茅屋风雨晴，闭门睡足诗初成。叩壶自高歌，不顾俗耳惊。欲呼君山老父携诸仙所弄之长笛，和我此歌吹月明[23]。但愁欻忽波浪起[24]，鸟兽骇叫山摇崩。天帝闻之怒，下遣白鹤迎[25]。不容在世作狡狯[26]，复结飞佩还瑶京[27]。

9. 兀兀：昏沉貌。酲：酒醉。 10.“不忧”二句：回，指颜回。孔子的弟子颜回贫穷，常饮食不济而不忧。猗（yī）氏，春秋时鲁国巨富猗顿。盈，富足。 11.“不惭”二句：被，穿。褐，古代卑贱之人所穿衣服，也用来代指卑贱的人。华缨，仕宦者华美的衣冠。 12.“不问”二句：龙虎，喻乱世的英雄豪杰。乌兔，指太阳、月亮。古代神话传说太阳中有乌，月亮中有兔。 13.“斫元气”二句：元气、元精，指天地间的精气。斫，砍、伤。 14.“冥茫”句：谓作者神思驰骋于苍茫无际之间。冥茫、八极，均指极远无际。心兵，为文为诗时，心感外物而动，如应外敌，故曰心兵。 15.“坐令”句：使难以形容的情景变得有声有色。坐令，致使。 16. 破悬虱：击中空中悬挂的微如虱样的东西。长鲸：海中巨鱼。 17. 沆瀣（hàng xiè）：夜间的露气。峥嵘：高峻的山峰。 18. 轧轧：生机始发貌。 19. 天根：星名，即氐宿。月窟：传说中月的归宿处。 20. 犀照：燃烧犀牛角照明。牛渚：山名，在安徽当涂县西北。 21.“听音”二句：《韶》乐，相传为虞舜时的乐曲名。大羹，古代祭祀时所用的肉汁。 22. 金石：钟磬类乐器。轰铿：发出轰鸣铿锵的声音。 23. 吹月明：请传说中的君山老人携仙笛为我此歌伴奏，使天上明月听了发出更亮的光辉。 24. 欻（xū）忽：忽然，形容迅急。 25. 白鹤：传说中的仙鸟。 26. 狡狯（kuài）：嬉戏、变化。 27. 瑶京：传说中天帝的京城，为神仙世界。

沁园春·雁

木落时来，花发时归，年又一年。记南楼望信，夕阳帘外，西窗惊梦，夜雨灯前。写月书斜，战霜阵整，横破潇湘万里天。风吹断，见两三低去，似落筝弦[1]。

相呼共宿寒烟，想只在，芦花浅水边。恨乌乌戍角，忽催飞起；悠悠渔火，长照愁眠[2]。陇塞间关[3]，江湖冷落，莫恋遗粮犹在田[4]。须高举，教弋人空慕[5]，云海茫然。

注释　1. 筝弦：筝柱上的弦索。2.“悠悠”二句：用唐张继《枫桥夜泊》：“江枫渔火对愁眠”之意。　3. 陇塞：古时陕西、甘肃一带为边塞地区，故称。此泛指边地。间关：道路艰险。　4. 遗粮：遗落的粮食。古以为大雁南来北往的辛苦转徙，都为寻找食物，所谓为稻粱而谋。　5. 高举：高飞。弋人：用带绳子的箭射鸟的人。

林　鸿

林鸿，字子羽，福清（今属福建）人。洪武初，以人才荐，授将乐县儒学训导，历礼部精膳司员外郎。后辞职回乡。论诗力主盛唐，所作冲融典雅，为闽中十子之首。有《鸣盛集》。

出塞曲（选一）

玉关秋信早[1]，未雪授征衣[2]。
王者应无敌[3]，胡尘不敢飞[4]。
三河兵气盛[5]，五道羽书稀[6]。
日晚笳声发，将军射猎归。

注释　1. 玉关：即玉门关，汉时为通往西域各地的门户。故址在今甘肃敦煌西北。秋信：秋天到来的信息。　2. 征衣：远行人的冬衣。　3. 王者：帝王，天子。　4. 胡尘：指北方少数民族所挑起的战争。　5. 三河：汉代指河内、河东、河南三郡。今河南洛阳黄河南北一带。 6. 五道：指军队分五路。羽书：插有鸟羽的紧急军事文书。

夕 阳

抹野衔山影欲收，
光浮鸦背去悠悠。
高城半落催鸣角，
远浦初沉促系舟。
几处闺中关绣户，
何人江上倚朱楼[1]？
凄凉独有咸阳陌，
芳草相连万古愁。

注释 1.“何人”句：用唐温庭筠《望江南》“梳洗罢，独倚望江楼”之意。

瞿 佑

瞿佑（1341—1427），字宗吉，钱塘（今浙江杭州）人。洪武初，自训导、国子助教官至周王府长史。永乐间，以作诗获罪，谪戍保安十年。幼有诗名，为杨维桢所称赏。作品绮艳柔靡。所著有《香台集》《咏物诗》《存斋遗稿》《乐府遗音》《归田诗话》《剪灯新话》等二十余种。

汴梁怀古[1]

歌舞楼台事可夸，
昔年曾此擅豪华。
尚余艮岳排苍昊[2]，

注释 1. 汴梁：即今河南开封。 2.“尚余”句：艮岳，宋徽宗政和七年（1117），在汴京东北景龙山侧筑土山为皇家园林，周围十余里，极其豪华，建筑费用巨大。

那得神霄隔紫霞[3]。
废苑草荒堪牧马，
长沟柳老不藏鸦。
陌头盲女无愁恨，
能拨琵琶说赵家[4]。

因东北方为艮，故名。靖康之难（1127）艮岳毁于战乱。苍昊，苍天。 3. 神霄：即神霄万寿宫。宋徽宗迷信道教，敕令各地建神霄万寿宫，祀长生大帝君。 4.“陌头”二句：谓北宋亡国之恨久已被人淡忘，只有卖唱的盲女还能说到它。赵家，宋朝皇帝姓赵。

摸鱼儿·苏堤春晓[1]

望西湖、柳烟花雾，楼台非远非近。苏堤十里笼春晓，山色空濛难认。风渐顺。忽听得、鸣榔惊起沙鸥阵[2]。瑶阶露润[3]。把绣幕微搴，纱窗半启，未审甚时分[4]。

凭栏处，水影初浮日晕。游船未许开尽。卖花声里香尘起，罗帐玉人犹困[5]。君莫问。君不见，繁华易觉光阴迅。先寻芳信[6]。怕绿叶成阴，红英结子，留得异时恨。

注释　1. 苏堤：在杭州西湖，宋苏轼做杭州太守时所筑，故名。苏堤春晓为西湖八景之一。 2. 鸣榔：以长木棍敲打船舱，使鱼入网。 3. 瑶阶：石阶的美称。 4. 未审：不清楚。 5. 玉人：指美女。 6. 芳信：春天的信息。

高　棅

高棅（1350—1423），一名廷礼，字彦恢，号漫士，长乐（今属福建）人。永乐初征为翰林待诏，后升典籍。论诗主唐音，选编唐人诗为《唐诗品汇》，引申宋严羽之说，分唐诗为初、盛、中、晚四期，对前后七子“诗必盛唐”的主张颇有影响。与林鸿、王恭、唐泰、郑定等并称“闽中十子”。著有《啸台集》《木天清气集》。

衡江夕露[1]

大江白露下，秋气横沧浪[2]。
夜色不映水，微风忽吹裳。
孤舟待明月，时闻兰杜香[3]。

注释　1. 衡江：衡漳水，流经今河北衡水。　2. 沧浪：江水。江水呈青色，故称。　3. 兰杜：兰花和杜若，均为香草。

得郑二宣海南手札[1]

番禺天外古交州[2]，
念子南行恋旧游。
故国又经花落后，
远书翻寄雁来秋。
梅边野饭逢人少，
海上青山对客愁[3]。
为报罗浮云影道[4]，
早随明月引归舟。

注释　1. 郑二宣：不知其人。海南：今广东一带。　2. 番禺：即今广东广州市。交州：东汉建安间置，辖今广东、广西两省大部及越南承天顺化以北诸省，治所在番禺。　3. 野饭：在野外用餐。4. 罗浮：山名，在今广东省东江北岸增城、博罗、河源等县之间。

钱　晔

钱晔，字允辉，常熟（今属江苏）人。浙江都司经历。晚自号避庵。幼而能诗。有《避庵集》。

过　江

篷底茶香午梦醒，
大江风急正扬舲[1]。
浪花作雨汀烟湿，
沙鸟迎人水气腥。
三国旧愁春草碧，
六朝遗恨晚山青。
不知别后东湖上，
谁爱菱歌倚棹听[2]。

注释　1. 扬舲：使小船颠簸。舲，有窗户的小船。 2. 菱歌：采菱时所唱的歌，南朝乐府清商曲《江南弄》之一。

赠澄江周岐凤[1]

琴剑飘零西复东，
旧游清兴几时同[2]。
一身作客如张俭，
四海无人是孔融[3]。
野寺莺花春对酒，
河桥风雨夜推篷。
机心尽付东流水，
惟有家山在梦中。

注释　1. 周岐凤：作者友人。 2. 旧游：即老朋友。清兴：犹言雅兴。 3. "一身"二句：言周岐凤如张俭一样到处漂泊，找不到像北海孔融一样有高情厚谊的人。张俭，东汉山阳高平人。桓帝时，被人诬告私结朋党，被迫逃亡。时孔融年少，察觉到张俭之窘困，就收留了张俭，并因此获罪。

方孝孺

方孝孺（1357—1402），字希直，一字希古，号逊志，世称“正学先生”。临海（今浙江宁海）人。师从宋濂，历任陕西汉中府学教授，翰林侍讲、侍讲学士，升文学博士。建文年间为帝师，主持京试，推行新政。后拒为燕王朱棣（即成祖）草拟即位诏书，被株十族。六岁能诗，被目为“小韩子”。今存《逊志斋集》。

谈诗（选二）

举世皆宗李杜诗[1]，
不知李杜复宗谁？
能探风雅无穷意[2]，
始是乾坤绝妙词。

注释　1. 李杜：即唐代诗人李白、杜甫。 2. 风雅：《诗经》的国风和大、小雅，古代以为诗歌的典范。

前宋文章配两周，
盛时诗律亦无俦[1]。
今人未识昆仑派[2]，
却笑黄河是浊流。

注释　1. 前宋：即元明以前的北宋、南宋。两周：即西周、东周。无俦：没有对手。 2. 昆仑派：指黄河，谓其为发源于昆仑之水。派，水流。

程本立

程本立（?—1402），字原道，号巽隐，宋儒程颐后裔。崇德（今浙江桐乡）人。洪武九年（1376）举明经秀才。于云南安边有功。建文帝立，征入翰林院，预修《太祖实录》。迁右佥都御史。建文四年（1402），燕王兵破京师（今南京），夺取帝位。本立等自缢以殉，归葬桐乡。诗学杜甫，稳健深沉。著有《巽隐集》。

送景德辉教授归越中[1]

斗酒都门别，孤帆水驿飞[2]。
青云诸老尽，白发几人归。
风雨鱼羹饭，烟霞鹤氅衣[3]。
溪山无限意，予亦梦柴扉[4]。

注释　1. 景德辉：作者友人。越中：即会稽，今绍兴市。　2. 水驿：水路转运站。　3. 鹤氅(chǎng)：鸟羽制的裘衣，用作外套，美称鹤氅。　4. 柴扉：柴门。此指故乡。

杨士奇

杨士奇（1365—1444），名寓，字士奇，号东里，泰和（今属江西）人。以学行见长。与杨荣、杨溥同掌国政，时称“三杨”。累官少师，赠太师。谥文贞。其诗平正典雅，是所谓“台阁体”的代表作。有《东里集》等。

杨白花

杨白花，逐风起。含霜弄雪太轻盈，荡日摇春无定止。楼中美人双翠颦[1]，坐见纷纷渡江水。天长水阔花缈茫，一曲悲歌思千里。

注释　1. 双翠颦：指美人的双眉。

发淮安[1]

岸蓼疏红水荇青[2]，
茨菰花白小如萍[3]。

注释　1. 淮安：今属江苏，明代为府。京杭大运河由此经过。　2. 蓼：水草。疏红：即落花。荇：荇菜，亦水草。　3. 茨菰：又名慈姑。可食，亦可入药。

双鬟短袖惭人见[4]，
背立船头自采菱。

4. 双鬟：指少女。鬟，少女环形的发髻。

杨　荣

杨荣（1371—1440），字勉仁，初名子荣。建安（今福建建瓯）人。建文二年（1400）进士，官编修。永乐时，升文渊阁大学士。英宗即位，与杨士奇、杨溥同辅朝政，时称“三杨”。正统五年（1440）辞官归乡，卒于途。有《杨文敏集》等。

江南旅情

客梦家千里，乡心柳万条。
片云遮海峤，一雨送江潮。
恶阙绨袍在[1]，怀人尺素遥[2]。
春光看又晚，何处灞陵桥[3]。

注释　1. 恶阙：被朝廷疏远。绨袍：厚缯制成之袍，此指官服。　2. 尺素：书写用的约一尺长的白色生绢，借指小的画幅、短的书信。　3. 灞陵：地名。故址在今陕西西安市东。汉文帝葬于此。

解　缙

解缙（1369—1415），字大绅，又字缙绅，号春雨、喜易，吉水（今属江西）人。自幼颖敏绝伦。洪武二十一年（1388）进士。明成祖时，入直文渊阁，进翰林学士，参与机务，后兼右春坊大学士，为明朝第一位内阁首辅。一时诏令制作，皆出其手。主纂《永乐大典》。其诗丰赡似李杜，然颇率意。有《解文毅公集》。

寄　内[1]

一去京华已十秋[2]，
梦魂常在锦江头[3]。
堂前尘土勤勤扫，
架上诗书好好收。
禾黍熟时烦出纳，
园篱破处务培修。
高堂当奉儿当训，
辛苦终为远大谋。

注释　1. 内：即内人。旧时称妻子。　2. 京华：京城，即北京。　3. 锦江：水名，赣江支流，在江西宜春地区。

曾　棨

曾棨（1372—1432），字子棨，号西墅。永丰（今属江西）人。永乐二年（1404）状元及第，授修撰，累官至詹事府少詹事。其诗雄放清丽，然率意速成，不耐推敲。有《西墅集》《巢睫集》等。

维扬怀古[1]

广陵城里昔繁华[2]，
炀帝行宫接紫霞[3]。
玉树歌残犹有曲，
锦帆归去已无家[4]。
楼台处处迷芳草，
风雨年年怨落花。

注释　1. 维扬：今江苏扬州市。　2. 广陵：即扬州。　3. 炀帝：隋炀帝杨广，历史上有名的荒淫君主。紫霞：紫色的云霞。　4.“玉树”二句：据传隋炀帝在扬州时曾梦见陈后主及其宠妃张丽华，炀帝请张舞《玉树后庭花》。锦帆，指炀帝幸江都时所乘船队。

最是多情汴堤柳[5]，
春来依旧带栖鸦。

5. 汴堤：汴河之堤。隋炀帝将幸江都，浚黄河入汴堤，使可以通大船。故又称隋堤。

尹凤岐

尹凤岐，字邦祥。吉水（今属江西）人。永乐四年（1406）进士，官翰林侍讲。

送兄广东参政应奎[1]

价人藩阃寄旬宣[2]，
五岭南行远著鞭[3]。
晓日红亭留别酒，
秋风黄叶下泷船[4]。
青连橄榄千家雨，
黄触桄榔万井烟[5]。
珍重平生清节在，
不妨引满酌贪泉[6]。

注释　1. 参政：官名。明于布政使下设左右参政。　2. 价人：卿士中掌军事者。藩阃：藩镇统兵的将帅。旬宣：周遍巡视各地，宣布德政。旬，遍也。　3. 五岭：指在湖南、江西南部和广西、广东北部交界处的越城岭、都庞岭、萌渚岭、骑田岭、大庾岭。著鞭：挥鞭驱马，此指被朝廷任命为参政，能行使行政权力。　4. 泷船：五岭地区称山间激流为泷，行驶在激流上的船为泷船。　5. 桄榔：植物名。花序的汁可制糖，茎髓可制淀粉。　6. 引满：谓斟酒满杯而饮。酌：饮也。贪泉：古代传说广州附近有贪泉，饮之者其心无厌。

李昌祺

李昌祺（1376—1452），名祯。庐陵（今江西吉安）人。永乐二年（1404）进士，选翰林院庶吉士，曾参与编纂《永乐大典》，擢礼部郎中。后迁广西布政使，又任河南布政使。以廉洁宽厚著称。著有《运甓漫稿》《容膝轩草》《侨庵诗馀》《剪灯馀话》等。

归自南阳[1]

去日犹秋暑，归时已冷霜。
江山非故里，人物是他乡。
老态随年出，离愁共路长。
埃尘如见恋，到处扑衣裳[2]。

注释　1. 南阳：今属河南。此诗为作者任河南布政使时所作。　2.“到处”句：用杜牧《除官归京睦州雨霁》“水声侵笑语，岚翠扑衣裳”之意。扑，沾染。

于　谦

于谦（1398—1457），字廷益，号节庵，钱塘（今浙江杭州）人。永乐间进士。曾巡按江西，巡抚河南、山西，政绩卓著。正统十四年（1449），蒙古瓦剌部入侵，明英宗被俘。于谦临危受命，任兵部尚书，亲自指挥数十万军民进行北京保卫战，击退瓦剌，挽狂澜于既倒。加封少保，总督军务。有《于忠肃集》。

荒　村

村落甚荒凉，年年苦旱蝗[1]。
老翁佣纳债，稚子卖输粮[2]。
壁破风生屋，梁颓月堕床。
那知牧民者[3]，不肯报灾荒。

注释　1. 旱蝗：蝗虫，嗜食农作物，以旱季多见，故称。　2. 稚子：幼子。此句云卖掉幼子来交公粮。　3. 牧民者：指统治老百姓的地方官。

除夜太原寒甚[1]

寄语天涯客，轻寒底用愁[2]。
春风来不远，只在屋东头[3]。

注释　1. 除夜：除夕之夜。　2. 轻寒：轻微的寒冷。此与题似不合，然正反映出作者对严寒的蔑视。底：有什么、哪里。　3. 屋东头：旧时以为东方属春，故云温暖的春天好像就在屋东头不远处。

咏煤炭

凿开混沌得乌金[1]，
藏蓄阳和意最深[2]。
爝火燃回春浩浩，
洪炉照破夜沉沉[3]。
鼎彝元赖生成力[4]，
铁石犹存死后心[5]。
但愿苍生俱饱暖[6]，
不辞辛苦出山林。

注释　1. 混沌：传说自然界未开辟以前，天地混沌如鸡子。此指自然界。乌金：指煤炭。　2. 阳和：原指温暖的阳光。这里指煤炭的热力。　3. 爝火：小火炬。浩浩：广大无边的样子。洪炉：大火炉。　4. 鼎彝：指烹饪工具。鼎，古代炊器；彝，古代酒器。元赖：原本要依靠。　5. 铁石：古人以为铁石埋藏在地下可以生成煤炭。此句意谓铁石虽然埋在地下仍要造福苍生。　6. 苍生：老百姓。

咏石灰

千锤万凿出深山，
烈火焚烧若等闲。
粉骨碎身浑不怕，
要留清白在人间[1]！

注释　1. 清白：青石被烧成石灰后，变成粉状而色白。喻宁可牺牲生命也一定要有清名传世。

郭登

郭登（?—1472），字元登，濠州（今安徽凤阳）人。景泰元年（1450）正月，瓦剌军入侵北京，他以参将守大同，以八百骑破敌数千。封定襄伯。卒赠侯，谥忠武。其诗才力恣肆，武臣之能诗者无出其右。有《联珠集》（包括其父钰、兄武之作）行世。

送岳季方还京[1]

登高楼，望明月，
明月秋来几圆缺？
多情只照绮罗筵[2]，
莫照天涯远行客。
天涯行客离乡久，
见月思乡搔白首。
年年长自送行人，
折尽边城路傍柳。
东望秦川一雁飞[3]，
可怜同住不同归。
身留塞北空弹铗[4]，
梦绕江南未拂衣[5]。
君归复喜登台阁[6]，
风裁棱棱尚如昨[7]。
但令四海歌升平，
我在甘州贫亦乐[8]。
甘州城西黑水流[9]，
甘州城北黄云愁。

注释　1. 岳季方：名正。正统十三年（1448）进士，授编修，改修撰。后贬钦州同知，守肃州。成化初诏复原官，终兴化知府。　2. 绮罗筵：指权贵富豪的筵席。唐聂夷中《伤田家》诗："我愿君王心，化作光明烛。不照绮罗筵，只照逃亡屋。"此反用其意，而含讥刺。　3. 秦川：指陕西、甘肃秦岭以北的平原地带。亦即关中平原。　4. 空弹铗：齐国孟尝君门客冯谖因没有受到合适的礼遇，三次弹铗而歌，表示不满。铗，剑把。此喻作者自己不受朝廷重用。　5. 拂衣：指离开官场而归隐。　6. 登台阁：指岳季方还京，复官修撰。　7. 风裁：风纪。棱棱：威严方正貌。　8. 甘州：故治在今甘肃张掖市。　9. 黑水：即黑河，流经今张掖市附近。

玉关人老貂裘敝[10]，
苦忆平生马少游[11]。

10. 玉关：即玉门关。故址在今甘肃敦煌县西。貂裘敝：即貂裘破旧不能穿了。《战国策·秦策》："(苏秦)说秦王书十上，而说不行。黑貂之裘敝，黄金百斤尽。" 11. 马少游：汉代名将马援之从弟。常劝说马援知足常乐。马援年老，于征交趾时曾对属官说："卧念少游平生时语，何可得也！"见《后汉书·马援传》。

保定途中偶成[1]

白璧何从摘旧瑕[2]，
才开罗网向天涯[3]。
寒窗儿女灯前泪，
客路风霜梦里家。
岂有鸩人羊叔子[4]，
可怜忧国贾长沙[5]。
独醒空和骚人咏[6]，
满耳斜阳噪晚鸦[7]。

注释　1. 保定：府名，今河北保定市。此诗作于谪戍途中。 2."白璧"句：自嘲之辞。谓自己如果是白璧，哪里会让人找到瑕疵呢。指得罪被遣。 3."才开"句：谓朝廷网开一面，不杀而流放。 4."岂有"句：羊叔子，即西晋名将羊祜，曾与吴将陆抗相对峙。陆抗生病，羊祜送药。别人劝陆不要喝，陆抗说："叔子岂是以毒药害人的人？"一仰而尽。鸩，毒药。5. 可怜：可惜。贾长沙：即西汉贾谊。遭人谗间，被贬长沙王太傅。 6."独醒"句：语出自《楚辞·渔父》："举世皆浊我独清，众人皆醉我独醒。"骚人，指屈原。7. 噪晚鸦：喻小人的谗毁之言不断。

张　弼

张弼（1425—1487），字汝弼，号东海，华亭（今上海松江）人。成化二年（1466）进士，授兵部主事，后任员外郎，升南安知府。以气节为世人所重。善诗。有《东海集》。

络纬词[1]

络纬不停声，从昏直到明。不成一丝缕，徒负织作名。蜘蛛声寂寂，吐丝复自织。织网网飞虫，飞虫足充食。事在力为不在声，思之令人三叹息。

注释　1. 络纬：虫名。即莎鸡，俗称纺织娘。夏秋夜间振羽作声，声如纺线，故名。

沈　周

沈周（1427—1509），字启南，号石田、白石翁、玉田生、有竹居主人等，是明中叶画坛四大家（另三人为文徵明、唐寅、仇英）之一，江南“吴门画派”之首。亦以诗名，挥洒淋漓，自写天趣。有《石田集》。

西山有虎行

西山人家傍山住，
唱歌采茶山上去。
下山日落仍唱歌，
路黑林深无虎虑。
今年虎多令人忧，
绕山搏人茶不收[1]。
墙东小女膏血流[2]，
村南老翁空髑髅[3]。
官司射虎差弓手[4]，

注释　1. 搏人：扑击行人以为食。2. 膏：脂肪。亦即肉。　3. 髑髅（dú lǒu）：死人的骨头。　4. 官司：即官府。差：派遣。弓手：弓箭手，县尉或巡检所属的武官、衙吏。

自隐山家索鸡酒[5]。
明朝入城去报官，
虎畏相公今避走[6]。

5. 山家：山里人家。鸡酒：鸡肉和酒。
6. 相公：指西山县令。

写怀寄僧

虚壁疏灯语乱蛩[1]，
夜怀如水怯西风。
明河有影微云外[2]，
清露无声万木中。
泽国苍茫秋水满[3]，
居民流落野烟空。
不知谁解抛忧患，
独对青山忆赞公[4]。

注释　1. 蛩（qióng）：蟋蟀。　2. 明河：即银河。影：痕迹。　3. 泽国：犹言水乡。　4. 赞公：唐代名僧。

桃源图[1]

啼饥女儿正连村，
况有催租吏打门[2]。
一夜老夫眠不得，
起来寻纸画桃源。

注释　1. 桃源：晋陶渊明《桃花源诗并序》所描绘的一个乌托邦式的理想社会。本诗以画家的视角，表现对社会黑暗的不满。　2. “况有”句：惠洪《冷斋夜话》载，北宋潘大临一日闻搅林风雨声，得一佳句：“满城风雨近重阳”，忽催租人来，遂败兴，不能再往下作。

陈献章

陈献章（1428—1500），字公甫，号实斋。新会（今广东江门）人。因曾在白沙村居住而人称“白沙先生”。其为学之道“以静为主”“端坐澄心，于静中养出端倪”。创岭南颇具影响的学术流派“江门学派”。其诗根据理学，而格调高古。有《白沙子全集》。

涯山大忠祠[1]

天王舟楫浮南海[2]，
大将旌旗仆北风。
世乱英雄终死国[3]，
时来胡虏亦成功[4]。
身为左衽皆刘豫[5]，
志复中原有谢公[6]。
人众胜天非一日[7]，
西湖云掩岳王宫[8]。

注释　1. 涯山大忠祠：在今广东新会南海中小岛上。元世祖至元十三年（1276），元兵攻陷南宋临安，宋将张世杰、陆秀夫等坚持抗元，退至涯山，被元军包围。张世杰突围溺海死。陆秀夫背负九岁的帝昺投海而死，南宋亡。明代于此建大忠祠、慈元庙，祀文天祥、陆秀夫、张世杰。　2. 天王：本是对周天子的称呼。此以宋为正统，故称。　3. 死国：为国而死。　4. 胡虏：指入侵中原的元军。　5.“身为”句：谓宋朝官员大都降元。左衽，古代少数民族服装，前襟向左，与中原向右不同。这里指中原人接受了少数民族统治。刘豫，宋高宗建炎中任济南知府，降金后被金人册封为皇帝，伪号大齐。　6. 谢公：指谢枋得，南宋末知信州。抗元，败，变姓名入建宁山中。后绝食而死。　7. 人众胜天：聚集众人的力量，可以扭转天命的安排。《史记·伍子胥列传》：“吾闻之，人众者胜天，天定亦能破人。”　8.“西湖”句：岳飞墓及祀庙在杭州西湖之侧。

黄仲昭

黄仲昭（1435—1508），名潜，号未轩先生。莆田东里人。明成化二年（1466）进士，改庶吉士，授翰林院编修。任江西提学佥事。其诗得性情之正，平易近人。有《未轩集》。

明妃词二首[1]

愁抱琵琶别玉除，
可能谈笑镇西都[2]。
宫中多贮如花女，
胜筑长城万里余[3]。

注释　1. 明妃：即王昭君。晋时因避司马昭讳，改称王明君，亦称明妃。汉南郡秭归（今属湖北）人。以良家子被选入宫。汉元帝竟宁元年（前 33）出塞远嫁漠北匈奴，为呼韩邪单于之阏氏。　2. 玉除：玉阶。代指汉宫。西都：指长安。　3.“宫中”二句：言在宫中多储美女，似乎比秦始皇筑长城还要管用。此诗讥刺当权者用和亲之法以求苟安。

风起遥天满面沙，
举头何处望中华。
早知身被丹青误，
但嫁巫山百姓家[1]。

注释　1.“早知”二句：史载汉元帝让画工为宫女画像，按图召幸美者。宫女皆贿赂画工，而王昭君不肯，所以图画不美。后匈奴求美人为阏氏，于是让昭君应命。临行召见，貌为后宫第一。为丹青误，即被画工毛延寿所误。巫山，山名。在四川、湖北两省边境。此指王昭君家乡秭归，在巫山之中。

程敏政

程敏政（1444—1499），字克勤，休宁人，祖籍篁墩（今属安徽屯溪），故以篁墩为号。他出身武官之家，自幼才思敏捷，文采出众，被破格送入翰林院读书。成化二年（1466）进士，授翰林院编修，参与英宗、宪宗两朝实录编写。擢少詹事、侍讲学士。后又任礼部右侍郎，专掌内阁诰敕。追赠礼部尚书。有《篁墩文集》等。

题田家娶妇图

径草如烟柳如幕，
日上茅檐鼓声作。
田翁遣女不出村[1]，
东舍西邻隔墟落。
新妇驾牛儿跨驴，
家人后拥翁前驱。
儿家举酒拦道劝，
舅甥几世同桑榆[2]。
耳边阿孾私属父，
肩上娇婴肯离祖[3]。
欢声一路到柴关，
野伶山歌《柘枝》舞[4]。
两门仿佛朱与陈[5]，
乡仪简古民风淳。
华筵肆设竞珠翠，
想见纷纷京洛尘[6]。
妇馌男耕罢征戍，
安得移家个中住[7]。
长因击节颂年丰，
不作催租打门句[8]。

注释 1. 遣女：即嫁女。 2. 桑榆：桑树和榆树，旧时农家宅院多植。此代指村舍，义同“桑梓”。 3. 属：同“嘱”，叮咛之意。肩上娇婴：指从小养育大的娇女。离祖：离开娘家。古代女子出嫁要到家庙拜辞。 4.“野伶”句：野伶，乡间戏曲艺人。《柘枝》舞，古代舞名。这里指乡间戏曲艺人演出的舞蹈。5. 朱与陈：世为婚姻的婉称。白居易《朱陈村》：“徐州古丰县，有村曰朱陈。……一村惟两姓，世世为婚姻。” 6. 京洛尘：指京师竞为繁华的风习。 7. 馌（yè）：给田间劳作的人送饭。个中：此中。8.“不作”句：参见沈周《桃源图》注。

李东阳

李东阳（1447—1516），字宾之，号西涯，湖广茶陵（今属湖南）人。天顺进士，官至吏部尚书、华盖殿大学士。其诗多应酬题赠之作，古乐府多咏述历代史事。诗歌形式典雅工丽，因其政治地位显要，在当时很有影响，人称茶陵诗派。有《怀麓堂集》。

风雨叹

壬辰七月壬子日[1]，
大风东来吹海溢。
峥嵘巨浪高比山，
水底长鲸作人立[2]。
愁云压地湿不翻，
六合惨淡迷乾坤[3]。
阴阳九道错白黑[4]，
乌兔不敢东西奔。
里人仓皇神屡变，
三十年前未曾见[5]。
东村西舍喧呼遍，
牒书走报州与县[6]。
山豗谷汹豺虎嗥[7]，
万木尽拔乘波涛。
州沉岛没无所逃，
顷刻性命轻鸿毛[8]。
我方停舟在江皋[9]，
披衣踞床夜复昼。
忽掩青袍涕沾袖，

注释　1. 壬辰七月壬子日：即明宪宗成化八年（1472）农历七月十七日。　2. 人立：像人一样站起来。　3. 六合：上下四方。即指天地间。　4. 阴阳九道：古人指日月运行的轨道。错白黑：谓日月运行混乱，黑白错道。　5. 里人：谓同乡人。仓皇：即惊惶。神：神色。三十年前：诗中原注“正统甲子年”，即1444年。　6. 牒书：指公文。走：跑。指传递文书速度极快。　7. 豗（huī）：轰响。嗥：嚎叫。　8. 鸿毛：指鸟羽。以此形容性命在此自然灾害面前不值一提。　9. 江皋：江边高地。

举头观天恐天漏。
此时忧国况思家，
不觉红颜坐凋瘦[10]。
潼关以西兵气多[11]，
胡笳吹尘尘满河。
安得一洗空干戈[12]？
不然独破杜陵屋[13]，
犹能不废啸与歌[14]。
世间万事不得意，
天寒岁暮空蹉跎，
呜呼奈尔苍生何[15]！

10. 红颜：指年轻貌美之时。 11. 兵气：指战争。 12. “安得”句：用杜甫《洗兵马》“安得壮士挽天河，净洗甲兵长不用”之意。 13. “不然”句：杜甫《茅屋为秋风所破歌》：“安得广厦千万间，大庇天下寒士俱欢颜，风雨不动安如山！……吾庐独破受冻死亦足！”诗用此意。 14. 啸：呼喊。 15. “天寒”二句：蹉跎，虚度光阴。苍生，天下老百姓。《晋书·谢安传》：“安石不肯出，将如苍生何！”此借用其词。

寄彭民望[1]

斫地哀歌兴未阑[2]，
归来长铗尚须弹[3]。
秋风布褐衣犹短，
夜雨江湖梦亦寒。
木叶下时惊岁晚，
人情阅尽见交难。
长安旅食淹留地[4]，
惭愧先生苜蓿盘[5]。

注释　1. 彭民望：名泽，以字行。攸（今湖南攸县）人。能诗，有《老葵集》。 2. 斫地：砍地，舞剑的一种动作，为悲愤的表现。阑：尽。3. “归来”句：战国时冯谖为孟尝君门客，尝弹剑而歌，表达不满情绪。孟尝君及时满足他的要求。 4. 长安：此指京师。淹留：久留。 5. 苜蓿盘：盛苜蓿菜的盘子。《唐摭言》载：“薛令之为东宫侍读，清贫，乃作诗自嘲曰：‘朝日上团团，照见先生盘。盘中何所有，苜蓿长阑干。’”后因此以苜蓿盘称教书人的生活清苦。

游岳麓寺[1]

危峰高瞰楚江干[2]，
路在羊肠第几盘[3]？
万树松杉双径合，
四山风雨一僧寒。
平沙浅草连天远，
落日孤城隔水看[4]。
蓟北湘南俱入眼[5]，
鹧鸪声里独凭栏[6]。

注释　1. 岳麓寺：在今湖南长沙岳麓山上。　2. 危峰：高峰。瞰：俯视。楚江干：湘江岸边。　3. 羊肠：弯曲的小路。　4. 孤城：指长沙城。　5. 蓟北：泛指蓟州以北地区。蓟州，古州名。其地在今北京西南一带。　6. 鹧鸪声：鹧鸪鸣叫的声音有如“行不得也哥哥”。此以表达乡思之情。

祝允明

祝允明（1460—1526），字希哲，号枝山。长洲（今江苏苏州）人。弘治举人。官广东兴宁知县，迁应天府通判。与唐寅、文徵明、徐祯卿并称“吴中四才子”。其诗取材颇富，造语妍丽，自然高妙。有《怀星堂集》等。

秋日闲居

逃暑因能蹙闭关[1]，
不须多把古贤攀。
并抛杯勺方为懒[2]，
少事篇章恐碍闲。
风堕一庭邻寺叶[3]，
云开半面隔城山。

注释　1. 蹙：紧迫。闭关：闭门谢客。　2. 杯勺：盛酒之具。此代指酒。　3. “风堕”句：谓因与僧寺相邻，故秋风一起吹邻寺之树叶飘落庭院中。一庭，犹言满庭。

浮生只说潜居易[4]，
隐比求名事更艰。

4. 浮生：犹言平生。潜居：即隐居不出。

山窗昼睡

身在云房梦亦闲[1]，
松头鹤影枕屏间。
一声隔谷鸣华雉[2]，
信手推窗满眼山。

注释　1. 云房：僧道或隐者所居住的房屋。　2. 华雉：山鸡的美称。

唐　寅

唐寅（1470—1523），字伯虎，号桃花庵主，晚年信佛，别号六如居士。江苏苏州人。举乡试第一，后因科场舞弊案牵连，功名受挫。又遭家难，经历坎坷。与徐祯卿、祝允明、文徵明切磋文艺，号“吴中四才子”。博学多能，任逸不羁，颇嗜声色，自署印“江南第一风流才子”。吟诗作曲，能书善画。有《六如居士集》。

把酒对月歌

李白前时原有月，
唯有李白诗能说[1]。
李白如今已仙去[2]，
月在青天几圆缺[3]。
今人犹歌李白诗，

注释　1.“李白”二句：李白有《把酒问月》《月下独酌》等关于月亮的诗。此二句谓有天地就有月亮，而至唐李白最能说到其妙处。　2. 仙去：死去的委婉说法。　3. 圆缺：谓时光飞逝。苏轼《水调歌头·明月几时有》：“月有阴晴圆缺。”

明月还如李白时。
我学李白对明月，
月与李白安能知？
李白能诗复能酒，
我今百杯复千首。
我愧虽无李白才，
料应月不嫌我丑。
我也不登天子船，
我也不上长安眠[4]。
姑苏城外一茅屋，
万树桃花月满天。

4.“我也”二句：谓自己比李白还要穷困，还要高傲。杜甫《酒中八仙歌》：“李白斗酒诗百篇，长安市上酒家眠。天子呼来不上船，自称臣是酒中仙。”

怅怅词

怅怅莫怪少年时，
百丈游丝易惹牵[1]。
何岁逢春不惆怅，
何处逢情不可怜[2]？
杜曲梨花杯上雪[3]，
灞陵芳草梦中烟[4]。
前程两袖黄金泪，
公案三生白骨禅[5]。
老后思量应不悔，
衲衣持钵院门前[6]。

注释　1. 游丝：蜘蛛等昆虫所吐的丝，因其飘荡于空中，故称。这里比作少年的情思。　2. 可怜：可爱、怜惜。　3. 杜曲：古地名，在今陕西长安东。　4. 灞陵：地名，在长安附近。　5. 三生：即前生、今生、来生。公案：禅宗指传授禅道的语言文字。　6. 衲衣：和尚穿的衣服。钵：陶制的器具，和尚用的饭碗。《尧山堂外记》：唐寅曾和张灵、祝允明一起，扮乞丐乞食于妓院门前，讨得钱后，买酒在荒郊野寺中豪饮。

妒花歌

昨夜海棠初着雨，
数朵轻盈娇欲语。
佳人晓起出兰房[1]，
折来对镜比红妆。
问郎花好奴颜好，
郎道不如花窈窕[2]。
佳人见语发娇嗔，
不信死花胜活人。
将花揉碎掷郎前，
请郎今夜伴花眠。

注释　1. 兰房：兰香氤氲的精舍。此指闺房。　2. 窈窕：美好貌。

画　鸡

头上红冠不用裁，
满身雪白走将来。
平生不敢轻言语，
一叫千门万户开。

一剪梅

雨打梨花深闭门，忘了青春，误了青春。赏心乐事共谁论？花下销魂，月下销魂。

愁聚眉峰尽日颦，千点啼痕，万点啼痕。晓看天色暮看云，行也思君，坐也思君。

文徵明

文徵明（1470—1559），初名壁，字徵明，更字徵仲，长洲（今江苏苏州）人。祖籍衡山，故号衡山居士。与祝允明、唐寅、徐祯卿并称“吴中四才子”。然十次应举均落第，后受荐进京，待诏翰林院。老归故里，潜心诗文书画，与沈周共创“吴派”，又与沈周、唐寅、仇英并称“吴门四家”。书法上与祝允明、王宠并誉为“吴中三家”。其诗和平蕴藉，而格调稍弱。有《甫田集》。

沧浪池上[1]

杨柳阴阴十亩塘，
昔人曾此咏沧浪[2]。
春风依旧吹芳杜[3]，
陈迹无多半夕阳。
积雨经时荒渚断，
跳鱼一聚晚风凉。
渺然诗思江湖近，
更欲相携上野航[4]。

注释　1. 沧浪池：又名沧浪亭，苏州著名园池，宋苏舜钦所建。　2.“昔人”句：昔人谓苏舜钦。咏沧浪，语出《楚辞·渔父》，有云：“沧浪之水清兮，可以濯我缨；沧浪之水浊兮，可以濯我足。”　3. 芳杜：芳，芳香。杜，即杜梨、棠梨，一种木本植物。　4. 野航：指农家小船。

感　怀

三十年来麋鹿踪[1]，
若为老去入樊笼[2]。
五湖春梦扁舟雨[3]，
万里秋风两鬓蓬[4]。
远志出山成小草[5]，
神鱼失水困沙虫[6]。
白头博得公车召[7]，
不满东方一笑中[8]。

注释　1. 麋鹿踪：喻隐居生活。《孟子·尽心上》："与木石居，与鹿豕游。" 2."若为"句：谓无故而老来入仕。若为，不知为什么。入樊笼，喻做官。 3."五湖"句：谓归乡不得，做官犹如春梦。扁舟，小船。 4. 秋风两鬓蓬：谓年岁老大，鬓发稀疏如蓬草。 5."远志"句：谓隐居的生活本高尚，而一旦入仕就变得很卑贱了。远志，一种草名。 6."神鱼"句：喻离开属于自己的环境，变得很窘迫。典出《庄子·庚桑楚》："吞舟之鱼，砀而失水，则蚁能苦之。" 7."白头"句：谓年岁老大时方博得一官。公车，汉代官署名。臣民上书或被征召，皆由公车接待。8."不满"句：谓自己连弄臣都不如。东方，即汉武帝侍臣东方朔，以滑稽多智著称。

王守仁

王守仁（1472—1529），字伯安，浙江余姚人。弘治十二年（1499）举进士，授刑部云南清吏司主事，改兵部主事。后专志授徒讲学，和湛甘泉结交，"共以倡明圣学为事"。正德元年（1506），谪贵州龙场驿驿丞，居住于阳明洞，世称阳明先生。正德十六年（1521）巡抚南赣时，于南昌揭"致良知"学说，完成"心学"体系。旋升南京吏部尚书。谥文成。诗作不多，但浑厚凝炼，秀逸有致。有《王文成公全书》传世。

泛　海

险夷原不滞胸中[1]，
何异浮云过太空？

注释　1. 险夷：危险与平安。滞：滞留。

夜静海涛三万里，
月明飞锡下天风[2]。

2. 飞锡：本佛教语，谓僧人外行好持锡杖，故称僧人游方为飞锡。此作者自喻，又用《论语· 公冶长》“道不行，则乘桴浮于海”之典。

李梦阳

李梦阳（1473—1530），字献吉，号空同子。庆阳（今属甘肃）人。出身寒微。弘治六年（1493）举陕西乡试第一，次年中进士。弘治十一年（1498），出任户部主事，后迁郎中、江西提学副使。李梦阳倡言“文必秦汉，诗必盛唐”，与何景明、徐祯卿等并称“前七子”，影响甚大。晚年以为“真诗乃在民间”。其诗善于结构章法，但时有雕凿之痕。七律专宗杜甫，多气象阔大之辞。有《空同集》。

石将军战场歌[1]

清风店南逢父老[2]，
告我己巳年间事[3]。
店北犹存古战场，
遗镞尚带勤王字[4]。
忆昔蒙尘实惨怛[5]，
反覆势如风雨至。
紫荆关头昼吹角[6]，
杀气军声满幽朔[7]。
胡儿饮马彰义门[8]，
烽火夜照燕山云。
内有于尚书[9]，
外有石将军。

注释　1. 石将军：石亨。正统十四年（1449）土木堡之变，石亨随从于谦守京师，击退瓦剌军，封武清侯。后迎英宗复辟，并诬杀于谦，封忠国公。后欲谋反被逮，死于狱中。　2. 清风店：在今河北省定县北三十里。石亨在此击溃自北京败退的瓦剌军。　3. 己巳：即正统十四年（1449）。　4. 勤王：地方官率地方武装力量保卫京师。　5. 蒙尘：指英宗被俘。惨怛：伤痛。　6. 紫荆关：在今河北易县西紫荆岭上。　7. 幽朔：幽州和朔方，唐方镇名。泛指今北京市及山西省、河北省北部一带。　8. 彰义门：北京城西南方的广安门。瓦剌军攻北京曾逼近此门。　9. 于尚书：指于谦，时为兵部尚书。

石家官军若雷电，
天清野旷来酣战。
朝廷既失紫荆关，
吾民岂保清风店。
牵爷负子无处逃，
哭声震天风怒号。
儿女床头伏鼓角[10]，
野人屋上看旌旄。
将军此时挺戈出，
杀敌不异草与蒿。
追北归来血洗刀，
白日不动苍天高。
万里烟尘一剑扫，
父子英雄古来少[11]。
天生李晟为社稷，
周之方叔今元老。
单于痛哭倒马关[12]，
羯奴半死飞狐道[13]。
处处惧声噪鼓旗，
家家牛酒犒王师。
应追汉室嫖姚将，
还忆唐家郭子仪[14]。
沈吟此事六十春[15]，
此地经过泪满巾。
黄云落日古骨白，
沙砾惨淡愁行人。
行人来折战场柳，

10.“儿女”句：写儿女听到鼓角声的恐惧之状。 11. 父子英雄：指石亨与其从子石彪在守卫北京时立有战功。 12. 倒马关：在今河北省涞源县北。 13. 羯（jié）奴：指瓦剌兵。飞狐道：即飞狐关，在河北省涞源县南。 14.“应追”二句：谓石亨之功可比汉霍去病、唐郭子仪。嫖姚将，霍去病曾为嫖姚校尉。 15. 六十春：指作者写作此诗时距石亨抗敌约有六十年。

下马坐望居庸口[16]。
却忆千官迎驾初，
千乘万骑下皇都[17]。
乾坤得见中兴主，
杀伐重开载造图[18]。
姓名应勒云台上[19]，
如此战功天下无！
呜呼战功今已无，
安得再生此辈西备胡[20]。

16. 居庸口：即北京附近的居庸关。 17. “却忆”二句：指景泰元年（1450）迎英宗回京。 18. 载造图：再造的打算。载，同“再”。 19. “姓名”句：谓石亨应入中兴功臣之列。云台，东汉都城洛阳南宫的高台。汉明帝追念中兴功臣，画邓禹等二十八将于此。 20. 战功今已无：言石亨谋反。末尾暗含讽意。

朱仙镇[1]

水店回岗抱，春湍滚白沙。
战场犹傍柳，遗庙只栖鸦[2]。
万古关河泪，孤村日暮笳。
向来戎马志[3]，辛苦为中华。

注释　1. 朱仙镇：在今河南开封市西南。宋高宗绍兴十年（1140），岳飞大败金兵于郾城，进军此地，力图收复汴京，却为高宗、秦桧逼令退兵，功亏一篑。 2. 遗庙：指朱仙镇岳飞庙。 3. 戎马志：从军之志。

秋　望

黄河水绕汉宫墙，
塞上秋风雁几行。
客子过壕追野马，
将军韬箭射天狼[1]。
黄尘古渡迷飞挽[2]，

注释　1. 韬：弓袋。此用作动词。天狼：星名，古诗文中往往以喻贪残。此指西夏。 2. 飞挽（wǎn）：飞驰之车。

白月横空冷战场。
闻道朔方多勇略[3]，
只今谁是郭汾阳[4]。

3.“闻道”句：朔方，唐代方镇名，治所在灵州（今宁夏灵武西南）。此泛指北方。 4.郭汾阳：即唐代郭子仪。安史之乱时，曾任朔方节度使，封汾阳郡王。

艮岳篇[1]

宋家行殿此山头[2]，
千载来人水一邱。
到眼黄蒿元玉砌，
伤心锦缆有渔舟[3]。
金缯社稷和戎日，
花石君臣弃国秋[4]。
漫倚南云望南土，
古今龙战是中州[5]。

注释　1.艮岳：宋徽宗政和初于禁城东隅作寿山艮岳。 2.行殿：行宫。皇帝行幸的宫殿。 3.“到眼”二句：谓此地原是繁华之处，而今满眼黄草，沦为渔民捕鱼的荒凉水滩。黄蒿，黄草。元，同“原”。锦缆，皇家丝锦制的船缆。 4.“金缯”二句：金缯，指金银丝帛。和戎，宋向金求和时许以大片土地和大量金银丝帛。花石，指花石纲，宋徽宗时专门运送奇花异石以满足皇帝喜好的特殊运输交通名称。十艘船为一纲。花石船队所过之处，大肆搜刮。有些地方甚至为了让船队通过，拆毁桥梁，凿坏城郭。弃国，即亡国。 5.“漫倚”二句：言徽宗被俘北行，空望南云，悔之已晚，才知挽救国家命运需要坚决抵抗，一味求和只是劳民伤财。龙战，激战，决定统治权之战。中州，即中原。

王九思

王九思（1468—1551），字敬夫，号渼陂，陕西鄠县（今西安鄠邑区）人。曾任翰林院检讨、吏部郎中。武宗时宦官刘瑾败，因名列瑾党，降为寿州同知。以诗文名列“前七子”。著有《渼陂集》及杂剧、散曲多种。

卖儿行

村媪提携六岁儿，卖向吾庐得谷四斛半。我前问媪："卖儿何所为？"媪方致词再三叹："夫老病卧盲双目，朝暮死生未可卜。近村五亩止薄田，环堵两间惟破屋。大儿十四能把犁，田少利微饭不足。去冬蹉跎负官税，官卒打门相逼促。豪门称贷始能了，回头生理转局缩[1]。中男九岁识牛羊，雇与东邻办刍牧[2]。豪门索钱如索命，病夫呻吟苦枵腹[3]。以此相顾无奈何，提携幼子来换谷。此谷半准豪门钱，半与病夫作饘粥[4]。"村媪词终便欲去，儿就牵衣呼母哭。媪心戚戚复为留，夜假空床共儿宿[5]。曙鼓冬冬鸡乱叫，媪起彷徨视儿儿睡熟。吞声饮泣出城走，得谷且为赡穷鞠[6]。儿醒呼母不得见，绕屋长号更蹢躅[7]。观者为洒泪，闻者为颦蹙[8]。吁嗟！猛虎不食儿，更见老牛能舐犊[9]。胡为弃掷掌上珠，等闲割此心头肉[10]？君不见富人田多气益横，不惜货财买童仆。一朝叱咤嗔怒

注释　1. 生理：犹言生计。转局缩：反而更为窘迫困苦。　2. 刍：喂牲口的草料。　3. 枵（xiāo）腹：空着肚子。枵，空虚貌。　4. 饘（zhān）粥：稀饭。　5. 戚戚：忧愁，悲伤。假：借。　6. 鞠：抚养。　7. 蹢躅（dí zhú）：同"踯躅"。徘徊不前。　8. 颦蹙：皱眉蹙额，不高兴貌。　9. 舐犊（shì dú）：老牛爱小牛，用舌相舔。　10. 胡：为什么。等闲：平常。

生，鞭血淋漓宁有情。岂知骨肉本同胞，人儿吾儿何异形。呜呼！安得四海九州同一春，无复鬻女卖儿人[11]。

11. 鬻（yù）：卖。

边　贡

边贡（1476—1532），字廷实，山东历城人。弘治进士，官至南京户部尚书。为“前七子”之一。其诗风格婉约。有《华泉集》。

谒文山祠[1]

丞相英灵迥未消[2]，
绛帷灯火飒寒飙[3]。
乾坤浩荡身难寄，
道路间关梦且遥。
花外子规燕市月[4]，
水边精卫浙江潮[5]。
祠堂亦有西湖树，
不遣南枝向北朝[6]。

注释　1. 文山：即文天祥(1236-1283)，南宋抗元英雄，抗元兵败被俘，在北京柴市被害。后人于他被囚的兵马司狱故址建文山祠，以为纪念。　2. 丞相：文天祥于1276年曾任右丞相。迥：远。　3. 绛帷：红色帷帐。飒（sà）：风声。寒飙：寒风。　4. 子规：即杜鹃鸟，传为蜀望帝所化。燕市：今北京。　5. 精卫：神话中鸟名。常衔西山之木，以填东海。浙江潮：即钱塘江潮。传说春秋时伍子胥为吴王夫差所逼而自杀，其尸被投之江中。子胥之魂化为波神，依潮来往，荡激崩岸。　6. 西湖树：岳飞庙在西湖。此以岳飞比文天祥。南枝：据《西湖志》，岳飞墓上树枝皆南向。

嫦　娥

月宫清冷桂团团[1]，
岁岁花开只自攀。
共在人间说天上，
不知天上忆人间。

注释　1. 桂团团：相传月中有桂树，高五百丈。下有一人姓吴名刚，常斫之，树创随合。此指月光。

王廷相

王廷相（1474—1544），字子衡，号浚川。仪封（今河南兰考）人。弘治十五年（1502）进士，选庶吉士，授兵科给事中。嘉靖中，以右副都御史巡抚四川。累官至左都御史。卒，谥肃敏。博学好议论，尤精经术。与李梦阳、何景明等并称“前七子”。有《王氏家藏集》等。

赭袍将军谣[1]

万寿山前擂大鼓[2]，
赭袍将军号威武，
三边健儿猛如虎。
左提戈，右跨弩，
外廷言之赭袍怒[3]。
牙旗闪闪军门开[4]，
紫茸罩甲如云排[5]。
大同来？宣府来[6]？

注释　1. 赭（zhě）袍将军：受皇帝赐予龙凤赭袍的将军。这里指江彬，明朝边将，曾随军与鞑靼作战，善察言观色，后来成为明武宗的义子，赐姓朱，封为宣府、大同、辽东、延绥四镇的统帅。　2. 万寿山：今北京市北海公园内的琼华岛。明朝称万寿山。　3. 外廷：参与外朝堂议事的官员。　4. 牙旗：将军的旌旗。古时天子出，建大牙旗，竿上以象牙饰之。　5. 紫茸罩甲：由细软的茸毛做成的褂子、外套一类的上衣。　6. 大同、宣府：明代府名。大同今属山西省，宣府今属河北省。

巴人竹枝歌[1]（选二）

郎在荆门妾在家，
年年江上望归查[2]。
荼蘼种得高如妾[3]，
纵有春风枉却花。

注释　1. 巴人竹枝歌：乐府《近代曲》名。本巴渝一带表现当地风俗和男女爱情的民歌。唐刘禹锡改作新词，后仿作甚多。　2. 荆门：山名。在今湖北宜都县。归查：即归乡的木筏。查，同“槎”。　3. 荼蘼：即酴醾（mí），花名，又名木香。

蒲子花开莲叶齐[1]，
闻郎船已过巴西[2]。
郎看明月是侬意，
到处随郎郎不知。

注释　1. 蒲子：多年生草本植物，生池沼中，夏天开黄花。　2. 巴西：古郡名。治所在今四川省阆中市。

顾　璘

顾璘（1476—1547），字华玉，号东桥。长洲（今江苏吴县）人，寓居上元（今江苏南京）。弘治九年（1496）进士，仕至南京刑部尚书。工于诗文，以朴素见长，与陈沂、王韦称“金陵三俊”。璘诗以风调胜。有《顾华玉集》。

度枫木岭[1]

初谓山拂天，飞鸟不可度。
逡巡蹑危磴，乃即我行路。
百折频攀援，十步九回顾。
高林忽在下，衣襟有云雾。

注释　1. 枫木岭：在广西宜州区怀远镇。

倒景犹照人[2]，平地黯将暮。
方当日月过，似可捉乌兔[3]。
飞瀑如天河，所少鹊成渡[4]。
东北望故乡，江流莽倾注。
长风动万里，独立难久伫。

2. 倒景：即倒影。 3. 乌兔：乌与兔。传说日中有三足乌，月中有玉兔。 4. 鹊成渡：古代民间传说天上的织女七夕（农历七月初七晚上）渡银河与牛郎相会，喜鹊来搭引渡桥，叫作鹊桥。

懊恼曲效齐梁体[1]（选一）

小时闻长沙[2]，说在天尽处。
人言见郎船，已过长沙去。

注释 1. 懊恼曲：古曲名，亦作“懊侬曲”。齐梁体，南朝齐梁时文人所作诗的风格，以艳情见长。 2. 长沙：今湖南长沙。

徐祯卿

徐祯卿（1479—1511），字昌谷，又字昌国，吴县（今江苏苏州）人。弘治十八年（1505）进士，授大理寺左寺副，后被贬为国子监博士。诗作之多，号称“文雄”。为“吴中四才子”之一。受李梦阳、何景明等影响，倡言“文必秦汉，诗必盛唐”，为“前七子”之一。其诗格调高雅，虽刻意复古，但仍不失吴中风流之情。有《迪功集》《谈艺录》等。

青门歌送吴郎[1]

吴郎醉嗜长安酒，
落魄自言为客久[2]。
走马频看上苑花，
回鞭几折青门柳[3]。

注释 1. 吴郎：疑即吴趋，作者少年时同乡好友。 2. 落魄：困穷失意。 3. 走马：跑马。上苑：汉长安上林苑。此泛指宫苑。青门：汉初长安城东门，此代指京城门。

青门曈曈鱼钥开，
乳燕游丝相逐来[4]。
柳下雕鞍留别袂[5]，
花间酒盏覆苍苔。
浮云去去辞城阙，
芳草连天那可歇？
野店春风听早莺，
关河晓树悬新月。
千里淮流双画桡，
广陵驿前逢暮潮[6]。
落日帆归扬子渡，
青山家对伯通桥[7]。
吾家流水元非隔，
宛转胥台通巷陌[8]。
草长难寻仲蔚居[9]，
林深不辨陶潜宅。
清溪屋下可垂纶[10]，
复有莼羹足献亲。
君归倘食冰丝鲙，
为念羁栖塞北人[11]。

4.“青门”二句：曈曈，日出貌。鱼钥，古代锁钥常作鱼形。乳燕游丝，比喻各种轻浮子弟。 5. 雕鞍：坐骑的美称。古时在马鞍上雕以各种美丽的花纹，故称。 6. 广陵：今江苏扬州。 7. 扬子渡：古津渡名，在今江苏邗江南。伯通：即汉议郎皋伯通。伯通桥在苏州胥门西二百步处，又号“伯通墩”。 8. 胥台：即姑胥台，在今苏州姑苏山上。 9. 仲蔚：即张仲蔚，后汉扶风人。少与同郡魏景卿隐居不仕，所居蓬蒿没人。 10. 垂纶：即垂钓。 11. 冰丝鲙：细切的鱼肉。特指生食的鱼片。鲙，同“脍”。羁栖：即羁留。羁栖塞北人，作者自指。

在武昌作

洞庭叶未下，潇湘秋欲生[1]。
高斋今夜雨，独卧武昌城。

注释　1.“洞庭”二句：言秋初景象。化用《楚辞·湘夫人》“袅袅兮秋风，洞庭波兮木叶下”之意。

重以桑梓念[2]，凄其江汉情[3]。
不知天外雁，何事乐长征[4]？

2. 桑梓：古代常在屋旁栽桑树和梓树。后用"桑梓"比喻故乡。 3. 凄其：悲凉伤感。晋陶潜《自祭文》："故人凄其相悲，同祖行于今夕。"江汉：即长江、汉水。此指武昌。 4. 长征：远途跋涉。

济上作[1]

两年为客逢秋节[2]，
千里孤舟济水旁。
忽见黄花倍惆怅，
故园明日又重阳。

注释　1. 济上：即济水之上。济水，古四渎之一，源于今河南省，流经山东省入渤海。后湮没。 2. 秋节：此指重阳节。

何景明

何景明（1483—1521），字仲默，号白坡，又号大复山人，信阳（今属河南）人。弘治十五年（1502）进士，授中书舍人。官至陕西提学副使。"前七子"之一，与李梦阳并称文坛领袖。其诗取法汉唐，一些诗作颇有现实内容。有《大复集》。

岁晏行[1]

旧岁已晏新岁逼[2]，
山城雪飞北风烈。
徭夫河边行且哭[3]，
沙寒水冰冻伤骨。
长官叫号吏驰突[4]，
府帖连催筑河卒[5]。

注释　1. 岁晏：年底。行：古诗体裁名。 2."旧岁"句：旧年已到年底，新年临近。 3. 徭夫：服徭役的民工。 4. 驰突：指来回奔走监工。 5. 府帖：官府公文。筑河卒：修筑河堤的民工。

一年征求不少蠲[6]，
贫家卖男富卖田。
白金纵有非地产[7]，
一两已值千铜钱。
往时人家有储粟[8]，
今岁人家饭不足。
饥鹤翻飞不畏人，
老鸦鸣噪日近屋[9]。
生男长成聚比邻[10]，
生女落地思嫁人。
官家私家各有务，
百岁岂止疗一身[11]。
近闻狐兔亦征及，
列网持矰遍山域[12]。
野人知田不知猎[13]，
蓬矢桑弓射不得[14]。
嗟呼今昔岂异情，
昔时新年歌满城。
明朝亦是新年到，
北舍东邻闻哭声。

6. 征求：指征收赋税。蠲（juān），同“捐”，免。　7.“白金”句：修筑河堤换来了银子，却非粮食。　8. 人家：家家户户。储粟：储存的余粮。　9.“饥鹤”二句：谓由于饥荒，野鹤、乌鸦等鸟类也饿得不怕人，飞下与人争食。　10. 聚比邻：谓由于贫穷，男子刚长大成人便奔走他乡。　11. 疗一身：只管自己一人饥饿。疗，此处指疗饥。　12. 矰（zēng）：古代系生丝以射鸟的箭。　13. 野人：农夫。田：种田。　14. 蓬矢：用蓬蒿做的箭杆。桑弓：用桑木做的弓。

送曹瑞卿谪寻甸[1]

逐客滇南郡[2]，云天此路长。
高秋行万里，落日泪千行。

注释　1. 曹瑞卿：即曹虎，字瑞卿。巢县（今安徽巢县）人。弘治十八年（1505）进士。后贬寻甸通判。寻甸：明代府名，今云南寻甸回族彝族自治县。　2. 逐客：

作赋投湘水[3]，题书寄夜郎[4]。
殊方气候异[5]，去矣慎风霜。

贬逐之人。滇南：即云南。 3.“作赋”句：汉代贾谊贬为长沙王太傅，过汨罗时作《吊屈原赋》。 4.“题书”句：唐代李白因参与永王璘谋反，后贬逐夜郎。杜甫作诗以寄相思。 5. 殊方：与中原风土相异的远方。

得献吉江西书[1]

近得浔阳江上书，
遥思李白更愁予[2]。
天边魑魅窥人过，
日暮鼋鼍傍客居[3]。
鼓枻襄江应未得，
买田阳羡定何如[4]？
他年淮水能相访，
桐柏山中共结庐[5]。

注释 1. 献吉：李梦阳字。正德九年（1514）四月八日，李梦阳有《与何子书二首》。 2. 李白：喻指李梦阳。 3. 魑魅：传为山林中害人之妖怪。杜甫《天末怀李白》：“文章憎命达，魑魅喜人过。”鼋鼍（yuán tuó），两种爬行动物。鼋即绿团鱼。鼍即扬子鳄。 4.“鼓枻”二句：鼓枻，即行船。襄江，汉水自襄阳以下称襄河。阳羡，今江苏宜兴县。此用苏轼《菩萨蛮》“买田阳羡吾将老，从来只为溪山好”之意，表示归隐湖山。 5. 桐柏山：在今湖北、河南境内。淮河发源地。结庐：建屋居住。此指隐居。陶潜《饮酒》：“结庐在人境，而无车马喧。”

孙一元

孙一元（1484—1520），字太初，自称关中人，或传为明宗室安化王宗人。好老氏书，辞家入太白山，号太白山人。工诗，与名流唱和。诗学陶渊明、孟浩然，不受李、何“七子”约束，往往多悲壮激越之音。有《太白山人漫稿》。

衡　门[1]

投老衡门不用名，
闲云时伴一身轻。
床头酒尽春刚去，
座上山青诗又成。
浅水短蒲蛙阁阁[2]，
淡烟修竹月盈盈。
凭谁为问天随子[3]，
药草新生较几茎。

注释　1. 衡门：横木为门，代指隐者简陋的房屋。　2. 阁阁：蛙鸣声。　3. 天随子：唐代隐士陆龟蒙自号。此代指隐者。

郑善夫

郑善夫（1485—1523），字继之，号少谷，闽县（今福建福州）人。弘治十八年（1505）进士，授户部主事。仕途多艰。嘉靖初，起南吏部郎中。便道游武夷，风雪绝粮，得病卒。工于绘画，诗仿杜甫，多忧时感世之作。有《少谷集》等。

古　意

谁家玉面女，素足立水傍。
眷言新岁近[1]，作意浣衣裳[2]。

注释　1. 眷言：回顾貌。　2. 作意：一心一意。

秋　夜

七月欲尽天气清，
残月未上江犹明。
流萤渡水不一点，
玄蝉咽秋无数声。
独客尚未送贫贱[1]，
四方况是多甲兵[2]。
立罢西风夜无寐，
吴歈袅袅感人情[3]。

注释　1. 送贫贱：婉言求功名富贵。2.“四方”句：谓四方多事，战乱并起。明武宗一朝西北的边患、东南的倭寇、南方的农民起义和朱宸濠的叛乱等，此起彼伏。　3. 吴歈（yú）：吴地歌曲。

杨　慎

杨慎（1488—1559），字用修，号升庵，新都（今属四川成都）人。正德间状元及第，授翰林修撰。曾与何景明等为友，其诗虽不专主学盛唐，仍有拟古倾向。世宗时，谪戍云南永昌，多感愤之作。又善文、词及散曲，对民间文学也颇重视。学问博洽，著述有一百余种，人辑其重要者为《升庵集》。

三岔驿[1]

三岔驿，十字路，北去南来几朝暮。朝见扬扬拥盖来，暮看寂寂回车去[2]。今古销沉名利中[3]，短亭流水长亭树[4]。

注释　1. 三岔驿：一名白水驿，在今云南曲靖沾益区境。　2. 扬扬：指车行甚速，尘土飞扬。形容得意之态。盖：车盖，此代指车。寂寂：失意之态。　3.“今古”句：从杜牧《登乐游原》“万古销沉向此中”诗中化出。　4.“短亭”句：短亭，长亭，都是古代道路旁供人歇息的亭子，所谓五里一短亭，十里一长亭。此句从吴文英《青玉案》“短亭芳草长亭柳”句中化出。

送余学官归罗江[1]

豆子山[2]，打瓦鼓[3]。阳坪关[4]，撒白雨[5]。白雨下，娶龙女[6]。织得绢，二丈五。一半属罗江，一半属玄武[7]。我诵绵州歌[8]，思乡心独苦。送君归，罗江浦。

注释　1. 余学官：作者友人。学官，儒学教官。罗江，县名，在今四川东部。　2. 豆子山：在罗江县东北。　3. 瓦鼓：村场瓦市演唱的鼓乐。瓦市，又称瓦子，宋代城市中民众娱乐的场所。　4. 阳坪关：即阳坪山，在四川中江县。　5. 撒白雨：川西称晴空骤雨为“撒白雨”。　6. 龙女：罗江有龙洞。　7. 玄武：中江在隋唐为玄武县。　8. 绵州歌：晋代《绵州巴歌》。

赋得千山红树图送杨茂之[1]

萧郎雅工金碧画，
爱画碧鸡与金马[2]。
画作千山红树图，
行色秋光两潇洒[3]。
摇落深知宋玉悲，
登山临水送将归[4]。
丹林初晓清霜重，
紫谷斜阳赤烧微[5]。
故人辞我故乡去，
滇树遥遥接巴树[6]。
桑落他山共醉时，
枫香客路销魂处[7]。
白首遐荒老未还，
流波落木惨离颜[8]。

注释　1. 赋得：分题或分韵赋诗。杨茂之：蜀人。　2. 萧郎：即萧旭，内江（今属四川）人。工书画。雅工：擅长。金碧画：用泥金、石青、石绿三种颜料作为主色调的山水画。碧鸡与金马：神名。今云南昆明市东有金马山，西有碧鸡山。两山均有神祠。此指萧旭所画的金马碧鸡山水画。　3. 潇洒：萧疏、凄清。　4.“摇落”二句：宋玉，战国时楚国辞赋家。其《九辩》云：“悲哉！秋之为气也，萧瑟兮草木摇落而变衰，憭栗兮若在远行，登山临水兮送将归。”此二句化用其意。　5. 丹林：即枫林。赤烧：即夕阳。　6. 滇树：代指杨慎所谪之云南。巴树：代指杨慎故乡四川。　7.“桑落”二句：桑落，酒名。销魂，形容心情激动，把持不住。　8. 白首：年岁老大。遐荒：边远之地，此指云南。落木：即落叶。离颜：离别时的神情。

锦城红湿那能见[9]，
千里随军梦里攀。

9. 锦城：即今成都市。

题武侯庙[1]

剑江春水绿沄沄，
五丈原头日又曛[2]。
旧业未能归后主[3]，
大星先已落前军[4]。
南阳祠宇空秋草，
西蜀关山隔暮云。
正统不暂传万古，
莫将成败论三分。

注释 1. 武侯庙：诸葛亮庙。诸葛亮封武乡侯。武侯庙不止一处，此当指河南南阳市西郊卧龙岗武侯庙。 2. 剑江：水名，在四川剑州北面。沄沄：水流动貌。五丈原：古地名，在今陕西岐山县。诸葛亮于蜀汉建兴十二年（234）病卒于此。曛（xūn）：昏暗。 3. 旧业：指诸葛亮辅佐刘备所创下的基业。后主：刘备之子刘禅，继位之后为蜀汉后主。国亡降晋。 4.“大星”句：史载诸葛亮卒时，有赤星自东北向西南流，陨落于亮营。

满江红·梨花

露重风香，韶华浅[1]、玉林无叶。谁剪碎、遍地琼瑶[2]，满园蝴蝶。娇泪一枝春带雨[3]，粉英千片光凝雪。伴秋千影里月明中，伤离别。

花在手，肠如结；人对酒，情难说。忆故园游赏，清明时节。今日相逢滇海上[4]，惊看烂熳开正月。更收灯庭院峭寒天，啼鹃歇。

注释 1. 韶华：美好的年华、时光。此指春天。 2. 琼瑶：美玉。此指白色的梨花。 3.“娇泪”句：用白居易《长恨歌》“梨花一枝春带雨”成句。 4. 滇海：即滇池，在今云南昆明市。

临江仙·廿一史弹词第三段说秦汉开场词[1]

滚滚长江东逝水，浪花淘尽英雄[2]。是非成败转头空。青山依旧在，几度夕阳红。

白发渔樵江渚上，惯看秋月春风。一壶浊酒喜相逢。古今多少事，都付笑谈中。

注释　1. 廿一史弹词：长篇弹词，杨慎以二十一史为内容改编。　2.“滚滚”二句：用苏轼《念奴娇·赤壁怀古》“大江东去，浪淘尽，千古风流人物”之意。

薛　蕙

薛蕙（1489—1539），字君采，号西原。亳州（今属安徽）人。正德九年（1514）举进士，授刑部主事。因谏武宗皇帝南巡，受廷杖夺俸，引疾归里。后复起用，任吏部考功司郎中。崇祯二年（1629）被追封为太常少卿。其诗清削婉约，有《西原集》等。

昭王台[1]

燕昭无故国，蓟野有空台[2]。
寂寞黄金气，凄凉沧海隈[3]。
儒生终报主，乱世始怜才。
回首征途上，年年此地来。

注释　1. 昭王台：春秋时燕昭王筑黄金台以招贤者，振兴燕国。黄金台故址在今河北易县东南。　2. 蓟：战国时燕国都城，故址在今北京城西北角。　3. 沧海隈：指渤海的边上。

黄 佐

黄佐（1490—1566），字才伯，号泰泉，香山（今广东中山）人。少以奇隽知名。正德十六年（1521）进士，选庶吉士，授编修。擢少詹事。罢归，日与诸生讲学论道，学者称泰泉先生。黄佐虽究理学，然其文章衔华佩实，足以雄视一时。于诗亦能任其性情。有《泰泉集》。

秋获喜晴

农事初成乐事繁，
即看云水接平原。
巾车道上黄迷垄[1]，
社鼓声中绿满尊[2]。
十里断霞明雁鹜，
半林斜照散鸡豚。
丰年有愿缘忧国，
击壤今闻到处村[3]。

注释　1. 黄：指成熟的黄色稻黍。2. 绿：指美酒。　3. 击壤：传说帝尧之世天下太平，百姓无事，有五十老人击壤于道。后因以“击壤”为歌颂太平盛世。

常 伦

常伦（1492—1525），字明卿，号楼居子，沁水（今属山西）人。正德进士，官大理寺评事。调判寿州，因辱骂御史，罢归。好谈兵击剑，对当时政治现状有所不满。所作散曲，多写颓放生活，宣扬炼丹求仙。诗学李白，疏爽高朗。有《常评事集》等。

采莲曲[1]（选一）

沼月并舟还，荷花隘江水。
笑擘菡萏开[2]，小小新莲子。

注释　1. 采莲曲：乐府旧题，为《江南弄》七曲之一。　2. 菡萏（hàn dàn）：未开的荷花。

【双调】沉醉东风·无题

惊晓梦数竿翠竹，报秋声一叶苍梧[1]。迷茫远近山，浅淡高低树，看空悬泼墨新图[2]。百首诗成酒一壶，人在东楼听雨。

注释　1. 苍梧：深青色的梧桐叶。　2. 泼墨：中国山水画方法之一。亦泛指笔势豪放、墨如泼出的书画。

颜　木

颜木，字惟乔，号淮汉。应山（今湖北广水）人。明正德十二年（1517）进士。性嗜读书，勤于考索，文思精劲。晚年始学诗，居马坪二十余年，吟咏不断。著有《烬余稿》等。

出　塞

结发事戎行[1]，年年瀚海旁[2]。
离旌摇汉日[3]，候骑出胡霜[4]。
月满交河白[5]，沙飞绝塞黄[6]。
征衣今已破，唯有剑花光[7]。

注释　1.“结发”句：束发为髻，本古代成童的标志。此指年少时。戎行，即军伍。　2. 瀚海：此称西北大沙漠。　3. 离旌：出征的战旗。　4. 候骑：军中负责侦察的骑兵。　5. 交河：即马邑川水，又称灰河。出山西宁武县西，经朔县入桑干河。　6. 绝塞：极远的边塞地区。　7. 剑花：谓舞动宝剑时的闪闪白光。

丰 坊

丰坊(1492—1563),字人叔,一字存礼,后更名道生,字人翁,号南禺外史,鄞县(今浙江宁波)人。嘉靖二年(1523)进士,授吏部(一说礼部)主事,改南考功主事,因吏议免官。其诗激扬凌厉,写牢骚不平之气。有《南禺集》等。

杂 诗

孤松挺穹碧[1],下临万里波。
激湍啮其根[2],惊飚撼其柯[3]。
纷纷穴赤蚁,袅袅缠青萝。
群攻未云已,生意当如何[4]。
严霜一夕坠,高标复嵯峨[5]。
君子固穷节[6],感慨成悲歌。

注释 1. 穹碧:青天。 2. 激湍:湍急的流水。啮:咬。此指水流冲刷。 3. 惊飚:即暴风。 4. 生意:生存之意味。 5. 高标:高枝。嵯峨:高耸貌。 6. "君子"句:《论语·卫灵公》:"君子固穷。小人穷,斯滥矣。"固穷,遭困厄而能坚持。

陆 粲

陆粲(1494—1551),字子余,一字浚明。长洲(今江苏苏州)人。嘉靖五年(1526)进士。早入词馆,颇负盛名。补工科给事中。谪贵州都镇驿丞。迁永新知县。研心经史,学问宏博。著有《陆子余集》等。

边军谣

边军苦,边军苦,自恨生身向行伍。月支几斗仓底粟,一半泥沙不堪煮。尽将易卖办科差,颗粒那曾入锅釜。官逋私债还未足，又见散银来籴谷。去年籴谷揭瓦偿，今年瓦尽兼拆屋。官司积谷为备荒，岂知剜肉先成疮[1]。近闻防守婺川贼[2]，尽遣丁男行运粮。老弱伶俜已不保[3]，何况对阵临刀枪。宛宛娇儿未离母，街头抱卖供军装[4]。闾阎哭声日震地，天远无路闻君王[5]。君不见京师养军三十万，有手何尝捻弓箭[6]。太仓有米百不愁[7]，饱食且傍勾栏游。

注释　1.“岂知”句：用唐聂夷中《伤田家》“医得眼前疮，剜却心头肉”之意。　2. 婺川贼：蔑称婺川农民起义军。婺川，今贵州务川。　3. 伶俜：孤零。　4. 供军装：古代从军由家庭置备军装。　5. 闾阎：里巷的门，借指里巷。闻：使知道。　6. 捻：拉。　7. 太仓：在京城所设的国家粮仓。

谢　榛

谢榛（1495—1575），字茂秦，号四溟山人，临清（今属山东）人。“后七子”之一。与李攀龙、王世贞等结诗社，倡导诗歌摹拟盛唐。其诗以律、绝见长。有《四溟集》等。

榆河晓发[1]

朝晖开众山，遥见居庸关。
云出三边外[2]，风生万马间。
征尘何日静，古戍几人还？
忽忆弃繻者[3]，空惭旅鬓斑。

注释　1. 榆河：一名湿余河，在北京市北境。　2. 三边：指“内三关”，即居庸关、倒马关、紫荆关。均沿长城而设，今在河北省境内。　3. 弃繻（rú）者：汉代终军曾入关，关吏给他一条繻，以作出关时的凭证。终军说：“大丈夫西游，就没想着要回来。”弃繻而去。繻，帛边。书帛裂而分之，合为符信，作为出入关卡的凭证。“弃繻”，表示决心在关中创立事业。后因用为年少立大志之典。

初冬夜同李伯承过碧云寺[1]

并马寻名寺[2]，登高藉短筇[3]。
飞泉鸣古涧，落月在寒松。
石路经千转，云岩复几重。
人间多梦寐，谁听上方钟[4]。

注释　1. 碧云寺：位于今北京海淀区香山公园北侧。　2. 并马：犹言并驾齐驱。此指同友人一起去探访寺庙。　3. 藉：借。短筇：指四川一带出产的筇竹杖。　4. 上方：天上，上界。此指佛教圣地。

送王端甫归蒲坂[1]

惜别京华道，秋风送马蹄。
日斜孤雁外，家远万峰西。
归计聊樽酒，行歌且杖藜[2]。
何时首阳下，共尔吊夷齐[3]。

注释　1. 蒲坂：古地名。在今四川永济县西蒲州。　2. 杖藜：扶杖而行。藜，藜茎所制的手杖。　3. 夷齐：即伯夷、叔齐，商末孤竹君之二子。二人让国出逃，又谏阻周武王伐纣。商亡后，伯夷、叔齐义不食周粟，遂饿死于首阳山（地在今河南洛阳）。

登榆林城[1]

凭高望不极[2]，天外一鸿过。
万岭夕阳尽，孤城寒色多。
芦笳满亭堠，羽檄度关河[3]。
遥忆龙庭士[4]，严霜正荷戈。

注释　1. 榆林：军镇名。明九边之一，在陕西省北部。　2. 望不极：望不到边际。　3. “芦笳”二句：芦笳，芦笙与胡笳，均为少数民族乐器。亭堠，亦作亭侯，古代用来侦察、瞭望的岗亭土堡。羽檄，军用文书。　4. 龙庭：古代匈奴祭天处。龙庭士，指在极北苦寒之地作战的士兵。

捣衣曲[1]

秦关昨寄一书归，
百战郎从刘武威[2]。
见说平安收涕泪，
梧桐树下捣征衣[3]。

注释　1. 捣衣曲：琴曲名。捣衣，布帛或衣服放置砧上捣击后清洗。　2. 刘武威：东汉武威将军刘尚。此处代指边关将领。　3. 征衣：远行在外的人所穿的冬衣。

秋日怀弟

生涯怜汝自樵苏[1]，
时序惊心尚道途[2]。
别后几年儿女大，
望中千里弟兄孤。
秋天落木愁多少，
夜雨残灯梦有无？
遥想故园挥涕泪，
况闻寒雁下江湖[3]。

注释　1.“生涯”句：生涯，指生计。樵苏，打柴割草。　2. 时序：指时间的推移。　3. 寒雁：秋雁。古时常以雁行喻兄弟不分离。

华　察

华察（1497—1574），字子潜，号鸿山，无锡人。嘉靖五年（1526）进士，选为庶吉士。历任户部主事、兵部主事、翰林院修撰、东宫侍读等，曾奉旨主持应天府（今南京）乡试和殿试。常在碧山吟社与文士诗酒唱和。其诗不事雕琢，风格冲淡。有《岩居稿》等。

惠山寺与施子羽话别[1]

看山不觉暝，月出禅林幽[2]。
夜静见空色[3]，身闲忘去留。
疏钟隔云度，残叶映泉流。
此地欲为别，诸天生暮愁[4]。

注释　1. 惠山寺：在江苏无锡附近惠山第一峰的白石坞上。施子羽：名渐，无锡人，隐居蠡川田舍。　2. 禅林：寺院。　3. 空色：佛教用语。色指有形质、能感触之物；然一切事物又都是因缘和合的假象，即所谓“空”。《维摩经·不二法门品》：“色即是空，非色灭空，色性自空。”　4. 诸天：佛家语。佛经三界二十八天，称为诸天。

皇甫汸

皇甫汸（1497—1582），字子循，号百泉。长洲（今江苏苏州）人。嘉靖八年（1529）进士，授工部主事，官至云南佥事。好声色狎游。其诗以六朝语入中唐调，清空无迹。有《司勋集》。

有所思

魂去何须梦？情来即是思。
非缘怅兹夜，翻似恨当时[1]。

注释　1. 翻似：反而好像。

对月答子浚兄见怀诸弟之作[1]

南北何如汉二京，
迢迢吴越两乡情[2]。

注释　1. 子浚：即皇甫冲，字子浚，作者长兄。诸弟，即皇甫冲之弟涍、汸、濂，并工诗。　2. 南北：即指明代两京北京和南京。汸作此诗时官南京，弟濂官工

谢家楼上清秋月[3]，
分作关山几处明。

部主事，在北京。而长兄子浚在故乡长洲，仲兄浡任浙江佥事，在越州。兄弟四人分散数地。汉二京：即西汉首都长安和东汉首都洛阳。迢迢：遥远貌。 3. 谢家：东晋时，谢奕、谢万、谢石兄弟并著声望。此处自喻皇甫兄弟。

李先芳

李先芳（1510—1594），字伯承，号北山，监利（今属湖北）人，其祖迁居濮州（今河南濮阳）。嘉靖二十六年（1547）进士，累官至尚宝司丞、陛少卿。后因得罪权要，降为亳州同知、宁国府同知。万历初辞官归故里。先芳才华横溢，以诗作著称于世，留有《李氏山房诗选》《江右诗稿》等。

由商丘入永城途中作[1]

三月轻风麦浪生，
黄河岸上晚波平。
村原处处垂杨柳，
一路青青到永城。

注释 1. 商丘、永城：均在今河南省东部，黄河故道附近。

张时彻

张时彻（1500—1577），字维静，一字九一，号东沙，鄞县（今浙江宁波）人。嘉靖二年（1523）进士，官至南京兵部尚书。辞职归里，居家著述，与范钦、屠大山主当地文柄，人称“东海三司马”。有《芝园定集》等。

闾阎曲

谷熟不到釜，丝成不上身。
莫道江南乐[1]，江南愁杀人。

注释 1. 江南乐：乐府有《江南曲》《江南弄》，词调有《江南好》，多歌咏江南良辰美景，嬉戏游乐。

古别离

春思已无那[1]，如何又早秋。
偏将一片叶，飞作万重愁。
凤枕兰香细，瑶阶霜杵柔[2]。
暗挥双泪眼，一望大刀头[3]。

注释 1. 无那：犹言无奈。 2. 凤枕、瑶阶：对妇女之枕、所处台阶的美称。杵：砧杵，古代捣衣时所用。 3. 大刀头：指天上新月。

高叔嗣

高叔嗣（1501—1537），字子业，号苏门山人，祥符（今属河南开封）人。嘉靖二年（1523）进士。官至湖广按察使。诗歌偏重于抒发主观情思，淡雅清旷。受知于李梦阳，然不为其所囿。著有《苏门集》。

病起偶题

空斋晨起坐，欢游罢不适。
微雨东方来，阴霭倏终夕。
久卧不知春，茫然怨行役[1]。
故园芳草色，惆怅今如积[2]。

注释 1. 行役：泛称行旅、出行。 2. 惆怅：失意貌。

高　岱

高岱（1507—?），字伯宗，号鹿坡。京山（今属湖北）人。嘉靖二十九年（1550）进士。曾任刑部郎中。后为严嵩排挤，出为景府长史司右长史。有《西曹集》等。

登　台

蓟北收兵未[1]？长安无使来[2]。
风尘连朔漠[3]，雨雪暗蓬莱[4]。
去鸟为谁急，寒花何意开。
孤臣头白尽[5]，倚杖独登台。

注释　1. 蓟北：在今河北省北部。2. 长安：汉唐首都。此代指京城。3. 朔漠：指北方沙漠地带，有时泛指北方。4. 蓬莱：神话中仙人居住的三座神山之一（另为方丈、瀛洲）。5. 孤臣：孤立无助或不受重用的远臣。

灯　蛾

物性固有癖[1]，附炎岂我情。
宁投明处死，不向暗中生。

注释　1. 癖：对某一事物的偏好。

俞大猷

俞大猷（1504—1580），字志辅，号虚江，晋江（今属福建）人。举嘉靖十四年（1535）武会试，授千户，守御金门。嘉靖二十八年（1549），荐为备倭都指挥。又参与交黎之役，以功进参将。后任福建、广东总兵官，抗倭数建大功，与戚继光齐名。后任军都督佥事，乞归，卒于家。谥武襄。其诗慷慨雄壮，有奇气。有《正气堂集》。

秋日山行

溪涨巨鱼出，山幽好鸟鸣[1]。
丈夫不逆旅[2]，何以及苍生。

注释　1.“山幽”句：王籍《入若耶溪》：“蝉噪林逾静，鸟鸣山更幽。”此用其意。　2. 逆旅：旅舍。此指在外戍守或游宦。

咏牡丹

闲花眼底千千种[1]，
此种人间擅最奇。
国色天香人咏尽[2]，
丹心独抱更谁知。

注释　1. 闲花：寻常可见之花。　2. 国色：色极艳丽，冠绝一国。多形容美女，亦专指牡丹。

黎民表

黎民表，字惟敬，号瑶石，从化（今属广东）人。嘉靖十三年（1534）举人，累官河南布政使司参议。居广州粤秀山麓清泉精舍，与弟友唱和。为黄佐弟子，以诗名。与欧大任、梁有誉、李时行、吴旦并称“南园后五子”。其诗精深华妙，风调流美。有《瑶石山人稿》等。

燕京书事[1]（选一）

朱楼迢递接平沙，
叹息深闺有丽华[2]。
青鸟几时随阿母，

注释　1. 燕京：即北京。此诗写明嘉靖间京师选妃事。　2. 丽华：南朝陈后主宠妃张丽华。这里指待选入宫的良家美女。

彩鸾今夜属良家[3]。
桃栽碧海多成实，
桂贮长门自落花[4]。
寄语采桑南陌女，
莫将颜色向人夸[5]。

3. 青鸟：传说中西王母侍者，后代指男女间通情达意的使者。阿母：选美的女官。彩鸾：择选淑女的使者所乘之车舆。属：到达。 4."桃栽"二句：碧海所栽之桃，即蟠桃，传在东海度索山上。《汉武帝内传》载武帝食王母仙桃事。长门，汉武帝陈皇后失宠后废居长门宫。司马相如为之作《长门赋》，有云："桂树交而相纷兮，芳酷烈之訚訚。"此二句言良家美女一旦选入内宫，有争宠而后失宠之事。 5."寄语"二句：承上言平民女子千万不要自恃有些姿色而轻入内宫。采桑南陌女，指平民女子。汉乐府《陌上桑》："罗敷喜蚕桑，采桑城南隅。"颜色，美好的容貌。

唐顺之

唐顺之（1507—1560），字应德，一字义修，武进（今江苏常州）人。嘉靖八年（1529）会试第一，授庶吉士，调兵部主事，后转吏部。嘉靖十二年（1533）任翰林院编修，后罢官入阳羡山中读书十余年。嘉靖三十三（1554）年，起用为兵部职方郎中，泛海累败倭寇，以功擢右佥都御史，巡抚凤阳。嘉靖三十九年（1560），带病泛海御倭，卒于通州。作品以议论纵横、气势洸洋纡折见称。有《荆川先生文集》。

登喜峰古戍[1]

绝顶孤峰见废关，
短衣落月试跻攀。
三秋豹旅方乘障[2]，
万里龙媒正满山[3]。
候雁似随乡思去，
寒花将送使臣还。

注释　1. 喜峰古戍：喜峰口是长城要口之一，在河北迁西县，向为冀东北地区长城内外的交通要冲，有古城。 2. 豹旅：指勇猛的兵旅。 3. 龙媒：骏马之称。

筹边迂薄真无补[4]，
空望伊吾抵掌间[5]。

4. 筹边：谋划边疆防御之事。迂薄：浅薄不切实际。 5. 伊吾：古西北郡名。

归有光

归有光（1507—1571），字熙甫，号项脊生。昆山（今属江苏）人。人称震川先生。嘉靖进士，官南京太仆寺丞。论文推崇唐宋作家，指斥主张“文必秦汉”的王世贞辈为“妄庸巨子”。与王慎中、唐顺之、茅坤等被称为“唐宋派”。所作散文朴素简洁，善于叙事，颇受时人推重。其诗无意求工，然纯朴可爱。有《震川先生集》。

甲寅十月纪事[1]（选一）

经过兵燹后[2]，焦土遍江村。
满道豺狼迹，谁家鸡犬存。
寒风吹白日，鬼火乱黄昏。
何自征科吏[3]，犹然复到门。

注释　1. 甲寅：嘉靖三十三年（1554）。2. 兵燹（xiǎn）：因战争而造成的灾害。3. 征科吏：收取赋税的官吏。

海上纪事（选二）

二百年来只养兵[1]，
不教一骑出围城。
民兵杀尽州官走，
又下民间点壮丁。

注释　1. 二百年来：指明太祖开国至嘉靖末年。

半遭锋镝半偷生[1]，
一处烽烟处处惊。
听得民间犹笑语，
催科且喜一时停[2]。

注释　1. 锋镝：泛指兵器。锋，刀口；镝，箭头。　2. 催科：催缴赋税。

沈　炼

沈炼（1507—1557），字纯甫，号青霞，会稽（今浙江绍兴）人。嘉靖十七年（1538）进士。因上疏揭露严嵩父子罪状，被削官为民。又为人诬告与白莲教谋乱，被害。天启初追谥忠愍。工诗文，诗郁勃磊落，肖其为人。文章尤佳，下笔千言，劲健有气。尝与同里陈鹤、徐渭等结“越中十子”社。有《青霞集》。

秋夜感怀[1]

飒飒西风日夜吹，
将军出塞又空回。
不知白骨堆沙岸，
犹自红妆送酒杯[2]。
诸葛已无筹笔驿[3]，
李陵偏筑望乡台。
悲歌莫厌伤心曲，
不是忠臣定不哀。

注释　1. 此诗为作者贬谪保安，见边将许论、杨顺等畏敌如虎、腐化堕落而作。　2.“不知”二句：唐高适《燕歌行》：“战士军前半死生，美人帐下犹歌舞。”此二句从高诗中化出。　3. 筹笔驿：古驿名，在今四川广元县北。相传诸葛亮出师运筹于此。

尹　耕

尹耕（1515—?），字子莘，号朔野，蔚州（今河北蔚县）人。聪颖好学，十八岁中进士，历任藁城知县、礼部仪制主事、河间知府。因其知兵，被破格提拔为河南按察司兵备佥事，管领民兵。不久即遭人诬告，发配辽东。其边塞诗艺术成就颇高，有河朔侠烈之风。有《朔野山人集》。

秋兴（选一）

万里长风落树柯，
乾坤今日未投戈[1]。
空闻海国标铜柱[2]，
转见河湟起白波[3]。
是处清霜埋战骨，
几人明月听渔歌。
天涯憔悴三湘客，
独报遗骚怨薜萝[4]。

注释　1. 投戈：放下武器。谓休战。　2.“空闻”句：海国，近海地域。铜柱，作为边界标志的铜制界桩。汉代马援征战到交阯，立铜柱，为汉之极界。　3. 转见：突然见到。河湟：黄河与湟水的并称，亦指河湟两水之间的地区。白波：狂澜。此指战乱。　4. 三湘客：即屈原。此作者自喻。遗骚：即屈原《离骚》。薜萝：薜荔和女萝。两者皆野生植物，常攀缘于山野林木或屋壁之上。后借指隐者或高士的衣服。此指流放之人所服。

李攀龙

李攀龙（1514—1570），字于鳞，号沧溟。历城（今山东济南）人。嘉靖二十三年（1544）进士。初授刑部主事，历任郎中、陕西提学副使等职，官至河南按察使。为“后七子”之一。推崇汉魏古诗、盛唐近体，其诗亦多模拟剽窃之作。有《沧溟集》等。

录别[1]（选一）

秋风西北来，萧萧动百草。
荡子无家室，悠悠在长道[2]。
红颜能几时，弃捐一何早[3]！
对客发素书[4]，零涕复盈抱。
上言故乡好，下言故人老[5]。

注释　1. 录别：叙记离别。　2. 荡子：流浪在外的男子。长道：远方。　3. 弃捐：抛弃。此指久别不归。　4. 素书：指来自家乡的书信。　5. "上言"二句：古诗《饮马长城窟行》："长跪读素书，书中意何如？上言加餐饭，下言长相忆。"此用其意。故人老，言妻子在家孤苦无依。

初春元美席上赠谢茂秦得关字[1]

凤城杨柳又堪攀[2]，
谢朓西园未拟还[3]。
客久高吟生白发，
春来归梦满青山[4]。
明时抱病风尘下[5]，
短褐论交天地间[6]。
闻道鹿门妻子在[7]，
只今词赋且燕关[8]。

注释　1. 元美：王世贞字。茂秦：谢榛字。时作者与王世贞同为京官，而谢榛为布衣。得关字：古人分韵赋诗，此诗以关字为韵。　2. 凤城：指京城。　3. 谢朓：南朝齐著名诗人。此以比谢榛。西园：汉代上林苑的别称，这里代指京城游观之所。　4. 青山：指青林山，在今安徽当涂县东南，谢朓曾隐居于此。此代指归隐处。　5. 明时：政治清明的太平盛世。抱病：本谓生病，此喻指怀才不遇。风尘：谓繁杂的世俗。　6. 短褐：粗麻布做的上衣，平民所服。此代指平民。　7. 鹿门：山名，在今湖北襄阳，东汉庞德公携妻子隐居于此。　8. 燕关：即燕京。指北京。

长相思

秋风清，秋月明。叶叶梧桐槛外声，难教归梦成。砌蛩鸣[1]，树鸟惊。塞雁行行天际横，偏伤旅客情。

注释　1. 砌蛩：台阶下的蟋蟀。

欧大任

欧大任（1516—1596），字桢伯，号仑山。顺德（今属广东）人。嘉靖中以贡生历官冠钟博士，终南京工部郎中。大任工诗，才笔纵横。王世贞目为广州“南园后五子”之一。有《虞部集》。

登宣武门楼[1]

百二山河控上游，
郁葱佳气满皇州[2]。
风驱大漠浮云出，
天转滹沱落日流[3]。
双阙金茎连北极[4]，
万家红树动高秋。
茱萸黄菊还堪佩[5]，
独上城南百尺楼。

注释　1. 宣武门：京师城门名。　2.“百二”二句：百二山河，形容地势险要。《史记·高祖本纪》：“秦，形胜之国。带山河之险，悬隔千里，持戟百万，秦得百二焉。”百二，谓秦兵百万可当二百万。上游，本指河之上游，此亦泛言有利地势。皇州，指京师。　3. 滹沱：水名。在河北省西部。　4.“双阙”句：双阙，宫门前的望楼。金茎，承露盘的铜柱。北极，即天之中，亦指帝王之居。　5. 茱萸：植物名。古重阳节采茱萸、黄菊以为佩。

徐 渭

徐渭（1521—1593），初字文清，改字文长，号天池山人、青藤居士。山阴（今浙江绍兴）人。天资聪颖。嘉靖三十七年（1558）任浙闽总督胡宗宪的幕僚。后胡宗宪被弹劾为严嵩同党，徐渭深受刺激，一度发狂，竟先后九次自杀。擅书画和戏曲。诗出于李白、李贺之间，豪放恣肆、狂怪幽绝。有《徐文长集》。

春日过宋诸陵[1]（选一）

落日愁山鬼，寒泉锁殡宫[2]。
魂犹惊铁骑[3]，人自哭遗弓[4]。
白骨夜半语，诸臣地下逢。
如闻穆陵道[5]，当日悔和戎。

注释　1. 宋诸陵：北宋朝皇室陵墓在今河南洛阳附近。南渡后，因为北方为金朝所占，所以南宋诸帝死后暂葬绍兴，准备收复失地后再移葬。此即指绍兴诸陵。　2. 殡宫：临时停柩的地方。　3. 铁骑：身着铁甲的骑兵。指金朝入侵者。　4. 遗弓：旧指皇帝死亡。　5. 穆陵：南宋理宗赵昀的陵墓，后便以穆陵指称理宗。

题墨葡萄

半生落魄已成翁，
独立书斋啸晚风。
笔底明珠无处卖[1]，
闲抛闲掷野藤中。

注释　1. 笔底明珠：形容所画之葡萄。

吴国伦

吴国伦（1524—1593），字明卿，号川楼、南岳山人。武昌府兴国州（今属湖北）人，明朝“后七子”之一。嘉靖二十九年（1550）进士。初授中书舍人，后擢兵科给事中。因触忤严嵩，被谪为江西按察司知事，又移南康推官等。复起为建宁同知，官至河南左参政。后罢归。有《甔甀洞稿》。

高州杂咏 [1]

粤南天欲尽[2]，风气迥难持[3]。
一日更裘葛[4]，三家杂汉夷[5]。
鬼符书辟瘴[6]，蛮鼓奏登陴[7]。
遥夜西归梦[8]，惟应海月知。

注释　1. 高州：明代府名，治所在今广东茂名。　2. 粤南：高州地属广东南部。天欲尽：言在天边极远处。　3. 风气：风土气候。迥：特别。　4. 裘葛：裘，皮衣，指冬天所服；葛，葛布，指夏天所服。　5. 汉夷：指此地汉族与少数民族杂居一处。　6.“鬼符”句：画神符以驱除瘴疠之气。鬼符，道教称能制服鬼物的箓。　7. 蛮鼓：南方少数民族所用的铜鼓。登陴（pí）：登上城墙。陴，城墙上的女墙。　8. 西归：从西部回到家乡。作者家乡在高州东边。

梁有誉

梁有誉（1521—1556），字公实，别号兰汀。顺德（今属广东）人。嘉靖二十九年（1550）进士，授刑部主事，世称“梁比部”。因其为诸生时与欧大任、黎民表等同师事香山黄佐，结社南园，故被列为“南园后五子”，学者称为兰汀先生。其诗属词婉约，繁雅匀适。有《兰汀存稿》。

暮春病中述怀（选一）

花落长安春事过，
侧身天地甲兵多[1]。
马卿消渴空成赋[2]，
阮籍佯狂独放歌[3]。
病起春风吹鬓发，
酒醒寒月上关河[4]。
凭栏却忆十年事，
长啸谁持返日戈[5]。

注释　1. 侧身：形容恐惧不安。2. 马卿：即司马相如，字长卿，为西汉著名辞赋家。相如有消渴疾，即今所谓糖尿病。3. 佯狂：装疯。阮籍生活于魏晋易代之际，不愿卷入政治风波之中，常放浪形骸，嗜酒佯狂。4. 关河：泛指水陆关口要津。5. 返日戈：传说战国时楚国县守鲁阳公与韩作战，战斗正酣，太阳却要下沉。鲁阳公乃援戈挥日，日为之返。后常以喻有回天之力。

宗　臣

宗臣（1525—1560），字子相，号方城山人。兴化（今属江苏）人。嘉靖二十九年（1550）进士。初授刑部主事，后改吏部员外郎。嘉靖三十六年（1557）被贬为福州布政使司左参议。宗臣为“后七子”之一。其诗始学李白，颇以歌行跌宕自喜。其律诗常有隽句而无完篇，而绝句较有神韵。有《宗子相集》。

登云门诸山[1]

山头月白云英英[2]，
千峰倒插千江明。
手把芙蓉步石壁[3]，
苍翠乱射猿鸟惊[4]。
谁其云外吹紫笙？
欲来不来空复情[5]。

注释　1. 云门诸山：在今浙江绍兴境内，山上有云门寺。2. 英英：白云轻明之貌。3. 芙蓉：即莲花，这里形容山形极美。4. 苍翠：即翠竹。5. 吹紫笙：用传说中仙人王子乔善吹笙引凤鸣一事。空复情：徒然怀有思古之情。

天风吹我佩萧飒，
恍疑身在昆仑行[6]。

6. 萧飒：秋风吹佩环所发出的清脆响声。昆仑：山名，在我国西北新疆、西藏之间，传说为神仙所居。

张佳胤

张佳胤（1526—1588），字肖甫，明重庆府铜梁县人。嘉靖二十九年（1550）进士，授滑县令。累官至兵部尚书。谥襄宪。工诗文。为“嘉靖五子”之一。著有《张居来集》等。

登函关城楼[1]

楼上春云雉堞齐，
秦川芳草自萋萋[2]。
黄看雨后河流急，
青入窗中华岳低[3]。
客久独凭三尺剑[4]，
时清何用一丸泥[5]。
登高远眺乡心起，
关树重遮万岭西[6]。

注释　1. 函关：古关名，在今河南灵宝县境。　2. 雉堞（zhì dié）：即女墙，城上排列如齿状的矮墙。秦川：函谷关以西、秦岭以北的平原地带，俗称关中。　3. 华岳：即华山，在今陕西省华阴市境。　4. 三尺剑：古剑长大约三尺，故称。　5. 一丸泥：函谷关地势险要，易于防守。东汉王元请以一丸泥为隗嚣东封函谷关。后用“一丸泥”比喻以极少的力量，可以防守险要的关隘。　6. 重遮：层层遮蔽。

王世贞

王世贞（1526—1590），字元美，号凤洲、弇州山人。江苏太仓人。嘉靖二十六年（1547）进士，授刑部主事。后为南京兵部右侍郎，官至刑部尚书。好为古诗文，与李攀龙、谢榛等并称“嘉靖七子”。倡导文学复古运动，主张“文必秦汉，诗必盛唐”，在当时有一定影响。有《弇山堂别集》《弇州山人四部稿》等。

钦䲹行[1]

飞来五色鸟[2]，自名为凤凰。千秋不一见，见者国祚昌[3]。飨以钟鼓坐明堂[4]，明堂饶梧竹[5]，三日不鸣意何长[6]！晨不见凤凰，凤凰乃在东门之阴啄腐鼠[7]，啾啾唧唧不得哺。夕不见凤凰，凤凰乃在西门之阴媚苍鹰[8]，愿尔肉攫分遗腥。梧桐长苦寒，竹实长苦饥[9]。众鸟惊相顾，不知凤凰是钦䲹[10]。

注释　1. 钦䲹：神话中鸟名，后化为怪鸟。本诗借钦䲹冒充凤凰以刺奸臣严嵩。　2. 五色鸟：相传凤凰备五色。　3.“千秋”二句：严嵩入阁前颇有名气，朝廷属望颇高，故有此语。见，同“现”。者，同“则”。国祚，国家气运。　4.“飨以”句：飨，同“享”。钟鼓，国家举行典礼之具。明堂，天子祭祀神灵、举行重大典礼、宣明政教的地方。　5. 饶：富足。梧竹：相传凤凰非梧桐不栖，非竹实不食。　6. 三日不鸣：讽刺严嵩刚开始时故作矜持之状，隐藏不露。　7. 腐鼠：腐臭的老鼠。《庄子·秋水篇》云：鹓雏从南海飞到北海，见到鲜嫩清洁的竹实才肯进食，遇有清澈甘甜的泉水才肯饮用。有一天，鹓雏遇见正要啄食一只死老鼠的鸱鹰，鸱鹰以为鹓雏要与它争食，抬头怒目而视，大声示威：“吓！吓！”此句反其意而用，讽刺严嵩是一只假凤凰。　8. 苍鹰：一种凶猛的鸟。此喻与严嵩同流合污之人。　9.“梧桐”二句：假凤凰虽有梧桐不栖，虽有竹实不食，故常苦于饥寒。　10. 众鸟：喻朝廷百官。

过长平作长平行[1]

世间怪事那有此，
四十万人同日死。
白骨高于太行雪，
血飞迸作汾流紫[2]。
锐头竖子何足云[3]，
汝曹自死平原君[4]。

注释　1. 长平：地名。战国时秦将白起坑赵卒四十万处。故址在今山西高平市西北。　2. 汾流：即汾水，源出山西汾阳县。　3. 锐头竖子：传言秦将白起头小而锐。《史记·平原君列传》：“白起，小竖子耳。”　4.“汝曹”句：汝曹，指长平之役中被坑士卒。平原君，赵惠文王之弟赵胜，任赵相。秦军曾经攻韩上党，平原君劝赵王派兵保护，不料十年之后遂有长平之败。

乌鸦饱宿鬼车哭[5]，
至今此地多愁云。
耕农往往夸遗迹，
战镞千年土花碧[6]。
即令方朔浇岂散，
岂有巫咸招不得[7]。
君不见新安一夜秦人愁，
二十万鬼声啾啾[8]。
郭开卖赵赵高出，
秦玺忽送东诸侯[9]。

5.“乌鸦”句：传说乌鸦啄食死尸。鬼车，传说中不祥之怪鸟。 6.“战镞”句：用李贺《秋来》：“恨血千年土中碧。”镞，箭头。 7.“即令”二句：方朔，即东方朔，善卜筮之术。汉武帝曾经在东游路上遇一怪物，动而不徙。东方朔以酒浇之，此物立消。巫咸，传说能招魂之巫师。 8.新安：地名，今属河南。汉元年（前206）十一月，项羽大破秦军，坑降卒二十万于此。啾啾：惨叫声。 9.郭开：战国赵幽缪王宠臣，受秦之赂，使赵王中秦离间计而杀良将李牧。后又谗毁廉颇，使廉颇不得重用。赵遂无良将。秦玺：秦始皇的传国玉玺。秦二世三年，刘邦破秦军于武关，遂至霸上，使人约降子婴。子婴奉天子玺符于道旁。刘邦遂入咸阳。“君不见”以下四句，言谗佞之臣误国亡国。

登太白楼[1]

昔闻李供奉[2]，长啸独登楼。
此地一垂顾[3]，高名百代留。
白云海色曙，明月天门秋[4]。
欲觅重来者，潺湲济水流[5]。

注释 1.太白楼：各处多有，此诗所写者在山东济宁。 2.李供奉：即李白。天宝初，李白入长安，曾供奉翰林。 3.垂顾：亲临观赏。 4.天门：神话中天宫的门。 5.潺湲：水慢慢流动的样子。

戚将军赠宝剑歌[1]（选一）

毋嫌身价抵千金，
一寸纯钩一寸心[2]。
欲识命轻恩重处，
灞陵风雨夜来深[3]。

注释 1.戚将军：即戚继光，曾领导浙江、福建、广东沿海的抗倭斗争。 2.嫌：疑。纯钩：古宝剑名。此泛指剑。 3.灞陵：汉文帝陵，在今陕西省西安市东。

忆江南

歌起处，斜日半江红。柔绿篙添梅子雨[1]，淡黄衫耐藕丝风[2]。家在五湖东。

注释　1. 梅子雨：即江南春夏之交的梅雨。　2. 藕丝风：春日里微细的风。

李　贽

李贽（1527—1602），字卓吾，别号温陵居士，晋江（今属福建）人。先后任国子监博士、礼部司务、南京刑部员外郎、云南姚安知府等。后辞官归隐，从事研究、讲学和著述。著《初潭集》《焚书》《藏书》等，后以“敢倡乱道，惑世诬民”罪名下狱，在狱中自杀。作诗不多，然情真意切，感人至深。

初到石湖

皎皎空中石[1]，结茅俯青溪[2]。
鱼游新月下，人在小桥西。
入室呼尊酒，游春信马蹄[3]。
因依如可就[4]，筇竹正堪携[5]。

注释　1. 皎皎：洁白的样子。空中石：言潭底非常清澈，石头犹如在空中一样。　2. 结茅：建造茅舍。　3. 信马蹄：即任凭马随意所至。　4. 因依：本意为依靠、依倚。此处引申为朋友、施主等意。　5. 筇（qióng）竹：即四川筇都山所产之竹，宜于做杖，所以便成为竹杖的代称。

老病始苏[1]

名山大壑登临遍，
独此垣中未入门[2]。

注释　1. 苏：死而复生，此指健康状况有所好转。这是作者被劾入狱后所作《系中八绝》第一首。　2. 垣中：指监狱。

病间始知身在系[3]，
几回白日几黄昏。

3. 系：被拘禁。

戚继光

戚继光（1528—1587），字元敬，定远（今属安徽）人。幼倜傥负奇气，勤苦读书，通经史。后为抗倭英雄，名震东南。召为神机营副将，以都督同知总理蓟州、昌平、保定三镇。进左都督，加秩少保，移镇南粤。还登州，卒，谥武毅。于练兵、治械、阵图等多有创见。其诗亢健，近燕赵之音。有《纪效新书》《练兵实纪》《止止堂集》等。

登盘山绝顶[1]

霜角一声草木哀，
云头对起石门开[2]。
朔风虏酒不成醉[3]，
落叶归鸦无数来。
但使玄戈销杀气，
未妨白发老边才[4]。
勒名峰上吾谁与？
故李将军舞剑台[5]。

注释　1. 盘山：又名盘龙山。在河北蓟县西北。绝顶：最高顶。　2. 石门：盘山顶峰两峰对峙如门，故称。　3. 虏酒：边塞少数民族酿制的酒。　4. 玄戈：铁戈。杀气：战争气氛。边才：防守边境的将帅。　5. 勒名：在石上刻名纪功。与：赞许。舞剑台：在盘山天成寺东，台高一千二百尺，传为唐初名将李靖舞剑处。

马上作

南北驱驰报主情[1]，
江花边月笑平生[2]。
一年三百六十日，
多是横戈马上行。

注释　1. 主：即君主、皇帝。　2. 江花边月：指南北风情。江，指南方江河；边，指北部边塞。

王穉登

王穉登（1535—1612），字百谷，先世江阴人，移居吴门（今江苏苏州）。少有文名。万历时曾召修国史，主词翰之席三十余年。其诗风情绮丽，清新纤秀。有《王百谷集》等。

黄浦夜泊[1]

黄浦滩头水拍天，
寒城如雾柳如烟。
月沉未沉鱼触网，
潮来欲来人放船。

注释　1. 黄浦：在今上海。

沈一贯

沈一贯（1531—1615），字肩吾，号龙江，鄞县（今浙江宁波）人。隆庆二年（1568）进士。累官少傅兼太子太傅、户部尚书、武英殿大学士。张居正去位后，入阁参与机务，时论丑之。作诗多有佳句，其文结构精美，人称“句章公”。有《啄鸣集》等。

山阴道中[1]

最是山阴道可怜[2]，
青蒲白鸟浴晴川。
一奁水镜疑无地[3]，
九叠山屏直上天[4]。
向浦歌声春社鼓[5]，
隔江灯影夜渔船。
谁能乞得君王赐，
不戴黄冠已是仙[6]。

注释　1. 山阴：县名，今浙江绍兴。2. 可怜：可爱。　3. “一奁”句：言山阴西南的鉴湖水面明净如镜，好像不是在地上，而是天上仙境。　4. 九叠山屏：指会稽诸山。　5. 春社：古时于春耕前（多于立春后第五个戊日）祭祀土神，以祈丰收，谓之春社。　6. 乞得君王赐：唐贺知章，会稽永兴人，致仕后请为道士归里，求周宫湖数顷为放生池。诏赐镜湖、剡溪一曲，皇帝赐诗。黄冠：道士所戴之帽。道教认为通过修炼可以成仙。

陈　第

陈第（1541—1617），字季立，号一斋、温麻山农。连江（今属福建）人。万历时秀才。曾任蓟镇游击将军，后致仕归里，专心研究古音，明确提出“时有古今，地有南北，字有更革，音有转移”的观点。著有《一斋诗集》《两粤游草》《五岳游草》《毛诗古音考》《读诗拙言》《屈宋古音义》等。

夹沟道[1]

夜过夹沟驿，十里驰车声。
风急四野黑，隶从呼前程。
道旁四五屋，起视且复惊。
男人秉炬尽，妇女扶灯行。
自言旱太甚，枵腹供官征。

注释　1. 夹沟道：在今安徽省宿州区北六十里处。洪武初设驿丞。

怀中三岁儿，弃置啼失声。
不忍闻此语，凄凄伤我情。

屠　隆

屠隆（1542—1605），字长卿，号赤水、鸿苞居士。鄞县（今浙江宁波）人。万历五年（1577）进士。官至礼部郎中。其诗纵情奔放，率不经意。有《栖真馆集》等。

彭城渡黄河[1]

彭城临广岸，俯仰霸图空[2]。
白日照残雪，黄河多烈风。
所嗟人向北，不似水流东。
回首沧溟曲[3]，山山云雾中。

注释　1. 彭城：古地名，在今徐州市铜山区。项羽曾都于此。　2. 霸图空：指项羽与刘邦争霸的雄心落空。　3. 沧溟曲：茫茫苍天的一角。曲，角落。此指彭城。

汤显祖

汤显祖（1550—1616），字义仍，号海若，又号若士，别称清远道人，临川（今属江西）人。万历十一年（1583）进士，曾任南京太常博士、礼部主事等职。万历十九年（1591），因抗疏抨击朝政，被贬广东徐闻典史、浙江遂昌知县。后弃官归家。以戏剧名世，著有“临川四梦”，其中《牡丹亭》最著名。其诗自由逸宕，天然孤秀。今人辑有《汤显祖集》。

七夕醉答君东[1]

玉茗堂开春翠屏[2]，
新词传唱《牡丹亭》。
伤心拍遍无人会，
自掐檀痕教小伶[3]。

注释　1. 七夕：传说天上的牛郎、织女每年农历七月初七晚于鹊桥相会。因有七夕节。君东：即刘浙，作者友人。　2. 玉茗堂：作者晚年写作、会客、排戏的场所。　3. 小伶：小演员。

袁宗道

袁宗道（1560—1600），字伯修，号玉蟠、石浦。湖广公安（今属湖北）人。万历十七年（1579）会试第一，选庶吉士，授编修，官至右庶子。“公安派”的发起者和领袖之一，与弟宏道、中道并称“三袁”。反对模拟复古，注重学习前人“古文贵达”的精神，著有《白苏斋集》。

初晴即事（选一）

晨风吹澹澹[1]，檐日报新晴[2]。
尽启花开户，全收雨后清。
沉烟留棐几[3]，竹色上楸枰[4]。
自识斜川意[5]，虚名总不争。

注释　1. 澹澹：水流动貌。　2. 檐日：屋檐上的太阳。　3. 棐几：用榧木做的几案。　4. 楸枰：棋盘。古时多用楸木做成。　5. 斜川：地名，在今江西庐山市境。距离陶渊明故乡柴桑不远。陶渊明曾游于此，有《游斜川》诗。

程嘉燧

程嘉燧（1565—1644），字孟阳，号松圆、偈庵，休宁（今属安徽）人，寓居嘉定（今属上海）。论诗主张先立人格，后有诗格，反对前后七子剽窃摹拟之风。与唐时升、娄坚、李流芳合称“嘉定四先生”。其诗清丽温婉。有《松圆浪淘集》等。

忆金陵杂题画扇[1]（选一）

最忆西风长板桥[2]，
笛床禅阁雨潇潇[3]。
只今画里犹知处，
一抹寒烟似六朝[4]。

注释　1. 金陵：即今南京市。　2. 长板桥：金陵的妓院。　3. 禅阁：幽静清雅的僧房。　4.“一抹”句：言当时的奢靡之风有如六朝。

徐　熥

徐熥（1561—1599），字惟和，闽县（今属福建）人。万历十六年（1588）举人。负才淹蹇，肆力诗歌。今人辑有《徐熥集》。

酒店逢李大

偶向新丰市里过[1]，
故人樽酒共悲歌。
十年别泪知多少，
不道相逢泪更多。

注释　1. 新丰：地名。在今西安临潼区东，以产酒而闻名。新丰市，亦即酒市。

邮亭残花[1]

征途微雨动春寒，
片片飞花马上残。
试问亭前来往客，
几人花在故园看？

注释 1. 古代设在道途供传送文书的人与旅客歇宿的馆舍。

高攀龙

高攀龙（1562—1626），字存之，又字云从，号景逸。无锡（今属江苏）人。万历进士。熹宗时官左都御史，因反对魏忠贤乱政被革职。与顾宪成在无锡东林书院讲学，时称“高顾”，为东林党首领之一。魏忠贤党羽崔呈秀派人往捕，投水死。能诗文。著有《高子遗书》。

湖上闲居季思子往适至[1]

正尔山水间，念我烟霞友[2]。
春风吹微波，日暮倚杨柳。
我友惠然至[3]，童仆喜奔走。
相别叹几时，相逢虑非久。
所欢得晤言，欲言仍无有[4]。
默默各自怡，一室闲相偶[5]。
夜深不能寐，明月在东牖[6]。

注释 1. 湖上：指漆湖。季思：即归子慕，字季思，昆山（今属江苏）人。子往：即吴子往。归子慕有《庚子正月吴子往见过同访高存之于漆湖》诗。此诗殆为同时之作。庚子为万历二十八年（1600）。 2. 烟霞友：隐居山林的朋友。此指归、吴。 3. 惠然至：蒙见爱而来访。 4. 晤言：对坐交谈。 5. 相偶：相对而坐。 6. 东牖：东边的窗户。

夜　步

幽人夜未眠[1]，月出每孤往。
繁林乱萤照，村屋人语响。
宿鸟时一鸣，草径微露上。
欣然意有会，谁与共心赏[2]。

注释　1. 幽人：指隐士。　2. 心赏：犹言心爱。

谢肇淛

谢肇淛（1567—1624），字在杭，号武林、小草斋主人，晚号山水劳人。长乐（今属福建）人。后随父居福州。明万历二十年（1592）进士，累官至广西右布政使。博学多才，擅长诗文，与徐熥、徐𤊹、曹学佺等结社论诗，为当时闽派诗人的代表。有《五杂俎》《文海披沙》《小草斋集》等。

宿吴山寄长安旧人[1]

春时相送出燕都[2]，
秋到江南一字无。
半夜寒灯数行泪，
满天风雨下西湖[3]。

注释　1. 吴山：在杭州市西湖东南。长安，代指当时京城北京。　2. 燕都：即北京。　3. “满天”句：唐许浑《谢亭送别》：“日暮酒醒人已远，满天风雨下西楼。”此借用成句。

袁宏道

袁宏道(1568—1610),字中郎,号石公,湖广公安(今属湖北)人。万历进士,官吏部郎中。与兄宗道、弟中道并称“三袁”,为公安派创始者,文学成就居三袁之首。其思想受李贽影响较深,重视小说戏曲和民歌在文学中的地位。诗文强调抒写“性灵”,真率自然。有《袁中郎全集》。

横塘渡[1]

横塘渡,临水步[2]。郎西来,妾东去。妾非倡家人[3],红楼大姓妇。吹花误唾郎,感郎千金顾[4]。妾家住虹桥[5],朱门十字路。认取辛夷花[6],莫过杨梅树。

注释　1. 横塘渡:在今江苏苏州。2. 步:即水埠,水边用石块砌成供人洗涤或泊船的码头。3. 妾:古代女子的自称。倡家:即娼家。4. 顾:回视。5. 虹桥:状如彩虹的桥,也就是拱桥。6. 辛夷:香木名,又名木笔。

妾薄命[1]

落花去故条,尚有根可依。
妇人失夫心,含情欲告谁?
灯光不到明,宠极心还变。
只此双蛾眉,供得几回盼。
看多自成故,未必真衰老
辟彼数开花,不若新生草。
织发为君衣,君看不如纸。
割腹为君食,君咽不如水。
旧人百宛顺,不如新人骂。
死若可回君,待君以长夜[2]。

注释　1. 妾薄命:乐府旧题,属杂曲歌辞。2. 长夜:犹言死去。

显灵宫集诸公以城市山林为韵[1]

野花遮眼酒沾涕，
塞耳愁听新朝事[2]。
邸报束作一筐灰[3]，
朝衣典与栽花市。
新诗日日千余言，
诗中无一忧民字。
旁人道我真聩聩[4]，
口不能答指山翠。
自从老杜得诗名，
忧君爱国成儿戏。
言既无庸默不可，
阮家那得不沉醉[5]？
眼底浓浓一杯春[6]，
恸于洛阳年少泪[7]。

注释　1. 显灵宫：在北京城西，明成祖永乐年间建。　2. 新朝事：朝廷近事。　3. 邸报：明代内阁与六部抄发供下级阅读的朝报。　4. 聩聩：昏昧貌。　5.“阮家”句：阮籍本有大志，然生于魏晋易代之际，名士很少有保全者，故终日沉醉，不理世事。　6. 春：指美酒。　7. 洛阳年少：指西汉贾谊，洛阳人。年十八为文帝召为博士。数上书请削诸侯势力，不听。后遭谗毁，贬长沙。终日自伤哭泣。

经下邳[1]

诸儒坑尽一身余[2]，
始觉秦家网目疏[3]。
枉把六经灰火底，
桥边犹有未烧书。

注释　1. 下邳：古县名，治所在今江苏睢宁县北。秦末张良匿下邳，于下邳桥上遇一老父，授以《太公兵法》。张良因此通习谋略，辅佐刘邦灭秦定天下。　2.“诸儒”句：言秦始皇在咸阳焚书坑儒，却漏坑了一人。一身，即一人，指授张良《太公兵法》之老父。　3.“始觉”句：秦始皇以严刑峻法而治国。网目，喻指严酷的法网。

徐𤇆

徐𤇆，生卒年不详。字惟起，又字兴公，徐熥弟。一生不仕。博学工文，善草隶书。万历间，主闽中词坛，称“兴公诗派”，墨守林鸿宗唐风格。有《鳌峰集》等。

投宿山家

清流抱孤村[1]，秋意澹林木[2]。
水急衡板桥[3]，山空响飞瀑。
残叶水边黄，危峰天际矗。
日暮何处归，人烟在修竹。

注释 1. 抱：环绕。 2. 澹：恬然、安静貌。 3. 衡：同“横”。

宫人斜[1]

空山冥漠夜沉沉[2]，
多少芳魂不可寻[3]。
莫怨埋香在黄土，
长门深比墓门深[4]。

注释 1. 宫人斜：宫人坟墓。 2. 冥漠：幽暗貌。 3. 芳魂：指宫女之魂。 4. 长门：汉宫名。汉武帝陈皇后因骄妒，被软禁在长门宫。后以“长门”借指失宠女子居住的宫院。

钟惺

钟惺（1574—1624），字伯敬，竟陵（今湖北天门）人。万历三十八年（1610）进士，累官南京礼部主事，进郎中。天启初年，升任福建提学佥事。在前后七子和公安派之后，另辟“幽深孤峭”之径。和同邑谭元春编选《诗归》，于明末影响甚大。时称“竟陵派”。有《隐秀轩集》。

西陵峡[1]

过此即大江，峡也终于此。
前途岂不夷？未达一间耳[2]。
辟入大都城，而门不容轨[3]。
虎方错其牙，黄牛喘未已[4]。
舟进却湍中，如狼疐其尾[5]。
当其险夷交，跳伏正相踦[6]。
回首黄陵没，此身才出匦[7]。
不知何心魂，禁此七百里[8]。
梦者入铁围[9]，醒犹忘在几。
赖此历奇奥，得悟垂堂理[10]。

注释　1. 西陵峡：长江三峡之一。2.“前途”二句：过西陵峡即是水面平静的大江。夷，平静。未达一间，即相差一点。　3. 轨：车轮之间的距离，亦代指车。不容轨，谓狭窄不能通行。　4. 虎方：作者诗中原注：“虎牙、狼尾，滩名。”黄牛：西陵峡有黄牛山。　5. 却湍：回旋的激流。疐（zhì）：踬碍，牵绊。　6. 踦（qī）：抵住。　7. 黄陵：庙名，在峡江岸上。匦（guǐ）：箱、匣。　8. 七百里：瞿塘峡、巫峡、西陵峡三峡共长七百里。　9. 铁围：佛家谓世界有四大部洲，四洲中心为须弥山，山外另有八山，八山之外为咸海，围绕咸海者即为铁围山。　10. 垂堂：《汉书·司马相如传》：汉武帝好猎，司马相如上疏进谏，引俗语曰：“家累千金，坐不垂堂。”言生活极需慎重，不坐于堂屋旁边，以防檐瓦下坠击伤身体。

曹学佺

曹学佺（1574—1647），字能始，号石仓。侯官（今福建闽侯）人。万历二十三年（1595）进士，授户部主事。天启间，官广西右参议。因著《野史纪略》，迁陕西副使。后被削籍，家居著书二十年。辑有《石仓十二代诗选》，以博洽闻于当时。著述甚多，其诗朴茂深远。有《石仓诗文集》等。

城南古意

白浪隐帘钩[1]，清风闻棹讴[2]。
看人惟看影，同泛不同舟。
已出东邻里[3]，难逢南陌头[4]。

注释　1. 帘钩：吊起船舱门帘的钩环。　2. 棹讴：船工的歌。　3. 东邻里：用战国楚宋玉《登徒子好色赋》东邻有美女事。　4. 南陌头：南陌，即南边的小路。汉乐府《陌上桑》：“罗敷喜蚕桑，谁知暮潮水，半作断肠流。

采桑城南隅。”“已出”二句，言此女美貌胜过东邻处子和罗敷。

黄道周

黄道周（1585—1646），字幼平，号螭平、石斋，漳浦（今福建东山）人。明天启二年（1622）进士，选庶吉士，授编修。官至礼部尚书、武英殿大学士。明末率兵抗清，兵败被俘，不屈而死。清廷赠谥“忠端”。工诗文，亦善书画。有《石斋集》。

发婺源[1]（选二）

捕虎仍之野，投豺又出关[2]。
席心如可卷，鹤发久当删[3]。
怨子不知怨，闲人安得闲？
乾坤犹半壁，未忍蹈文山[4]。

注释　1. 婺源：今属江西省。这首诗是作者在婺源被俘解往南京途中所作。　2.“捕虎”二句：叙写自己坚持抗清的曲折经历。虎、豺，喻指清军。　3.“席心”二句：言抗清之志不可变。席心，出《诗经·邶风·柏舟》：“我心匪席，不可卷也。”删，犹言剃掉。　4.“未忍”句：不忍心重蹈文天祥抗元失败的覆辙。

诸子收吾骨，青天知我心。
为谁分板荡[1]？不忍共浮沉。
鹤怨空山曲，鸡啼中夜阴[2]。
南阳归路远，恨作卧龙吟。

注释　1. 板荡：本《诗经》篇名，刺周厉王无道，败坏国家。后喻指政治混乱、国家动荡不安。　2.“鹤怨”二句：言自己就要上刑台了，所从事的事业也半途而废了。鹤怨，晋陆机在军中被冤杀，临刑前感叹道：“想再听听华亭鹤的叫声，都不能够了！”鸡啼，用晋祖逖闻鸡起舞，而壮志未酬之事。中夜，半夜。

王象春

王象春（1578—1632），字季木，号虞求。新城（今山东淄博）人。万历三十八年（1610）进士，官至南京吏部考功郎。因刚直而免官归田。寓居济南大明湖南侧，徜徉于济南湖光山色之中，写有《济南百咏》。以诗自负，才气奔轶。有《问山亭集》。

书项王庙壁

三章既沛秦川雨[1]，
入关又纵阿房炬，
汉王真龙项王虎。
玉玦三提王不语[2]，
鼎上杯羹弃翁姥[3]，
项王真龙汉王鼠。
垓下美人泣楚歌，
定陶美人泣楚舞[4]，
真龙亦鼠虎亦鼠。

注释　1. 三章：汉元年（前206）十月，刘邦进军咸阳，与关中父老约法三章，秦人大悦。　2.“玉玦”句：鸿门宴上，项羽谋臣范增多次举所佩玉玦暗示项王杀刘邦，而项羽沉默不应。　3.“鼎上”句：汉二年（前205）刘邦在彭城战败，其父太公被项羽俘获。刘、项大军在广武相持数月，项羽告刘邦说：“今不急下，吾烹太公。”刘邦说：“吾与项羽俱北面受命怀王，曰‘约为兄弟’，吾翁即若翁，必欲烹而翁，则幸分我一杯羹。”鼎，烹调器具。翁姥，偏义复词，指翁，即父亲。　4. 定陶：县名，今属山东。刘邦后吕雉生子刘盈，为太子。后刘邦复得定陶戚夫人，生子如意，欲以如意为太子。吕后得张良帮助，刘盈得以不废。戚夫人向刘邦哭诉，刘邦无奈，曰：“为我楚舞，我为若楚歌！”刘邦死后，吕后虐杀戚夫人母子。

谭元春

谭元春（1586—1637），字友夏，湖广竟陵（今湖北天门）人。天启间乡试第一。与钟惺同为“竟陵派”创始者。论文强调性灵，反对摹古，提倡幽深孤峭的风格。所作诗文，亦流于僻奥冷涩。有《谭友夏合集》。

丁卯仲冬夜拜伯敬墓讫过其五弟居易家[1]（选一）

哭罢寻何处，宵投汝弟家。
謦声知世短[2]，墨迹引心遐。
墓柏微微树，瓶梅渐渐花。
在时频远别，悲只似天涯。

注释　1. 伯敬：即钟惺。　2. 謦（qǐng）声：犹謦欬，咳嗽声。代指生时的音容笑貌。

瞿式耜

瞿式耜(1590—1650)，字起田，号稼轩。南直隶常熟（今属江苏）人。万历四十四年（1616）进士，授江西永丰知县。崇祯元年（1628）擢户科给事中。明亡，为南明大臣，转战两粤等地抗清。后为清军俘获，不屈而死。不以诗名，然仁人志士，心声发露，自成高格。有《瞿忠宣公集》。

浩气吟（选一）

年逾六十复奚求[1]，
多难频经浑不愁[2]。
劫运千年弹指到[3]，
纲常万古一身留[4]。
欲坚道力凭魔力[5]，
何事俘囚学楚囚[6]。
了却人间生死业[7]，
黄冠莫拟故乡游[8]。

注释　1. 奚求：何求。　2. 频经：屡经。浑不：一点都不。　3. 劫运：厄运。劫，本佛家语，后世俗转称天灾人祸。　4. 纲常：即所谓“三纲五常”的伦理道德观念。三纲，即君为臣纲、父为子纲、夫为妻纲；五常，即仁、义、礼、智、信。　5.“欲坚”句：想要使正义的力量坚定，一定要经过邪恶的磨难。道力，佛家指修持之功；魔力，佛家指天魔之力。　6. 楚囚：《左传·成公九年》载，郑人所献楚囚钟仪被召见，应对有礼，受到晋侯的优待。这句说不想接受清廷的劝降。　7. 生死业：佛家认为人的生死由前世今世的业力所决定。业有善恶，决定生死祸福。8.“黄冠”句：黄冠归故乡，用贺知章年老致仕请度为道士还乡之事。这句说自己抱定了死去的决心。

吴应箕

吴应箕（1594—1645），字次尾，贵池（今属安徽）人。崇祯贡生，曾参加复社。清兵破南京，在家乡参与抗清军事活动，被执不屈死。著有《楼山堂集》《读书止观录》等。

苏州行[1]

专诸要离死已久[2]，
墓旁宿草兼衰柳。
斯民三代直道存，
肯使端人畀虎口[3]。
诸生大哭军门前，
百姓呼号奋徒手。
须臾缇骑鸟兽奔[4]，
天子之诏吾何有[5]？
尔时官长汗浃背[6]，
缧臣夜半单舸走[7]。
民间讹言屠一城，
圣人悯乱歼渠首[8]。
呜呼天下几苏州，
藁葬五人各不朽[9]。

注释　1. 苏州行：明末以魏忠贤为首的阉党对东林党人进行残酷迫害，杨涟、左光斗、魏大昌等相继被杀。天启六年（1626），魏忠贤又派爪牙到苏州逮捕周顺昌，苏州市民群情激愤，发生暴动。事后，当局大范围搜捕暴动市民，市民首领颜佩韦等五人为了保护群众，挺身投案，英勇就义。次年，崇祯皇帝即位，罢黜魏忠贤，周顺昌得以昭雪。为了纪念死去的五位烈士，苏州人民把他们合葬在城外虎丘山前面山塘河大堤上，称为“五人之墓”。此诗反映其事。2. 专诸、要离：春秋时代著名的刺客。3.“斯民”二句：言假如统治者在夏、商、周三代以正义之道而行事，怎么会使专诸等正直之士葬身虎口呢？这里借指明末黑暗。4. 缇（tí）骑：汉代皇帝的红衣卫队。这里指魏忠贤的爪牙。5.“天子之诏”句：言哪里有捕捉周顺昌等人的天子诏命？只不过是魏忠贤指使的东厂所为。6.“尔时”句：官长，指魏党大中丞毛一鹭，当时被愤怒的诸生吓得“流汗不能出一语”7. 缧臣：囚犯。8. 圣人：指崇祯皇帝。歼：灭。渠首：指魏忠贤。9. 藁葬：草草埋葬。

邝 露

邝露（1604—1650），字湛若，南海（今广东广州）人。唐王朱聿键在福州称帝，任中书舍人。永历中，奉使还广州。清兵破城，自杀死。诗多感时伤世之作。著有《赤雅》《峤雅》等。

洞庭酒楼[1]

落日洞庭霞，霞边卖酒家。
晚虹桥外市，秋水月中槎[2]。
江白鱼吹浪，滩黄雁踏沙。
相将楚渔父，招手入芦花[3]。

注释　1. 洞庭：湖名，在今湖南岳阳市。　2. 槎：木筏。　3.“相将”二句：《吴越春秋》载，伍子胥奔吴，追者在后，子胥藏于江边芦苇中。江中有渔父供其饮食。二句本此。

黄淳耀

黄淳耀（1605—1645），苏州嘉定（今属上海）人，字蕴生，号陶庵。崇祯进士，未受官职。弘光元年（1645）嘉定起义抗清，与侯峒曾同被推为首领。城陷，与弟渊耀自缢于僧舍。能诗文，间有感讽政局之作，古诗多拟陶潜。所著有《山左笔谈》《陶庵集》。

田家（选一）

田泥深处马蹄奔，
县帖如雷过废村[1]。
见说抽丁多不惧，
年荒已自鬻儿孙。

注释　1. 帖：文告、告示。

陈子龙

陈子龙（1608—1647），字卧子，号大樽，松江华亭（今属上海）人，崇祯十年（1637）进士，擢兵科给事中。明亡后，在松江起兵抗清，事败。清顺治三年（1646）与钱旃、夏完淳再谋倡义，事泄被逮，在押往南京途中，赴水而死。陈子龙讲求经世致用之学，组织“几社”，并编选《皇明经世文编》五百余卷。其诗苍凉遒劲，慷慨悲壮。词也有相当成就，开启清词中兴的帷幕。有《陈忠裕公全集》。

小车行[1]

小车班班黄尘晚[2]，夫为推，妇为挽[3]。出门茫茫何所之[4]？青青者榆疗吾饥[5]，愿得乐土共哺糜[6]。风吹黄蒿，望见墙宇[7]，中有主人当饲汝。扣门无人室无釜[8]，踯躅空巷泪如雨[9]。

注释　1. 小车：即独轮车。　2. 班班：车行之声。　3. 挽：牵拉的意思。　4. 之：去、往。　5. 疗吾饥：即充饥。　6.“愿得”句：乐土，安乐之地。共哺糜，一起喝粥。　7. 墙宇：即屋墙。　8. 釜（fǔ）：铁锅。　9. 踯躅（zhí zhú）：徘徊不前。

交　河[1]

乌啼征马动，曙色散滹沱[2]。
海气通三岛，天风静九河[3]。
沙平边草断，日淡塞云多。
百里无烟火，空林枉自过[4]。

注释　1. 交河：县名。今属河北省。　2. 滹（hū）沱：河名。在今河北省西部。　3. 海气：海上雾气。三岛：即海上三仙山蓬莱、方丈、瀛洲。九河：古代黄河自孟津而北，分为九道，故称。　4. 枉自：徒然。

扬　州

淮海名都极望遥，
江南隐见隔南朝[1]。
青山半映瓜洲树，
芳草斜连扬子桥[2]。
隋苑楼台迷晓雾[3]，
吴宫花月送春潮。
汴河尽是新栽柳[4]，
依旧东风恨未消。

注释　1. 淮海名都：即今扬州市。明初在扬州置淮海府。南朝：此指今南京市。南北朝时宋、齐、梁、陈四朝曾在此建都，史称南朝。　2. 瓜洲：又名瓜埠洲，在今扬州市邗江区南。扬子桥：地名，在今扬州市江都区南。　3. 隋苑：又名西苑，隋炀帝所建，故址在今江苏扬州市西北。　4. 汴河：隋以后开凿的汴河故道，自隋至北宋为中原通往东南沿海地区的主要水运干道。后堙废。

辽事杂诗[1]（选一）

卢龙雄塞倚天开[2]，
十载三逢敌骑来[3]。
碛里角声摇日月[4]，
回中烽色动楼台[5]。
陵园白露年年满，
城郭青磷夜夜哀[6]。
共道安危任樽俎[7]，
即今谁是出群才[8]！

注释　1. 辽事：辽东边事。　2. 卢龙：边塞名，在今河北喜峰口附近。　3. 十载三逢：指明末十年之内受到清朝三次大的入侵。　4. 碛里：沙漠。泛指边疆战场。　5. 回中：秦有回中宫，故址在今甘肃省泾源县。这里代指北京附近的明朝宫苑。　6. 青磷：青色的磷火，俗称鬼火。　7. “共道”句：批评朝廷不力战，而寄希望于谈判。樽俎，即谈判的酒席。　8. 出群才：力挽狂澜的出众人才。

晚秋杂兴（选一）

江关海峤接天流[1]，
玉露商飙万里愁。
九月星河人出塞[2]，
一城砧杵客登楼[3]。
荒原返照黄云暮，
绝壁回风锦树秋[4]。
极望苍茫寒色远，
数声清角满神州[5]。

注释　1. 海峤：海边尖而高的山。2. 星河：银河。3. 砧杵：捣衣工具。此指捣衣声。4. 锦树：被秋霜浸染而变成红色的树。5. 清角：凄清的号角声。

二郎神·清明感旧

韶光有几[1]，催遍莺歌燕舞。酝酿一番春，秾李夭桃娇妒[2]，东君无语。多少红颜天上落，总添了数抔黄土。最恨是年年芳草，不管江山如许。

何处，当年此日，柳堤花墅。内家妆[3]，搴帷生一笑，驰宝马汉家陵墓。玉雁金鱼谁借问[4]，空令我伤今吊古。叹绣岭宫前，野老吞声[5]，漫天风雨！

注释　1. 韶光：春光。2. 秾李夭桃：桃李花开得浓艳茂盛。3. 内家妆：指宫廷内宫女的妆束。4. 玉雁金鱼：皇帝陵墓中的殉葬品。5. 野老吞声：用杜甫《哀江头》“少陵野老吞声哭”成句。

诉衷情・春游

小桃枝下试罗裳，蝶粉斗遗香[1]。玉轮碾平芳草[2]，半面恼红妆[3]。风乍暖，日初长，袅垂杨。一双舞燕，万点飞花，满地斜阳。

注释　1.蝶粉：唐人宫妆。李商隐《酬崔八早梅有赠兼示之作》："何处拂胸资蝶粉，几时涂额藉蜂黄。"　2.玉轮：华丽的车子。　3."半面"句：南朝梁元帝一目盲，有徐妃得知帝将幸之，必为半面妆以待。帝见之，大怒而去。

醉桃源・题画

朱栏清影下帘时，泠泠修竹低[1]，满园空翠拂人衣，流莺无限啼。莲叶小，荇花齐[2]，雨余双燕归。红泉一带过桥西[3]，香销午梦回。

注释　1.泠泠：风声。　2.荇花：荇，多年生水草，夏日开黄花。　3.红泉：岸边的花将泉水映红。

张煌言

张煌言（1620—1664），字玄著，号苍水，鄞县（今浙江宁波）人。弘光元年（1645）与钱肃乐等起兵抗清，奉鲁王监国，官至兵部尚书。鲁王政权覆灭，又派人与荆襄十三家农民军联络抗清。后大势已去，遂隐居南田悬香岛，不久被俘遭害。所作诗文，慷慨激昂，多反映其抗清经历与思想，后人辑为《张苍水集》。

生还（选一）

落魄须眉在[1]，招魂部曲稀[2]。
生还非众望[3]，死战有谁归[4]！
蹈险身谋拙[5]，包羞心事违[6]。
江东父老见[7]，一一问重围。

注释　1. 落魄：穷困失意。须眉：胡须与眉毛，古代以为男子汉丰神之所在。 2. 招魂：召唤游魂。此言招集残部。部曲：部下。 3. "生还"句：谁也没有想到还能活着回来。 4. "死战"句：用唐王翰《凉州词》"古来征战几人回？"之意。 5. 蹈险：亲历危险。 6. 包羞：含羞。指兵败。 7. 江东父老：指江浙一带的老百姓。

将入武林[1]（选一）

义帜纵横二十年，
岂知闰位在于阗[2]。
桐江空系严光钓，
震泽难回范蠡船[3]。
生比鸿毛犹负国[4]，
死留碧血欲支天[5]。
忠贞自是孤臣事，
敢望千秋青史传[6]！

注释　1. 武林：今浙江杭州。 2. "义帜"二句：抗清二十年，最终还是失败。闰位，得之不正的帝位。于阗，古西域国名，此指外族，即清朝。 3. "桐江"二句：失败被擒，不能像严光、范蠡一样垂钓江湖了。桐江，即钱塘江自严州至桐庐的一段。震泽，今太湖的古称。 4. 鸿毛：羽毛。 5. "死留"句：传说苌弘死后，其血化为碧玉。支天，换取、挽回天意。 6. 青史：古代在青竹简上记事，故称史书为青史。

柳梢青

锦样山河，何人坏了，雨嶂烟峦。故苑莺花，旧家燕子，一例阑珊[1]。

注释　1. 阑珊：衰落。

此身付与天顽[2]，休更问秦关汉关。白发镜中，青萍匣里[3]，和泪相看。

2. 天顽：谦言自己天赋愚昧无知，不能顺从时势。 3. 青萍：宝剑名。

郑成功

郑成功（1624—1662），本名森，又名福松，字明俨，号大木，福建南安人。弘光时监生，隆武帝赐姓朱，并封忠孝伯。清兵入闽，起兵抗清。后与张煌言联师北伐，震动东南。康熙元年（1662）率将士数万人，自厦门出发，于台湾禾寮港登陆，收复台湾。

出师讨满夷自瓜洲至金陵[1]

缟素临江誓灭胡[2]，
雄师十万气吞吴[3]。
试看天堑投鞭渡[4]，
不信中原不姓朱[5]。

注释　1. 满夷：对清的蔑称。瓜洲：在今扬州邗江区南，大运河入长江处，与镇江市相对。 2. 缟素：白色的丧服。郑成功起兵时在焦山设祭坛，祭祀天地山河及明朝皇帝。胡：指满清。 3. 吞吴：收复吴地。 4. 天堑：指长江。投鞭：前秦苻坚欲跨江攻东晋，大言道："以吾之众旅，投鞭于江，足断其流。" 5. 姓朱：明朝皇帝姓朱。指恢复明朝。

夏完淳

夏完淳（1631—1647），原名复，字存古。松江华亭（今上海松江）人。年十四，从父夏允彝、师陈子龙等倡议，任鲁王中书舍人，参谋军事。被捕后，于南京痛斥汉奸洪承畴，被害，年仅十七。所作诗赋，抒发政治抱负，记录斗争经历，悲歌慷慨，豪迈动人。所著今人辑为《夏完淳集》。

细林野哭[1]

细林山上夜乌啼，细林山下秋草齐。有客扁舟不系缆，乘风直下松江西[2]。却忆当年细林客，孟公四海文章伯[3]。昔日曾来访白云[4]，落叶满山寻不得。始知孟公湖海人[5]，荒台古月水粼粼。相逢对哭天下事，酒酣睥睨意气亲[6]。去岁平陵鼓声死，与公同渡吴江水[7]。今年梦断九峰云[8]，旌旗犹映暮山紫。潇洒秦庭泪已挥，仿佛聊城矢更飞[9]。黄鹄欲举六翮折[10]，茫茫四海将安归？天地局脊日月促，气如长虹葬鱼腹[11]。肠断当年国士恩[12]，翦纸招魂为公哭。烈皇乘云御六龙，攀髯控驭先文忠[13]。君臣地下会相见，泪洒阊阖生悲风[14]。我欲归来振羽翼，谁知一举入罗弋[15]！家世堪怜赵氏孤，到今竟作田横客[16]。呜呼！抚膺一声江云开[17]，身在罗网且莫哀！公乎，公乎，为我筑室傍夜台[18]，霜寒月苦行当来！

注释　1. 细林：山名，在今上海青浦南。　2.“有客”二句：夏完淳松江被捕后被清兵押往南京。有客，作者自指。扁舟不系缆，指小船一路疾行不停。松江，指吴淞江。　3.“却忆”二句：却忆，回忆。细林客，指恩师陈子龙。孟公，西汉名士陈遵字孟公，陈子龙亦自号於陵孟公。文章伯，文坛盟主。　4. 白云：代指陈子龙。时陈子龙隐于山中。　5. 湖海人：言陈子龙为江湖间的豪士。　6. 睥睨（bì nì）：斜视，不可一世貌。此则含有亲昵之意。　7. 平陵：汉昭帝墓，在今陕西兴平市。此指苏州。鼓声死：言陈子龙起义失败。吴江：即吴淞江。　8. 九峰：指松江青浦一带细林、凤凰、陆宝等九座山峰。　9.“潇洒”句：用春秋中包胥苦求秦师救楚事，代指夏完淳联络舟山明将黄斌卿出兵配合松江起义事。潇洒，泪落状。聊城，在今山东。战国时田单破燕复齐，唯聊城久攻不下。鲁仲连射书城中劝说，燕将乃退去。似指夏完淳策反清松江提督吴胜兆事。　10. 黄鹄：传说中大鸟。翮：翅膀。六翮折，喻起义失败。　11. 天地局脊：谓天地局促不容人。葬鱼腹：谓陈子龙投水殉国事。12. 国士：一国中的杰出人才。指陈子龙。13.“烈皇”二句：烈皇指崇祯。乘云御六龙，婉言其自杀之事。攀髯，即攀着龙髯，与皇帝同死。指其父夏允彝殉国事。先，旧时对死去的长辈的称呼。　14. 阊阖：天门。　15. 罗弋：捕鸟雀的罗网与弓箭。此指被捕。　16. 赵氏孤：春秋时晋国屠岸贾害死赵盾一门，赵氏门客公孙杵臼、程婴救赵氏孤儿赵武。此以赵氏孤自指。田横客：汉初田横率五百徒属避地海岛，高祖召赴洛阳，田横行至途中自杀，海中五百人听到消息后，也都自杀。此指抗清义士。　17. 抚膺：捶击胸膛。表示痛苦之极。　18. 夜台：坟墓。

别云间[1]

三年羁旅客，今日又南冠[2]。
无限河山泪，谁言天地宽[3]！
已知泉路近[4]，欲别故乡难。
毅魄归来日[5]，灵旗空际看[6]。

注释　1. 云间：即上海松江。 2.“三年”二句：作者随陈子龙起兵抗清三年被捕。南冠，指被囚禁。 3.“谁言”句：唐孟郊《赠别崔纯亮》：“出门即有碍，谁谓天地宽。”此用成句，而气魄宏大。 4. 泉路：黄泉之路。 5. 毅魄：坚毅不屈的魂魄。 6. 灵旗：古代征伐时所用的一种旗帜。空际：天际。

哭吴都督[1]（选一）

知己功名尽，伤心叩九阍[2]。
余光留日月，遗恨满乾坤。
湖海门生谊，荆榛国士恩[3]。
滔滔江水阔，万里独招魂。

注释　1. 吴都督：吴志葵，字升阶。累官坐营游击将军，以防御功拜左军都督佥事，充总兵官，镇守吴淞，升都督同知。顺治二年（1645）八月清兵南下，战败被杀。 2. 叩：击。九阍（hūn）：九天之门。 3. 国士：一国中最勇敢、有力量的人。《墨子·公孟》：“国士战且扶人，犹不可及也。今子非国士也，岂能成学又成射哉！”

秋夜感怀

登楼迷北望，沙草没寒汀。
月涌长江白，云连大海青。
征鸿非故国，横笛起新亭[1]。
无限悲歌意，茫茫帝子灵[2]。

注释　1.“征鸿”二句：秋日远飞的大雁自北而来，北国早已沦于清军，故曰“征鸿非故国”。新亭，亭名，三国吴建，故址在今南京市南。东晋初，丞相王导与客宴新亭，时中原沦丧，周𫖮（yǐ）座中叹曰：“风景不殊，举目有山河之异！”皆相与流涕。 2. 帝子灵：比喻民族英魂。

舟中忆邵景说寄张子退[1]

登临泽国半荆榛，
战伐年年鬼哭新。
一水晴波青翰舫[2]，
孤灯暮雨白纶巾[3]。
何时壮志酬明主，
几日浮生哭故人。
万里飞腾仍有路，
莫愁四海正风尘。

注释　1. 邵景说：即邵梅芬，字景说。与陈子龙、夏允彝同为几社成员。清兵入关后，杜门家居，以病卒。张子退：即张密轨，字子退，曾官南京兵部司务。二人皆诗人好友。 2. 青翰舫：刻有鸟形、涂以青漆的船只。 3. 白纶巾：用丝带做的白色头巾，又称诸葛巾。

一剪梅·咏柳

无限伤心夕照中，故国凄凉，剩粉余红。金沟御水日西东[1]。昨岁陈宫，今岁隋宫。

往事思量一晌空[2]，飞絮无情，依旧烟笼。长条短叶翠蒙蒙。才过西风，又过东风。

注释　1. 金沟御水：宫苑中沟渠水。 2. 一晌：一会儿，转眼。

烛影摇红

辜负天工[1]，九重自有春如海[2]。佳期一梦断人肠，静倚银釭待[3]。

注释　1. 天工：大自然的工巧。 2. 九重：九重天。春如海：形容春光浩荡。 3. 银釭：指华丽的灯。

隔浦红兰堪采[4]，上扁舟，伤心欸乃[5]。梨花带雨，柳絮迎风，一番愁债。

回首当年，绮楼画阁生光彩。朝弹瑶瑟夜银筝，歌舞人潇洒。一自市朝更改。暗销魂，繁华难再。金钗十二[6]，珠履三千[7]，凄凉千载。

4. 红兰：兰花。 5. 欸乃：棹歌声。 6. 金钗十二：指侍女之多。 7. 珠履三千：指门客之盛。《史记·春申君列传》："春申君客三千余人，其上客皆蹑珠履。"

婆罗门引·春尽夜

晚鸦飞去，一枝花影送黄昏。春归不阻重门[1]。辞却江南三月，何处梦堪温？更阶前新绿，空锁芳尘。

随风摇曳云。不须兰棹朱轮[2]。只有梧桐枝上，留得三分。多情皓魄[3]，怕明宵还照旧钗痕。登楼望，柳外销魂。

注释 1. 不阻重门：即不为重门所阻。 2. 兰棹朱轮：指游船游车。 3. 皓魄：指月亮。

黄周星

黄周星（1611—1680），字景虞、九烟，号圃庵、而庵、笑仓道人。上元（今江苏江宁）人。少育于湖南湘潭周氏。崇祯进士。官户部主事。入清不仕，以授徒为生。工诗文，通音律，擅作戏曲。康熙间拒应博学鸿词试，投钱塘江自尽。著有戏曲理论《制曲枝语》、传奇《人天乐》、杂剧《惜花报》《试官述怀》等。

秋日与杜子过高座寺登雨花台[1]

被发何时下大荒[2]，
河山举目共凄凉。
客来古寺谈秋雨，
天为幽人驻夕阳。
去国屈原终婞直[3]，
无家李白只佯狂[4]。
百年多少凭高泪，
每到西风洒几行。

注释　1. 杜子：即杜濬，原名诏先，字于皇，号茶村，黄冈（今属湖北）人。明崇祯间太学生。明亡后，寓居江宁，拒绝仕清。高座寺：在今南京雨花台。　2. 被发：谓头发不束而披散。大荒：指辽阔的原野。　3. "去国"句：去国，离开国都。屈原，战国时楚国三闾大夫，"入则与王图议国事，以出号令；出则接遇宾客，应对诸侯"。后被楚怀王放逐。婞（xìng）直，犹言刚直。　4. "无家"句：安史之乱起，李白入永王璘幕府。永王败，被长流夜郎。无家，即指被流放。杜甫《不见》诗："不见李生久，佯狂真可哀。"

满庭芳·送友人还会稽

新绿方浓，残红尽落，多情正自凝眸。不堪南浦，又复送归舟。便倩江郎作赋[1]，也难写、别恨离愁。消魂久，斜阳芳草，天际水悠悠。

问君何处去，若耶溪畔[2]，宛委山头[3]。有千岩竞秀，万壑争流[4]。愧我江湖迹遍，到如今，仍坐书囚[5]。迟君至[6]，开襟散发，咏月醉南楼。

注释　1. 江郎：指南朝江淹，曾作《恨赋》《别赋》，极写离愁别恨。　2. 若耶溪：在浙江绍兴南，相传为西施浣纱处。　3. 宛委山：在浙江会稽东南。　4. "千岩竞秀"二句：写会稽山水清秀。《晋书·顾恺之传》："还至荆州，人问会稽山川之状，恺之曰：'千岩竞秀，万壑争流。'"　5. 书囚：困于书城。谓无所事事，成天以读书度日。　6. 迟：等待、邀请。

方以智

方以智（1611—1671），字密之，号曼公、昌公、鹿起，安徽桐城人。明崇祯十三年（1640）进士，授翰林院检讨。多才力学，宏通赅博，与陈贞慧、冒襄、侯方域为复社成员，有“明季四公子”之称。明亡后，剃发为僧。有《通雅》《浮山集》等。

看　月

一片钟山月[1]，那从岭外看。
昔尝临北阙[2]，今独照南冠[3]。
万里天难指，三更影易寒。
梦中儿女路，莫忆旧长安[4]。

注释　1. 钟山：即紫金山，在今南京市东，明孝陵所在。　2. 北阙：宫殿北面的门楼。也通称帝王宫禁。代指朝廷。　3. 南冠：囚犯或使者的代称。　4.“梦中”二句：杜甫《月夜》：“遥怜小儿女，未解忆长安。”此反用其意，言京城已陷，自己也不在南京。

忆秦娥

花似雪，东风夜扫苏堤月[1]。苏堤月，香销南国，几回圆缺？

钱塘江上潮声歇[2]，江边杨柳谁攀折？谁攀折，西陵渡口[3]，古今离别。

注释　1. 苏堤：苏轼为太守时，筑杭州西湖苏堤。　2. 钱塘江：浙江西流至萧山以下称钱塘江，经海宁注入杭州湾。　3. 西陵渡：在今杭州萧山区境。

周　岐

周岐，字农父，安徽桐城人。明末贡生。

官兵行

贼近苦贼来，贼至恐贼去。贼来避有时，贼去官兵住。官兵畏贼如畏狼，但行贼后势莫当，鸣钲击鼓入村里[1]，马索刍豆人索粮[2]。不择鸡与豚，更驱牛与羊。倾仓倒瓮恣搜括，排墙堕壁掘余藏。官兵得物喜，民家失物悲。语君且勿悲，官兵醉后难支持。东家少妇已被污，西家女儿终夜啼。但得饱掠速扬去，犹能老弱共哺糜[3]。一旦贼兵去已远，官兵夜起催朝饭。大车橐重小车盈[4]，路捕行人递输挽。行至前村计复生，竟指乡屯为贼营。丁男杀尽丁女掳，扬旌奏凯唱功成。君不见贼去人归犹爨食[5]，官兵所过生荆棘。痛哉良民至死不为非，无如官兵势逼民为贼。

注释　1. 钲、鼓：军队行军时的两种乐器。　2. 刍豆：马食用的草料。　3. 哺糜：喝粥。　4. 橐：布袋。　5. 爨(cuàn)：烧火煮饭。

清

钱谦益

钱谦益（1582—1664），字受之，号牧斋，又号蒙叟，江苏常熟人。明万历进士，崇祯初官礼部侍郎，因事免职。南明弘光朝召为礼部尚书。南京破，降清，授礼部右侍郎。后又秘密从事抗清活动。其诗宗杜甫、元好问诸大家，以典丽弘深见长。有《初学集》《有学集》《投笔集》等。

西湖杂感（选三）

潋艳西湖水一方，
吴根越角两茫茫[1]。
孤山鹤去花如雪[2]，
葛岭鹃啼月似霜[3]。
油壁轻车来北里[4]，
梨园小部奏西厢[5]。
而今纵会空王法[6]，
知是前尘也断肠。

注释　1. 吴根越角：春秋时吴、越两国头尾相连，故称。　2. 孤山：在杭州西湖中。　3. 葛岭：在杭州西湖北，因东晋葛孝先偕葛洪在此结庐炼丹而得名。　4. 油壁轻车：古代妇女所乘的车，因车壁以油涂饰而得名。北里：唐代长安平康里，因在北城，又称北里，为当时妓女聚居地。后泛指妓院所在地。5. 梨园小部：泛指戏班。梨园，唐玄宗曾选乐工三百人、宫女三百人，于梨园教授乐曲，后以梨园为戏班的代称。小部，唐玄宗又于梨园中选十五岁以下者三十名，称小部。西厢：《西厢记》。　6. 会：领悟。空王：佛的尊称。

建业余杭古帝丘[1]，
六朝南渡尽风流[2]。
白公妓可如安石[3]，
苏小湖应并莫愁[4]。
戎马南来皆故国，
江山北望总神州。
行都宫阙荒烟里[5]，
禾黍丛残似石头[6]。

注释　1. 余杭：指杭州。帝丘：指帝都。　2. 六朝南渡：司马睿南渡长江，建都建业，史称东晋。　3. “白公”句：此句以白居易偕妓游西湖与谢安偕妓游东山相提并论，视为风流韵事。白公，指白居易。安石，谢安字。　4. 苏小湖：指西湖。苏小，苏小小，六朝南齐著名歌妓，居杭州。莫愁：此处指莫愁湖。莫愁为古乐府所传歌女，湖以其名。　5. 行都：首都之外另设的都城，以备必要时暂住。此处指杭州，南宋曾以杭州为行都。6. 禾黍：《毛诗序》：“《黍离》，闵宗周也。周大夫行役至于宗周，过故宗庙宫室，尽为禾黍。闵周室之颠覆，彷徨不忍去，而作是诗。”石头：石头城，南京的旧称。

冬青树老六陵秋，
恸哭遗民总白头[1]。
南渡衣冠非故国[2]，
西湖烟水是清流[3]。
早时朔漠翎弹怨，
他日居庸宇唤休[4]。
苦恨嬉春铁崖叟，
锦兜诗报百年愁[5]。

注释 1.“冬青”二句：用宋末元初唐珏、谢翱等人事，抒发对亡明的哀悼。六陵，南宋高宗、孝宗、光宗、宁宗、理宗、度宗六代皇帝的陵墓。 2. 南渡衣冠：指宋南渡时避难江南的世族。 3. 清流：一语双关，既实写湖水澄澈，又暗喻不肯失节的遗民。 4.“早时”二句：暗喻清朝将会落得元朝一样的下场。翎，白翎，白翎雀，产于北方，元世祖时命人谱《白翎雀》曲。宇，杜宇，子规鸟，生活于南方。元顺帝至正十九年（1359），大都听闻子规啼声，不久元朝灭亡，顺帝逃至居庸关外。 5.“苦恨”二句：嬉春，杨维桢所创诗体。铁崖，元末诗人杨维桢，字廉夫，号铁崖。锦兜诗，瞿佑《归田诗话》：“元废宋故宫为佛寺，西僧皆戴红兜帽，故杨廉夫宋故宫诗用红兜为韵。”

金陵秋兴八首次草堂韵 己亥七月初一作[1]（选二）

龙虎新军旧羽林[2]，
八公草木气森森[3]。
楼船荡日三江涌[4]，
石马嘶风九域阴[5]。
扫穴金陵还地肺[6]，
埋胡紫塞慰天心[7]。
长干女唱平辽曲[8]，
万户秋声息捣砧。

注释 1. 金陵秋兴：大型七律组诗，始作于顺治十六年己亥（1659）郑成功水师入长江之时，形式上和杜甫《秋兴八首》，共十三叠，一百零四首，内容大抵与郑成功的作战进程及南明桂王政权的形势有关。 2. 龙虎：即龙武军，唐睿宗所置。羽林：禁军。两者均代指郑成功的水军。 3.“八公”句：语出《晋书·苻坚载记》：“坚与苻融登城而望王师，见部阵齐整，将士精锐，又北望八公山上草木，皆类人形，顾谓融曰：‘此亦劲敌也，何谓少乎！’” 4. 楼船：大兵船。汉有楼船将军。三江：泛指长江。 5. 石马：唐太宗昭陵旁，有其生前六匹常用坐骑的石像。安禄山叛乱，唐兵战败，见黄旗兵数百人与敌军战斗，不胜而退。后昭陵吏上奏，是日昭陵石马流汗。九域：九州，指中国。 6. 扫穴：扫荡敌人的巢穴。地肺：金陵的古称。 7.“埋胡”

句：喻埋葬清政权。紫塞：北方边塞。8. 长干：里巷名，在南京。

杂虏横戈倒载斜[1]，
依然南斗是中华[2]。
金银旧识秦淮气[3]，
云汉新通博望槎[4]。
黑水游魂啼草地，
白山新鬼哭胡笳[5]。
十年老眼重磨洗，
坐看江豚蹴浪花[6]。

注释　1. 杂虏：清军除满洲八旗外，尚有其他少数民族的士兵，故称。横戈倒载斜：指战败。　2. 南斗：借指中国南方。　3. "金银"句：许嵩《建康实录》："当始皇三十六年，始皇东巡，自江乘渡，望气者云：'五百年后，金陵有天子气。'因凿钟阜，断金陵长陇以通流，至今呼为秦淮。"　4. "云汉"句：指张煌言先锋取徽州、宁国诸路。云汉，银河。博望槎，汉封张骞为博望侯。骞出使西域，乘槎探河源，见有丈夫牵牛河渚，并有女子赠以支机石，遂以为到了天河。　5. "黑水"二句：作者想象中清兵的惨状。黑水，黑龙江；白山，长白山，均为清发祥之地。　6. "江豚"句：唐许浑《金陵怀古》："江豚吹浪夜还风。"

众香庵赠自休长老

略彴缘溪一径分[1]，
千林香雪照斜曛[2]。
道人不作寻花梦，
只道漫山是白云。

注释　1. 略彴（zhuó）：独木桥。2. 香雪：指梅花。曛：落日的余光。

金陵后观棋（选一）

寂寞枯枰响泬寥[1]，
秦淮秋老咽寒潮。

注释　1. 枰：棋盘。泬寥：空旷萧条之状。

白头灯影凉宵里，
一局残棋见六朝[2]。

2.“一局”句：比喻南明弘光朝灭亡速度之快，有如六朝。

吴伟业

吴伟业（1609—1672），字骏公，号梅村，江苏太仓人。明崇祯四年（1631）进士，官至左庶子。弘光朝，任少詹事。清顺治间被迫出仕，官国子监祭酒，母死辞归。作诗取法盛唐及元、白诸家，七言歌行融“初唐四杰”的歌行与白居易《长恨歌》的格调为一体，音节铿锵和谐，辞藻艳丽绵芊，号“梅村体”。有《梅村家藏稿》。

临顿儿[1]

临顿谁家儿，生小矜白皙[2]。
阿爷负官钱，弃置何仓卒。
给我适谁家[3]，朱门临广陌[4]。
嘱侬且好住[5]，跳弄无知识。
独怪临去时，摩首如怜惜。
三年教歌舞，万里离亲戚。
绝伎逢侯王，宠异施恩泽。
高堂红氍毹[6]，华灯布瑶席[7]。
授以紫檀槽[8]，吹以白玉笛。
文锦缝我衣，珍珠装我额。
瑟瑟珊瑚枝[9]，曲罢恣狼藉。
我本贫家子，邂逅遭抛掷。
一身被驱使，两口无消息[10]。

注释 1. 临顿：临顿桥，苏州地名。 2. 生小：幼年。 3. 给：欺骗。 4. 朱门：红漆的门，代指权贵家。 5. 侬：我。 6. 氍毹（qú shū）：毛织的毯。 7. 瑶席：华美的宴席。 8. 紫檀槽：紫檀木制作的琵琶等乐器。张籍《宫词》：“黄金捍拨紫檀槽。” 9. 瑟瑟：绿色。 10. 两口：此指双亲。

纵赏千万金，莫救饿死骨。
欢乐居他乡，骨肉诚何益！

圆圆曲[1]

鼎湖当日弃人间，破敌收京下玉关[2]。恸哭六军俱缟素，冲冠一怒为红颜[3]。红颜流落非吾恋[4]，逆贼天亡自荒宴[5]。电扫黄巾定黑山[6]，哭罢君亲再相见[7]。相见初经田窦家[8]，侯门歌舞出如花。许将戚里空侯伎[9]，等取将军油壁车。家本姑苏浣花里[10]，圆圆小字娇罗绮[11]。梦向夫差苑里游[12]，宫娥拥入君王起。前身合是采莲人[13]，门前一片横塘水[14]。横塘双桨去如飞，何处豪家强载归？此际岂知非薄命，此时惟有泪沾衣。熏天意气连宫掖，明眸皓齿无人惜[15]。夺归永巷闭良家，教就新声倾座客[16]。座客飞觞红日莫，一曲哀弦向谁诉！白皙通侯最少年[17]，拣取花枝屡回顾。早携娇鸟出樊笼，待得银河几时渡[18]？恨杀军书抵死催，苦留后约将人误。相约恩深相见

注释　1. 圆圆：即陈圆圆，本姓邢名沅，字畹芬。明末苏州名妓，辽东总兵吴三桂纳为妾。后三桂出镇山海关，李自成军攻陷北京，圆圆为其部将刘宗敏所得。三桂大怒，乞降于清，引兵攻灭李自成军。圆圆复归吴三桂，后随其入云南，晚年出家为道士。　2.“鼎湖”二句：起义军入京，明崇祯皇帝自缢于煤山。吴三桂引清军入关，击败起义军。玉关，玉门关，在甘肃省敦煌西。下玉关，指吴三桂进击义军于陕西。　3.“恸哭”二句：意谓吴三桂入关后为崇祯帝恸哭服丧，表示引清兵是替明帝复仇，实际是报爱妾陈圆圆被夺的私恨。六军，周朝天子统率六军，后泛指朝廷的军队。缟素，丧服。红颜，指陈圆圆。　4. 吾：吴三桂自称。　5. 逆贼：指李自成。荒宴：沉湎酒色。　6. 黄巾、黑山：皆东汉末年农民起义军名称，此代指李自成起义军。　7. 君亲：崇祯帝和三桂父吴襄。义军令吴襄招降三桂，三桂拒降，襄为义军所杀。　8. 田窦：武安侯田蚡、魏其侯窦婴，均为西汉外戚。此代指崇祯周后的父亲嘉定伯周奎。　9. 戚里：汉代长安城中帝王外戚所居住的地方。空侯：即“箜篌”，古乐器，二十三弦。空侯伎：指陈圆圆。　10. 姑苏：苏州。浣花里：唐妓女薛涛曾居成都浣花溪，此借指圆圆在苏州的妓院地点。　11. 小字：小名。娇罗绮：形容美好。　12. 夫差苑：春秋时期吴王夫差的宫苑。　13. 合：该。采莲人：指西施。　14. 横塘：在今苏州西南。　15.“熏天”二句：说外戚势焰熏天，把圆圆送入宫中，但她的美貌并

难，一朝蚁贼满长安[19]。可怜思妇楼头柳，认作天边粉絮看[20]。遍索绿珠围内第，强呼绛树出雕栏[21]。若非壮士全师胜，争得蛾眉匹马还？蛾眉马上传呼进，云鬟不整惊魂定[22]。蜡炬迎来在战场，啼妆满面残红印[23]。专征箫鼓向秦川，金牛道上车千乘[24]。斜谷云深起画楼[25]，散关月落开妆镜[26]。传来消息满江乡，乌桕红经十度霜[27]。教曲伎师怜尚在，浣沙女伴忆同行。旧巢共是衔泥燕[28]，飞上枝头变凤皇。长向尊前悲老大，有人夫婿擅侯王[29]。当时只受声名累，贵戚名豪竞延致[30]。一斛珠连万斛愁，关山漂泊腰肢细[31]。错怨狂风扬落花，无边春色来天地[32]。尝闻倾国与倾城，翻使周郎受重名[33]。妻子岂应关大计，英雄无奈是多情。全家白骨成灰土，一代红妆照汗青[34]。君不见，馆娃初起鸳鸯宿[35]，越女如花看不足。香径尘生鸟自啼，屧廊人去苔空绿[36]。换羽移宫万里愁[37]，珠歌翠舞古梁州[38]。为君别唱吴宫曲，汉水东南日夜流[39]。

没有得到皇帝的爱惜。熏天，形容气势威赫。宫掖，宫中。 16.“夺归”二句：圆圆又从宫中放回外戚家，学习新歌舞，外戚家座客，无不为之倾倒。永巷，宫女居地。 17. 通侯：古爵位名。吴三桂深受崇祯赏识，封平西伯。 18.“早携”二句：写吴三桂索得圆圆，圆圆好比娇鸟出笼。又以牛郎织女渡河相会，借指吴三桂因军情紧急，不及与圆圆团聚而去。 19.“一朝”句：指义军占领北京。蚁贼，对李自成起义军的蔑指。长安，代指明都城北京。 20.“可怜”二句：说圆圆已成为三桂妻妾，起义军却仍把她看作轻薄的妓女。思妇楼头柳，此处用王昌龄《闺怨》诗意，指圆圆为吴聘妾。粉絮，以白色柳絮，比喻轻薄女子。 21.“遍索”二句：说起义军在吴家搜得圆圆。绿珠，晋石崇爱妾，孙秀欲夺之，绿珠坠楼自杀。绛树，汉末著名歌妓。诗以二人比圆圆。 22.“蛾眉”二句：吴三桂攻占北京后，紧追李自成至山西，尚不知圆圆下落。部将于都城访得，立即飞骑传送。三桂结彩楼，列旌旗，箫鼓三十里，亲往迎接。传呼，呼道。云鬟，发美如云的髻鬟。 23.“蜡炬”二句：说三桂盛迎圆圆，她满脸泪痕。蜡炬，用魏文帝聘娶薛灵芸，于十里外相迎的典故。残红印，泪痕斑斑。 24.“专征”二句：写三桂进击义军于陕西。专征，皇帝赐予将领自行征伐的特权。金牛道，一名石牛道，川陕古栈道。 25. 斜谷：在陕西眉县西南，褒斜谷的东口。 26. 散关：即大散关，在今陕西宝鸡西南大散岭上。 27.“传来”二句：说圆圆离开江南后，消息传来，已隔十年。乌桕，树名，深秋叶红。 28. 衔泥燕：喻身份低微。 29.“长向”二句：说乐师、女伴自悲老大，羡慕圆圆成为贵妇。 30. 延致：招致。 31.“一斛”二句：说圆圆归三桂后，虽受宠爱，却引来漂泊之苦与很多愁恨。一斛珠，唐玄宗思念梅妃，命封一斛宝珠赐她。 32.“错怨”二句：说圆圆错怨自己像被风吹扬的落花，不知漂泊之后，却得到很大的荣华。 33.“尝闻”二句，是说相传美人能使人招祸，圆圆虽为绝色，但未累及三桂，倒使得他得到大名。倾国倾城，指绝世美女。周郎，周瑜，周妻小乔有美色，故借用。 34.“全家”二句：李自成兵败一片石，怒杀吴襄全家八口，结果只让圆圆名留史册。汗青，史册。 35. 馆娃：即馆娃宫，夫差为西施筑馆娃宫于灵岩山。 36.“香径”二句：写吴宫终于荒废，以喻三桂荣华富贵不能长久。香径，采香径。屧廊，即响屧廊。 37. 换羽移宫：谓乐声更替，暗喻朝代更替，三桂降清。 38. 梁州：陕西汉中南郑一代为古梁州，时三桂开府南郑。 39.“为君”二句：以吴宫人事变化，汉水东流，喻欢乐富贵不能长保。吴宫曲，指吴王夫差时的宫曲。汉水，南郑在汉水边。李白《江上吟》有“功名富贵若长在，汉水亦应西北流”句，吴诗本此。

捉船行

官差捉船为载兵，大船买脱中船行[1]。中船芦港且潜避，小船无知唱歌去。郡符昨下吏如虎[2]，快桨追风摇急橹。村人露肘捉头来，背似土牛耐鞭苦[3]。苦辞船小要何用？争执汹汹路人拥。前头船见不敢行，晓事篙师敛钱送。船户家家坏十千[4]，官司查点候如年。发回仍索常行费[5]，另派门摊云雇船[6]。君不见官舫嵬峨无用处，打彭插旗马头住[7]。

注释　1. 买脱：花钱买免官差。 2. 郡符：郡府下的文书。 3. 土牛：古代迎春所用的土制春牛，用鞭子抽打，叫作鞭春。《魏书·甄琛传》：“赵修小人，背似土牛，颇耐鞭打。” 4. 坏：破费。 5. 常行费：按照常例送官的钱。 6. 门摊：指按户摊派的额外收费。 7. 马头：码头。

过吴江有感

落日松陵道[1]，堤长欲抱城。
塔盘湖势动，桥引月痕生。
市静人逃赋，江宽客避兵[2]。
廿年交旧散，把酒叹浮名。

注释　1. 松陵：吴江的旧称。　2.“市静”二句：写人烟冷落，满目萧条。

过淮阴有感[1]（选一）

登高怅望八公山[2]，
琪树丹崖未可攀[3]。
莫想阴符遇黄石，
好将鸿宝驻朱颜[4]。
浮生所欠只一死，
尘世无由识九还[5]。
我本淮王旧鸡犬，
不随仙去落人间[6]。

注释　1. 此诗作于顺治十年（1653），作者应清廷征召，北上进京途中，抒写其出仕新朝的矛盾心态。淮阴：今江苏淮阴。　2. 八公山：在今安徽凤台东南，山上有刘安庙。　3. 琪树丹崖：形容仙境的树石。琪树，玉树。丹崖，朱红色的石崖。　4.“莫想”二句：感慨空有求长生之术，却再无反清复明的希望。阴符，即《阴符经》，指《太公兵法》。鸿宝，刘安请宾客作的道术书。　5. 九还：指九还丹。丹炉锻炼，经九循环而成，为道家丹中最珍贵者。　6.“我本”二句：反用刘安“一人得道，鸡犬升天”的典故，隐寓自己原任明官，不能以身殉国，却屈身仕清。

古　意

欢似机中丝[1]，织作相思树[2]。
侬似衣上花，春风吹不去。

注释　1. 欢：女子对所爱男子的称呼。丝：双关语，与“思”谐音。　2. 相思树：红豆树。

贺新郎·病中有感

万事催华发。论龚生、天年竟夭，高名难没[1]。吾病难将医药治，耿耿胸中热血。待洒向、西风残月。剖却心肝今置地，问华佗、解我肠千结。追往恨，倍凄咽。

故人慷慨多奇节[2]。为当年、沉吟不断，草间偷活。艾炙眉头瓜喷鼻[3]，今日须难决绝。早患苦、重来千叠。脱屣妻孥非易事[4]，竟一钱、不值何须说。人世事，几完缺。

注释　1.“论龚生”句：西汉龚胜，哀帝时为光禄大夫。王莽篡国，遣使征为上卿。胜不屈，绝食死，时年七十九。有老父来吊丧，曰：“嗟乎！熏以香自烧，膏以明自消。龚生竟夭天年，非吾徒也。”事见《汉书·龚胜传》。　2.“故人”句：作者故旧如陈子龙、夏允彝父子大多殉明。　3.“艾炙”句：《隋书·麦铁杖传》：“辽东之役，请为前锋，顾谓医者吴景贤曰：‘大丈夫性命自有所在，岂能艾炷炙頞，瓜蒂喷鼻，治黄不差，而卧死儿女手中乎。’”　4.脱屣（xǐ）妻孥：意谓抛弃妻子如脱鞋般轻易，语本《汉书·郊祀志》：“吾诚得如黄帝，我视去妻子如脱屣耳。”

杜　濬

杜濬（1610—1686），字于皇，号茶村，湖北黄冈人。明崇祯时贡入太学，入清不仕，寓居南京。诗学杜甫，尤工五律，风格浑厚。有《变雅堂诗集》。

晴

海角收残雨，楼前散夕阳。
行吟原草泽[1]，醉卧即沙场[2]。
骑马人如戏，呼鹰俗故狂。
白头苏属国[3]，只合看牛羊！

注释　1.行吟：楚国诗人屈原被放逐后，“游于江潭，行吟泽畔”。事见《楚辞·渔父》。　2.醉卧：王翰《凉州词》：“醉卧沙场君莫笑，古来征战几人回？”　3.苏属国：即苏武。西汉武帝时，苏武以中郎将出使匈奴，被扣留，后徙北海牧羊，十九年乃还，时须发已白。归国后任典属国。事见《汉书·李广苏建传》。

苏子瞻

堂堂复堂堂[1]，子瞻出峨眉[2]。
幼读范滂传[3]，晚和渊明诗[4]。

注释　1. 堂堂：形容人品高洁。2. 峨眉：苏轼生于峨眉山附近的眉山市。3. 范滂：字孟博，东汉末年人。居官敢于抑制豪强，反对宦官专政，最终死于党锢之祸。苏轼少时，母亲读《范滂传》而叹息。苏轼询问母亲："轼若为滂，太夫人亦许之乎？"其母回答："汝能为滂，吾顾不能为滂母耶？"苏轼遂奋发有当世志。事见苏辙《亡兄子瞻端明墓志铭》。　4."晚和"句：苏轼晚年谪居岭南，遍和陶渊明诗。

钱秉镫

钱秉镫（1612—1693），字幼光，号田间，后改名澄之，字饮光，安徽桐城人。曾任南明桂王的翰林编修。入清不仕。其诗风格沉郁，以白描见长。有《藏山阁诗存》《田间诗集》。

扬州访汪辰初[1]

关桥乍泊旋相访[2]，
问遍扬州识者疏。
市井草深寻巷入，
江城花满闭门居[3]。
僮惊客到饶蛮语[4]，
箧付儿收只《汉书》[5]。
我过七旬君逾八，
笑啼同是再生余。

注释　1. 汪辰初：扬州人，顺治二年乙酉（1645）冬与作者同官南明唐王朝时定交。后又同官桂王朝。顺治七年庚寅（1650），作者东归。辰初则随桂王至云南，官至詹事，主云南乡试。作者《汪辰初文集序》云："君幸脱缅难，留滇十余载，路通，乃全家以归。……有垂白孺人与丈夫子三，于万里蛮荒之外，穿锋镝，冒瘴疠，相扶以归。……今年三月（康熙二十二年，1683），访君扬州。"2. 关桥：扬州水城门桥。　3."江城"句：写实景，且暗用王建《寄薛涛诗》"枇杷花下闭门居"句意。　4. 蛮语：南方方言。

作者曾到过福建、广东，故话语中杂有南音。 5.《汉书》：借指汪辰初所写南明史事的著作。

犹忆城隅访旧年，
孤踪早上汉阳船。
一家局促三间屋，
廿载崎岖万里天。
笔墨资生何处卖？
艰危纪事异时传[1]。
白头相见留深坐，
又损瓶中籴米钱[2]。

注释 1.“艰危”句：对应上文“箧付儿收只《汉书》”句。 2. 籴：买粮食。

顾炎武

顾炎武（1613—1682），初名绛，字宁人，号亭林。江苏昆山人。明诸生，出仕南明，历官兵部主事。入清不仕，志图恢复。其诗风格沉郁苍凉，卓然有大家风范。著《亭林诗集》。

精　卫[1]

万事有不平，尔何空自苦？长将一寸身，衔木到终古。我愿平东海，身沉心不改。大海无平期，我心无绝时。呜呼！君不见西山衔木众鸟多，鹊来燕去自成窠[2]。

注释 1. 精卫：鸟名。《山海经·北山经》：“发鸠之山，有鸟状如乌，文首，白喙，赤足，名曰精卫。常衔西山之木，以堙于东海。” 2. 窠：鸟窝。

又酬傅处士次韵[1](选一)

愁听关塞遍吹笳，
不见中原有战车。
三户已亡熊绎国，
一成犹启少康家[2]。
苍龙日暮还行雨，
老树春深更著花[3]。
待得汉廷明诏近[4]，
五湖同泛钓鱼槎。

注释　1. 傅处士：即傅山。　2.“三户”二句：意指国家虽亡，然而仍有恢复的希望。三户，三姓，指楚国屈、昭、景三大姓。《史记·项羽本纪》：“楚虽三户，亡秦必楚。”熊绎国，楚武王名熊绎，此处代指楚国。成：方圆十里。少康：姓姒，夏王相之子。寒浞子浇灭相，相妃缗逃归有仍，生少康。少康投奔有虞氏，为庖正。有田一成，有众一旅（五百人），终恢复夏统，为中兴之主。　3.“老树”句：语本宋梅尧臣《东溪》：“老树著花无丑枝。”　4. 汉廷：喻明室。

海上[1](选一)

日入空山海气侵，
秋光千里自登临。
十年天地干戈老[2]，
四海苍生痛哭深。
水涌神山来白鸟，
云浮仙阙见黄金[3]。
此中何处无人世，
只恐难酬烈士心。

注释　1. 海上：诗为南明政权向日本国乞师而作。　2. 干戈老：化用杜甫《夜闻觱篥》“君知天地干戈满”意。　3.“水涌”二句：写乞师日本之事。《史记·封禅书》：“自威、宣、燕昭使人入海求蓬莱、方丈、瀛洲。此三神山者，其传在渤海中，去人不远，患且至，则船风引而去。盖尝有至者，诸仙人及不死之药皆在焉，其物禽兽尽白，而黄金银为宫阙。未至，望之如云。”

宋 琬

宋琬（1614—1673），字玉叔，号荔裳，山东莱阳人。清顺治四年（1647）进士，历任四川按察使。诗学杜甫、韩愈及陆游，颇多豪宕感激之词。与施闰章齐名，世称“南施北宋”。有《安雅堂集》。

渔家词

南阳之南峄山北[1]，
男子不耕女不织。
伐芦作屋沮洳间，
天遣鱼虾为稼穑[2]。
少妇能操舴艋舟[3]，
生儿酷似鸬鹚黑[4]。
今秋无雨湖水涸，
大鱼干死鲦鳅弱[5]。
估客不来贱若泥[6]，
租吏到门势欲缚。
烹鱼酌酒幸无怒，
泣向前村卖网罟[7]。

注释　1. 南阳：今山东邹县。　2.“伐芦”二句：说沼泽地带的人民以捕鱼为生。沮洳（jǔ rù），卑湿地带。　3. 舴艋（zé měng）：小船。　4. 鸬鹚：鸟名，俗称鱼鹰，羽毛色黑。　5. 鲦（tiáo）：淡水鱼的一种。　6. 估客：商贩。　7. 罟（gǔ）：渔网。

狱中对月

疏星耿耿逼人寒，
清漏丁丁画角残[1]。
客泪久从愁外尽，

注释　1. 丁丁：漏声。

月明犹许醉中看。
栖乌绕树冰霜苦[2]，
哀雁横天关塞难[3]。
料得故园今夜梦，
随风应已到长安。

2. 栖乌绕树：曹操《短歌行》："月明星稀，乌鹊南飞。绕树三匝，何枝可依？"
3. 关塞难：杜甫《宿府》："风尘荏苒音书绝，关塞萧条行路难。"

破阵子·关山道中

拔地千盘深黑，插天一线青冥。行旅远从鱼贯入，樵牧深穿虎穴行，高高秋月明。

半紫半红山树，如歌如哭泉声。六月阴崖残雪在，千骑宵征画角清，丹青似李成[1]。

注释　1. 李成：宋画家，工山水。

蝶恋花·旅月怀人

月去疏帘才几尺。乌鹊惊飞，一片伤心白。万里故人关塞隔，南楼谁弄梅花笛[1]？

蟋蟀灯前欺病客。清影徘徊，欲睡何由得？墙角芭蕉风瑟瑟，生憎遮掩窗儿黑[2]。

注释　1. 梅花笛：笛曲有《梅花引》，又名《梅花落》。　2. 生憎：憎恶。

龚鼎孳

龚鼎孳（1615—1673），字孝升，号芝麓，安徽合肥人。明崇祯进士，官兵科给事中。入清，累官至礼部尚书。其诗以婉丽为宗，与吴伟业、钱谦益齐名，号“江左三大家”。有《定山堂稿》。

上巳将过金陵[1]

倚槛春愁玉树飘[2]，
空江铁锁野烟消[3]。
兴怀何限兰亭感，
流水青山送六朝[4]。

注释　1. 上巳：阴历三月初三日。2. 玉树：指《玉树后庭花》，后世以为亡国之音。　3.“空江”句：晋伐吴，王濬统率水师沿江东下。吴于长江险要处安装铁锁链阻截。王濬造大筏，用火炬烧毁铁锁链，直入石头城下，遂灭吴。此处喻指清兵渡江，弘光朝灭亡事。　4.“兴怀”二句：抒写兴亡之感，有暗伤南明之意。兰亭感，王羲之《兰亭集序》写上巳日在绍兴兰亭集会的兴衰变化之感，此处引申为由此而引发的亡国之感。

吴嘉纪

吴嘉纪（1618—1684），字宾贤，号野人，江苏泰州人。终身不仕，穷饿以死。其诗继承杜甫、白居易的诗歌传统，多反映现实生活中的民生疾苦，风格苍劲真朴，以白描擅长。有《陋轩诗集》。

风潮行

辛丑七月十六夜[1]，
夜半飓风声怒号。
天地震动万物乱，

注释　1. 辛丑：顺治十八年（1661）。七月十六：大潮日。

大风吹起三丈潮。
茅屋飞翻风卷去，
男妇哭泣无栖处。
潮头骤到似山摧，
牵儿负女惊寻路。
四野沸腾那有路？
雨洒月黑蛟龙怒。
避潮墩作波底泥，
范公堤上游鱼度[2]。
悲哉东海煮盐人，
尔辈家家足苦辛。
频年多雨盐难煮，
寒宿草中饥食土。
壮者流离去故乡，
灰场蒿满池无卤[3]。
招徕初蒙官长恩，
稍有遗民归旧樊[4]。
海波忽促余生去，
几千万人归九原[5]。
极目黯然烟火绝，
啾啾妖鸟叫黄昏。

2. 避潮墩、范公堤：江苏泰州、兴化等地防潮的海堰。 3. 卤：供煮盐用的浓缩咸液。 4. 旧樊：旧居。 5. 九原：地下。

朝雨下

朝雨下，田中水深没禾稼，饥禽聒聒啼桑柘[1]。暮下雨，富儿漉酒聚俦侣[2]，酒厚只愁身醉死[3]。雨不休，暑天天与富家秋，檐溜淙淙凉四座[4]，座中轻薄已披裘。雨益大，贫家未夕关门卧，前日昨日三日饿，至今门外无人过。

注释　1. 聒聒（guō）：鸟喧闹声。2. 漉酒：滤酒。　3. 酒厚：酒味浓厚。4. 檐溜：从屋檐上流下的雨水。

绝　句

白头灶户低草房[1]，
六月煎盐烈火旁。
走出门前炎日里，
偷闲一刻是乘凉。

注释　1. 灶户：户籍属于盐场的民家。

施闰章

施闰章（1618—1683），字尚白，号愚山，安徽宣城人。清顺治六年（1649）进士，官江西参议，分守湖西道。康熙十八年（1679）试博学鸿词科，擢翰林侍读。其诗风格温柔敦厚、高雅淡素，而尤以五言律诗最为著名。有《学余堂集》。

浮萍兔丝篇[1]

李将军言：部曲尝掠人妻，既数年，携之南征。值其故夫，一见恸绝。问其夫，已纳新妇，则兵之故妻也。四人皆大哭，各反其妻而去。予为作《浮萍兔丝篇》。

浮萍寄洪波，飘飘东复西。
兔丝罥乔柯[2]，袅袅复离披[3]。
兔丝断有日，浮萍合有时。
浮萍语兔丝，离合安可知！
健儿东南征，马上倾城姿。
轻罗作障面[4]，顾盼生光仪。
故夫从旁窥，拭目惊且疑。
长跪问健儿：毋乃贱子妻[5]？
贱子分已断，买妇商山陲[6]。
但愿一相见，永诀从此辞。
相见肝肠绝，健儿心乍悲。
自言亦有妇，商山生别离。
我戍十余载，不知从阿谁？
尔妇既我乡，便可会路歧。
宁知商山妇，复向健儿啼：
本执君箕帚[7]，弃我忽如遗。
黄雀从乌飞，比翼长参差。
雄飞占新巢，雌伏思旧枝。
两雄相顾诧，各自还其雌。
雌雄一时合，双泪沾裳衣。

注释　1. 兔丝：一作“菟丝”，一年生缠绕寄生草木。古代诗文中常用于比喻女子忠贞不渝。　2. 罥（juàn）：挂。乔柯：高枝。　3. 离披：分散，分离。　4. 障面：面纱。　5. 贱子：男子自谦之词。　6. 商山：疑为今山东桓台东南的商山，因作者曾提学山东。　7. 箕帚：指家内洒扫之事，后用作妻子的代称。

雪中望岱岳[1]

碧海烟归尽，晴峰雪半残。
冰泉悬众壑，云路郁千盘。
影落齐燕白，光连天地寒[2]。
秦碑凌绝壁[3]，杖策好谁看？

注释　1. 岱岳：泰山。 2.“影落”二句：形容泰山积雪的壮观。齐燕，齐国和燕国，今山东和河北两省。 3. 秦碑：秦始皇登泰山封禅时所立石碑。

泊樵舍

涨减水逾急[1]，秋阴未夕昏。
乱山成野戍[2]，黄叶自江村。
带雨疏星见，回风绝岸喧。
经过多战舰，茅屋几家存？

注释　1. 涨减：水退。 2. 野戍：军队野外的驻地。

燕子矶[1]

绝壁寒云外，孤亭落照间。
六朝流水急，终古白鸥闲[2]。
树暗江城雨，天青吴楚山。
矶头谁把钓？向夕未知还[3]。

注释　1. 燕子矶：在南京市北郊观音门外，濒临长江，三面凌空，形似燕子展翅欲飞，故名。 2. 终古：自古以来。白鸥闲：以白鸥的闲适暗衬世事多变。 3. 向夕：傍晚。

至南旺[1]

客倦南来路，河分向北流。
明朝望乡泪，流不到江头。

注释 1. 南旺：旧县名，在今山东梁山、嘉祥两县境内。

尤 侗

尤侗（1618—1704），字同人，又字展成，号悔庵，又号西堂，江苏苏州人。康熙十八年（1679），试博学鸿词科，授翰林院检讨。其诗以才华胜。有《西堂全集》。

闻鹧鸪[1]

鹧鸪声里夕阳西，
陌上征人首尽低。
遍地关山行不得，
为谁辛苦尽情啼？

注释 1. 鹧鸪：鸟名。鹧鸪的啼声很像“行不得也哥哥”，故古人常借此鸟的叫声表达惜别之情。

徐 灿

徐灿，字湘蘋，号深明，江苏苏州人。清弘文院大学士陈之遴妻。善属文，工词。有《拙政园诗余》。

踏莎行

芳草才芽，梨花未雨，春魂已作天涯絮。晶帘宛转为谁垂[1]，金衣飞上樱桃树[2]。

故国茫茫，扁舟何许，夕阳一片江流去。碧云犹叠旧河山，月痕休到深深处。

注释　1. 晶帘：水晶帘。　2. 金衣：黄莺。

毛奇龄

毛奇龄（1623—1713），字大可，号西河，浙江萧山人。康熙十八年（1679）试博学鸿词科，授翰林院检讨，预修《明史》，告归卒。工诗词。有《桂枝词》。

南柯子·淮西客舍得陈敬止书有寄[1]

驿馆吹芦叶[2]，都亭舞柘枝[3]。相逢风雪满淮西，记得去年残烛照征衣。

曲水东流浅，盘山北望迷。长安书远寄来稀，又是一年秋色到天涯。

注释　1. 淮西：淮水上游地区，又称淮右。　2. 芦叶：南方人多用芦叶卷吹。　3. 柘（zhé）枝：舞曲名。

汪 琬

汪琬（1624—1690），字苕文，号尧峰，又号钝翁，江苏苏州人。顺治十二年（1655）进士，康熙十八年（1679）应博学鸿词试，授翰林院编修。其诗风近宋范成大，时有秀语，也多轻率之作。有《钝翁类稿》。

官军行

乱飞沙禽吠村狗，
官军夜逾谷城口[1]。
大船小船争避行，
长年吞声复摇手[2]。
锦袍绣箙月中明[3]，
牛肉粗肥挏乳清[4]。
胡琴搊遍伊凉曲[5]，
尽是冰车铁马声。

注释　1. 谷城：今山东东阿。　2. 长年：艄公，船夫。　3. 箙（fú）：箭袋。　4. 挏（dòng）乳：发酵的马乳。　5. 搊（chōu）：弹奏弦乐。伊凉曲：伊州、凉州的曲调，此泛指北方少数民族的乐曲。

蒋 超

蒋超（1624—1673），字虎臣，自号华阳山人，江苏金坛（今属常州）人。顺治四年(1647)进士，官翰林编修。有《绥庵集》。

金陵旧院[1]

锦袖歌残翠黛尘，
楼台已尽曲池湮[2]。

注释　1. 旧院：明代金陵歌妓聚居处。余怀《板桥杂记》："旧院，人称曲中，前门对武定桥，后门在沙库街。妓家鳞次比屋而居，屋宇清洁，花木萧疏。"

荒园一种瓢儿菜[3]，
独占秦淮旧日春。

2. 湮：填塞、埋没。 3. 瓢儿菜：旧日南京初春时节的著名蔬菜。

陈维崧

陈维崧（1625—1682），字其年，号迦陵，江苏宜兴人。明诸生。康熙十八年（1679）试博学鸿词科，授翰林院检讨，参修《明史》。以词名世，亦工诗与骈文。有《湖海楼集》。

晓发中牟[1]

马前残月在，人语是中牟。
往事空官渡[2]，西风入郑州。
角繁乡梦断，霜警客心愁。
野店扉犹掩，村醪何处求[3]？

注释　1. 中牟：河南县名。 2. 官渡：在中牟东北，著名的官渡之战即发生于此。 3. 村醪：农家自酿的酒。

怀州岁暮感怀[1]（选一）

黛色凭栏指顾收[2]，
太行斜压郡西头。
城连沁水喧河北[3]，
雪积云中暗泽州[4]。
落落可怜边塞客[5]，
栖栖还作稻粱谋[6]。

注释　1. 怀州：今河南沁阳。 2. 黛色：苍郁的山色。 3. 沁水：发源于山西沁源县北，东南流经沁阳市，经武陟县，南折汇入黄河。 4. 泽州：今山西晋城。 5. 落落：与世不合。 6. 栖栖：匆匆忙忙。稻粱谋：谋生。

何当快马蜥风去，
老作三关万里游[7]。

7. 三关：山西省雁门、宁武、偏头合称三关。

醉落魄·咏鹰

寒山几堵，风低削碎中原路[1]，秋空一碧无今古。醉袒貂裘，略记寻呼处。

男儿身手和谁赌？老来猛气还轩举[2]。人间多少闲狐兔[3]。月黑沙黄，此际偏思汝。

注释　1.“风低”句：描写苍鹰迅疾低飞，大有削平中原道路之势。　2. 轩举：飞扬。　3. 狐兔：指猎物。

南乡子·邢州道上作[1]

秋色冷并刀[2]，一派酸风卷怒涛。并马三河年少客[3]，粗豪，皂栎林中醉射雕。

残酒忆荆高[4]，燕赵悲歌事未消。忆昨车声寒易水，今朝，慷慨还过豫让桥[5]。

注释　1. 邢州：今河北邢台。　2. 并刀：古代并州出产剪刀，以锋利闻名。　3. 三河：汉时称河东、河内与河南为三河。　4. 荆高：荆轲与高渐离。　5. 豫让桥：在并州晋阳东，豫让刺杀赵襄子于此。事见《史记·刺客列传》。

点绛唇·夜宿临洺驿[1]

晴髻离离[2]，太行山势如蝌蚪。稗花盈亩，一寸霜皮厚。

赵魏燕韩，历历堪回首。悲风吼，临洺驿口，黄叶中原走。

注释 1. 临洺：古县名，在今河北永年西。 2. 晴髻（jì）：晴空下的山峰青如螺髻。离离：犹“历历”，分明貌。

虞美人·无聊

无聊笑捻花枝说，处处鹃啼血[1]。好花须映好楼台，休傍秦关蜀栈战场开[2]。

倚楼极目添愁绪，更对东风语。好风休簸战旗红[3]，早送鲥鱼如雪过江东。

注释 1. 鹃啼血：白居易《琵琶行》：“杜鹃啼血猿哀鸣。” 2. 蜀栈：蜀地的栈道。 3. 簸：摇动。

贺新郎·纤夫词

战舰排江口，正天边，真王拜印[1]，蛟螭蟠钮[2]。征发棹船郎十万，列郡风驰雨骤。叹闾左[3]、骚然鸡狗。里正前团催后保[4]，尽累累、锁系空仓后。捽头去[5]，敢摇手。

注释 1. 真王：《史记·淮阴侯列传》：“汉四年平齐，使人言汉王曰：‘齐伪诈多变，南边楚，不为假王以镇之，其势不定，愿为假王便。’汉王曰：‘大丈夫定诸侯，即为真王耳，何以假为？’”三藩之乱，康熙命安亲王岳乐进兵江西，简亲王喇布镇守江南，“真王”当指此。 2. 蛟螭（chī）蟠（pán）钮：印鼻雕为蛟螭的形状。 3. 闾左：里巷的左边，多稻花恰称霜天秀，有丁男、临岐决绝，草间病妇。此去三江牵百丈[6]，雪浪排樯夜吼。背耐得、土牛鞭否？好倚后园枫树下，向丛祠、亟倩巫浇酒[7]。神佑我，归田亩。

是穷人所居。 4. 里正：里长。 5. 捽（zuó）：揪住。 6. 牵百丈：拉纤。 7. 丛祠：荒野丛林中的神祠。

夜游宫·秋怀

一派明云荐爽[1]。秋不住、碧空中响。如此江山徒莽苍[2]。伯符耶[3]，寄奴耶[4]，嗟已往。

十载羞厮养[5]，孤负煞、长头大颡[6]。思与骑奴游上党[7]。趁秋晴，蹠莲花[8]，西岳掌。

注释 1. 荐爽：献爽。 2. 莽苍：山林草野之色。 3. 伯符：三国时孙策的字。 4. 寄奴：南朝宋武帝刘裕的小字。 5. 厮养：犹厮役。 6. 长头：东汉经学家贾逵，人称贾长头。颡（sǎng）：前额。 7. 骑奴：骑马的仆从。上党：地名，在山西。 8. 蹠（zhí）：踏。莲花：峰名，华山有莲花峰。

贺新郎

赠苏昆生。苏，固始人，南曲为当今第一。曾与说书叟柳敬亭同客左宁南幕下[1]，梅村先生为赋《楚两生行》[2]。

吴苑春如绣[3]。笑野老、花颠酒恼，百无不有。沦落半生知己少，除却吹箫屠狗[4]。算此外、谁欤吾友？忽听一声河满子[5]，也非关、

注释 1. 左宁南：指左良玉，明末高级军事将领，封宁南侯，驻武昌。南明弘光政权成立，马士英等执政，打击东林党人。次年，左良玉不顾清军南下的威胁，顺江东下讨伐马士英，中途病死。 2. 梅村：吴伟业自号。 3. 吴苑：指苏州。 4. 吹箫：指伍子胥。伍子胥父兄皆被楚平王所杀，子胥出奔，吹箫乞食于吴市。屠狗：《史记·刺客列传》："荆轲既至燕，爱燕之狗屠及善击筑者高

泪湿青衫透[6]。是鹃血，凝罗袖。

武昌万叠戈船吼[7]，记当日、征帆一片，乱遮樊口[8]。隐隐柁楼歌吹响[9]，月下六军搔首，正乌鹊、南飞时候[10]。今日华清风景换，剩凄凉、鹤发开元叟[11]。我亦是，中年后。

渐离。” 5. 河满子：一名《何满子》，乐曲名。 6. 泪湿春衫透：白居易《琵琶行》：“座中泣下谁最多，江州司马青衫湿。” 7. 戈船：战船。 8. 樊口：地名，在今湖北鄂城。 9. 柁（tuó）楼：代指战船。 10.“正乌鹊”句：语本曹操《短歌行》：“月明星稀，乌鹊南飞。绕树三匝，无枝可依。” 11.“今日”句：谓明亡以后，江山如昔而风景全非，仅有前朝乐人如苏昆生者，犹以哀歌表达故国之思。华清，华清宫。鹤发开元叟，化用唐李洞《绣岭宫词》“绣岭宫前鹤发翁，犹唱开元太平曲”意，比拟苏昆生。

费　密

费密（1625—1701），字此度，号燕峰，新繁（今四川新都）人。其诗为王士禛所赏。有《鹿峰集》《燕峰集》。

朝天峡[1]

一过朝天峡，巴山断入秦[2]。
大江流汉水，孤艇接残春[3]。
暮色愁过客，风光惑榜人[4]。
明年在何处，杯酒慰艰辛。

注释　1. 朝天峡：在今四川广元北，属嘉陵江上游，过此即入陕西境内。 2. 巴山：大巴山脉，为四川、汉中两盆地的界山，南为蜀而北为秦。 3.“大江”句：王士禛《渔洋诗话》：“余在广陵，偶见成都费密诗，极击节，赋诗云：‘成都跛道士，万里下峨岷。虎口身曾拔，蚕丛句有神。大江流汉水，孤艇接残春。十字须千古，胡为失此人？’密遂来定交，如平生欢。” 4. 榜人：船夫。

董以宁

董以宁（1629—1670），字文友，号宛斋，江苏武进（今属常州）人。诸生。工乐府。有《董文友全集》。

闺 怨

流苏空系合欢床[1]，
夫婿长征妾断肠。
留得当时临别泪，
经年不忍浣衣裳[2]。

注释　1. 流苏：穗子，用作装饰。合欢床：指夫妻结婚用的床。　2. 经年：一年。

朱彝尊

朱彝尊（1629—1709），字锡鬯，号竹垞，浙江嘉兴人。清康熙十八年（1679），试博学鸿词科，官翰林院检讨。博通经史，擅长诗、词、古文。其诗清新浑朴，笔力雅健，与王士禛齐名；词宗姜夔、张炎，风格清丽，为浙派词的创始人。有《曝书亭集》《腾笑集》。

马草行

阴风萧萧边马鸣，
健儿十万来空城。
角声呜呜满街道，
县官张灯征马草。
阶前野老七十余[1]，
身上鞭扑无完肤。

注释　1. 野老：年老的农民。

里胥扬扬出官署[2]，
未明已到田家去。
横行叫骂呼盘飧[3]，
阑牢四顾搜鸡豚[4]。
归来输官仍不足[5]，
挥金夜就倡楼宿。

2. 里胥：差役。扬扬：得意貌。 3. 盘飧（sūn）：盘中的饭菜。 4. 阑牢：关养家禽、牲畜的栅栏圈。 5. 不足：不满足。

东官书所见[1]

浦树重重暗，郊扉户户关。
长年摇橹至，少妇采珠还。
金齿屐一尺[2]，素馨花两鬟[3]。
摸鱼歌未阕[4]，凉月出云间。

注释 1. 东官：今广东东莞。 2. 金齿屐（jī）：有齿的木屐，语出李白《浣纱石上女》："一双金齿屐，两足白如霜。" 3. 素馨：花名，产于闽粤，香气浓郁。 4. 摸鱼歌：当地民歌。阕：音乐结束。

度大庾岭

雄关直上岭云孤[1]，
驿路梅花岁月徂[2]。
丞相祠堂虚寂寞[3]，
越王城阙总荒芜[4]。
自来北至无鸿雁，
从此南飞有鹧鸪[5]。
乡国不堪重伫望，
乱山落日满长途。

注释 1. 雄关：指大庾岭上的梅关。 2. 徂（cú）：过去。 3. 丞相祠堂：指张文献祠，祀唐丞相张九龄，在大庾岭云封寺前。 4. 越王城阙：南越王赵佗的宫阙，在广州府城西。 5."自来"二句：写大庾岭阻断南北，禽鸟也不相同。鸿雁，相传雁最南至衡山回雁峰，遇春而回。

云中至日[1]

去岁山川缙云岭[2]，
今年雨雪白登台[3]。
可怜至日长为客，
何意天涯数举杯！
城晚角声通雁塞[4]，
关寒马色上龙堆[5]。
故园望断江村里，
愁说梅花细细开[6]。

注释　1. 云中：今山西大同。　2. 缙云岭：山名，在今浙江缙云。　3. 白登：山名，在今山西平城东北，山上有白登台。　4. 雁塞：雁门关，在今山西代县北部，长城著名的关口。　5. 马色：马的行色，骑马之意。　6. 细细开：语本杜甫《江畔独步寻花七绝句》："嫩蕊商量细细开。"

来青轩[1]

天书稠叠此山亭[2]，
往事犹传翠辇经[3]。
莫倚危栏频北望，
十三陵树几曾青[4]？

注释　1. 来青轩：在北京西山香山寺内，今废。　2. 天书：皇帝写的字。稠叠：多貌。　3. 翠辇：皇帝坐的车子。　4. 十三陵：明朝十三帝的陵墓。

桂殿秋

思往事，渡江干。青蛾低映越山看[1]。共眠一舸听秋雨，小簟轻衾各自寒。

注释　1. 青蛾：女子眉黛。

卖花声·雨花台[1]

衰柳白门湾[2]，潮打城还[3]。小长干接大长干[4]。歌板酒旗零落尽，剩有渔竿。

秋草六朝寒，花雨空坛[5]。更无人处一凭阑。燕子斜阳来又去，如此江山！

注释 1. 雨花台：地名，在南京。2. 白门：建业城西门，后用作南京的代称。3. 潮打城还：化用刘禹锡《金陵怀古》："山围故国周遭在，潮打空城寂寞回。" 4. 小长干、大长干：南京地名。刘渊林注《吴都赋》："江东谓山间为干。建业南五里有山冈，其间平地，吏民杂居。东长干中有大长干、小长干，皆相连。……地有长短，故号大小长干。" 5. 花雨空坛：指雨花台。相传梁武帝时，有法师讲经于此，天雨花，故名。

解佩令·自题词集

十年磨剑，五陵结客[1]，把平生、涕泪都飘尽。老去填词，一半是、空中传恨[2]，几曾围、燕钗蝉鬓。

不师秦七[3]，不师黄九[4]，倚新声、玉田差近[5]。落拓江湖，且分付、歌筵红粉。料封侯、白头无分。

注释 1. 五陵：汉代高帝长陵、惠帝安陵、景帝阳陵、武帝茂陵、昭帝平陵，合称五陵。 2. 空中传恨：用词来传达情感。《冷斋夜话》："法云师尝谓鲁直曰：'诗多作无害，艳歌小词可罢之。'鲁直曰：'空中语耳，非杀非偷，终不至坐此堕恶道。'" 3. 秦七：指秦观，家中排行第七。 4. 黄九：指黄庭坚。 5. 玉田：张炎号。

屈大均

屈大均（1630—1696），初名绍隆，字介子，一字翁山，广东番禺人。明诸生。明亡，参与抗清活动。工诗，与陈恭尹、梁佩兰并称"岭南三大家"。诗风高浑雄肆，五言律诗犹为劲健。有《道援堂集》《翁山诗外》等。

云州秋望[1]

白草黄羊外，空闻觱篥哀[2]。
遥寻苏武庙，不上李陵台。
风助群鹰击，云随万马来。
关前无数柳，一夜落龙堆[3]。

注释　1. 云州：唐代州名，治所在今山西大同。　2. 觱篥（bìlì）：古乐器，类胡笳，声悲咽。　3. 龙堆：白龙堆，此处泛指边塞以外地区。

读陈胜传

闾左称雄日，渔阳谪戍人[1]。
王侯宁有种？竿木足亡秦。
大义呼豪杰，先声仗鬼神[2]。
驱除功第一，汉将可谁伦？

注释　1.“闾左”二句：《史记·陈涉世家》：“二世元年七月，发闾左谪戍渔阳九百人，屯大泽乡。”渔阳，在今北京密云。谪戍，调防边疆。　2.“先声”句：指陈胜纳书有“陈胜王”的丹帛于鱼腹中及令吴广于丛祠中学狐鸣“大楚兴，陈胜王”等，为起事制造舆论。

秣　陵[1]

牛首开天阙[2]，龙冈抱帝宫[3]。
六朝春草里，万井落花中[4]。
访旧乌衣少[5]，听歌玉树空。
如何亡国恨，尽在大江东。

注释　1. 秣陵：南京的古称。　2. 牛首：牛首山，因其双峰对峙且形势险峻，又称天阙山。　3. 龙冈：指钟山。相传诸葛亮曾论南京地形：“钟阜龙蟠，石头虎踞，真帝王之宅。”　4. 万井：万家。井，古制八家为一井。落花：语意双关，既写暮春实景，又暗用南唐李后主《浪淘沙》“流水落花春去也，天上人间”句意，寓亡国之痛。　5. 乌衣：东晋王、谢子弟世居南京乌衣巷，世称其乌衣子弟。诗中借指明朝贵族。

吴兆骞

吴兆骞（1631—1684），字汉槎，江苏吴江人。顺治十四年（1657）举人，因科考案流放宁古塔二十余年。后得纳兰明珠营救，始赎还。其诗词多写塞外风光和故乡之思，于凄清中别具豪放之致。有《秋笳集》。

长白山

长白雄东北，嵯峨俯塞州。
迥临沧海曙，独峙大荒秋。
白雪横千嶂，青天泻二流[1]。
登封如可作[2]，应待翠华游[3]。

注释　1. 二流：指松花江、鸭绿江，两江均发源于长白山的天池。　2. 登封：封禅，古代皇帝登山祭天之礼。　3. 翠华：古代皇帝的仪仗，此处代指皇帝。

念奴娇·家信至有感

牧羝沙碛[1]。待风鬟[2]、唤作雨工行雨[3]。不是垂虹亭子上[4]，休盼绿杨烟缕。白苇烧残，黄榆吹落，也算相思树。空题裂帛[5]，迢迢南北无路。

消受水驿山程，灯昏被冷，梦里偏叨絮[6]。儿女心肠英雄泪，抵死偏萦离绪。锦字闺中，琼枝海上[7]，辛苦随穷戍[8]。柴车冰雪，七香金犊何处[9]？

注释　1. 牧羝（dī）：此处用苏武牧羊北海的故事。沙碛：沙漠荒凉之地。　2. 风鬟：指妇人。李清照《永遇乐》："如今憔悴，风鬟雾鬓，怕见夜阑出去。"　3. 雨工行雨：陈翰《异闻集》："柳毅见妇人牧羊，问之，曰：'非羊也，雨工也。'问：'何谓雨工？'曰：'雷霆之属也。'"　4. 垂虹亭：在苏州吴江区。　5. 裂帛：撕裂布帛作书函。《汉书·苏武传》："常惠教使者谓单于，言天子射上林中，得雁，足系帛书，言武等在某泽中。"　6. 叨絮：同"絮叨"，话多而不断。　7. "锦字"句：化用杨慎"易求海上琼树枝，难得闺中锦字书"句意。　8. 穷戍：作者流放宁古塔，故云。　9. 七香金犊：魏武帝《与太尉杨彪书》："今赠足下画轮四望通幰七香车一乘。"金犊，黄牛犊。

生查子·古意

秋高紫塞风，阵阵衔芦雁[1]。
盼断别时音，尘暗书难见。
昨岁灞桥头[2]，折柳看如线。
又是玉关春，絮卷天涯远。

注释　1. 衔芦雁：《淮南子》："雁衔芦而翔，以避弋缴。" 2. 灞桥：在今陕西长安东二十五里，跨灞水，唐人多于此折柳送别。

吴文柔

吴文柔，字昭质，江苏吴江人。兆骞妹，杨焯妻。有《桐听词》。

谒金门·寄汉槎兄塞外

情恻恻[1]，谁道雁行南北[2]。惨淡云迷关塞黑，那知春草色。

细雨花飞绣陌，又是去年寒食。啼断子规无气力，欲归归未得。

注释　1. 恻恻：伤痛貌。 2. 雁行南北：比喻兄妹分离。雁行，喻兄弟。

陈恭尹

陈恭尹（1631—1700），字元孝，号半峰，晚号独漉子，广东顺德人。入清不仕。其诗多写亡国之痛，怀古诸作尤为知名。诗风激昂盘郁，清迥拔俗。有《独漉堂集》。

崖山谒三忠祠[1]

山木萧萧风更吹，
两崖波浪至今悲。
一声望帝啼荒殿[2]，
十载愁人来古祠。
海水有门分上下，
江山无地限华夷[3]。
停舟我亦艰难日，
畏向苍苔读旧碑。

注释　1. 崖山：山名，在广东新会，南宋抗元的最后据点。三忠祠：祭祀南宋忠臣文天祥、陆秀夫和张世杰的祠庙。　2. 望帝：蜀古帝杜宇，死后化为杜鹃鸟。　3."海水"二句：意谓崖门海水，尚有上、下门让海水流通，而以中国之大，竟无法分别汉族与异族的界限。

虎丘题壁[1]

虎迹苍茫霸业沉，
古时山色尚阴阴。
半楼月影千家笛，
万里天涯一夜砧。
南国干戈征士泪，
西风刀剪美人心。
市中亦有吹箫客，
乞食吴门秋又深[2]。

注释　1. 虎丘：在今苏州。《吴越春秋》："阖闾冢在阊门外，葬三日而有白虎踞其上，故曰虎丘。"　2."市中"二句：以伍子胥逃亡比喻自己弃家远游。

邺 中[1]

山河百战鼎终分，
叹息漳南日暮云。
乱世奸雄空复尔[2]，
一家词赋最怜君[3]。
铜台未散吹笙伎，
石马先传出水文[4]。
七十二坟秋草遍[5]，
更无人吊汉将军[6]。

注释　1. 邺中：邺城，今河北临漳，曹操为魏王时的国都。　2. 奸雄：汉末许劭评论曹操为“治世之能臣，乱世之奸雄”。　3.“一家”句：曹操及其子曹丕、曹植都是著名的文学家，擅长词赋。4.“铜台”二句：形容曹魏灭亡之速。铜台，即铜雀台，曹操所筑，在邺城西北。曹操死后，命宫人住铜雀台，每月初一、十五往其灵前拜祭、奏乐。石马，相传魏明帝时，张掖郡河水涌出石龟石马，有字曰“大讨曹，金但取之”，是司马氏建晋代魏的征兆。　5. 七十二坟：相传曹操怕死后为人掘墓，在邺城造七十二疑冢。　6. 汉将军：曹操《让县自明本志令》述其年轻时的理想，就是死后在墓碑上题“故汉征西将军曹侯之墓”。

隋 宫[1]

谷洛通淮日夜流[2]，
渚荷宫树不曾秋。
十年士女河边骨，
一笑君王镜里头[3]。
月下虹霓生水殿[4]，
天中弦管在迷楼[5]。
繁华往事邗沟外[6]，
风起杨花无那愁。

注释　1. 隋宫：指隋炀帝在扬州的行宫。　2. 谷洛：谷水和洛水。隋炀帝曾自河南洛阳引谷水和洛水入黄河，又自板渚引黄河水通淮河。　3.“十年”二句：炀帝在位的十多年中，大行暴政，尤其是开运河等大型工程造成许多百姓死亡。在灭亡前夕，他却照着镜子对萧后说：“好头颅谁当斫之。”　4. 水殿：炀帝的龙舟，高四层，上层设正殿、内殿和东西朝堂。　5. 迷楼：相传炀帝在扬州所造“迷楼”，“千门万户……工巧之极……人误入者，虽终日不能出”。　6. 邗沟：古运河名，自扬州至淮安。

彭孙遹

彭孙遹（1631—1700），字骏孙，号羡门，又号金粟山人。浙江海盐人。清顺治十六年（1659）进士，康熙十八年（1679）召试博学鸿词，以一等一名授编修。其词多写艳情，特工小令。有《松桂堂集》《延露词》《金粟词话》。

生查子·旅夜

薄醉不成乡，转觉春寒重。
鸳枕有谁同？夜夜和愁共。
梦好却如真，事往翻如梦。
起立悄无言，残月生西弄[1]。

注释　1. 西弄：西边的小巷。

柳梢青·感事

何事沉吟？小窗斜日，立遍春阴。翠袖天寒，青衫人老，一样伤心。

十年旧事重寻，回首处、山高水深。两点眉峰[1]，半分腰带[2]，憔悴而今。

注释　1. 眉峰：陈师道诗曰“眉耸三峰秀”。　2. 半分腰带：形容憔悴消瘦。

恽　格

恽格（1633—1690），又名寿平，字正叔，号南田，江苏武进人。工诗善画。其诗品格超逸，为画家诗之上乘。有《南田诗钞》。

晓　起

连夜深山雨，春光应未多。
晓看洲上草，绿到洞庭波。

陆次云

陆次云，字云士，浙江钱塘（今杭州）人。康熙时代人，官江阴知县。有《澄江集》。

咏　史

儒冠儒服委丘墟，
文采风流化土苴[1]。
尚有陆生坑不尽[2]，
留他马上说诗书。

注释　1.“儒冠”二句：述写秦始皇焚书坑儒。土苴（jū），泥土和枯草，比喻微贱的东西。　2. 陆生：即陆贾，汉初政论家。当汉高祖质疑《诗》《书》的作用时，他回答：“马上得之，宁可以马上治之乎？”

邓汉仪

邓汉仪，字孝威，江苏泰州人。清康熙十八年（1679），试博学鸿词科，官中书舍人。有《淮阴集》《过岭集》等。

题息夫人庙[1]

楚宫慵扫眉黛新[2]，
只自无言对暮春[3]。
千古艰难惟一死，
伤心岂独息夫人。

注释　1. 息夫人庙：在湖北汉阳，又称桃花夫人庙。息夫人，即息妫，春秋时息侯之妻。楚灭息国，息妫被俘入楚宫。唐杜牧《题桃花夫人庙》诗："细腰宫里露桃新，脉脉无言几度春。至竟息亡缘底事，可怜金谷坠楼人。"本诗即次其韵。2. 慵：懒。3. 无言：《左传·庄公十四年》："楚子遂灭息，以息妫归，生堵敖及成王焉。未言。楚子问之，对曰：'吾一妇人而事二夫，纵弗能死，其又奚言？'"

许　虬

许虬，字竹隐，江苏长洲（今苏州）人。顺治十五年（1658）进士，仕永州知府。其诗多拟古之作。有《万山楼集》。

折杨柳歌[1]（选一）

居辽四十年[2]，生儿十岁许。
偶听故乡音，问爷此何语。

注释　1. 折杨柳：汉横吹曲　2. 辽：辽东。

王士禛

王士禛（1634—1711），字贻上，号阮亭，又号渔洋山人，山东新城人。顺治十二年（1655）进士，累官刑部尚书。作诗推崇唐人，尤宗王、孟、韦、柳，鼓吹妙悟之说，自创"神韵"一派，为康熙一朝诗坛领袖。其于诗各体皆擅，尤工七绝。诗风则清淡闲远，中年后转为苍劲。有《带经堂全集》。

息斋夜宿即事怀故园[1]

夜来微雨歇，河汉在西堂[2]。
萤火出深碧，池荷闻暗香。
开窗邻竹树，高枕忆沧浪[3]。
此夕南枝鸟，无因到故乡[4]。

注释　1. 息斋：作者友人徐啃凤室名。　2. 河汉：银河。　3. 沧浪：水名，指汉水，此处借指故乡之水。　4."此夕"二句：诗人以南枝鸟自况，寄托思乡之情。南枝鸟：《古诗十九首·行行重行行》："胡马依北风，越鸟朝南枝。"

秋柳[1]（选一）

秋来何处最销魂？
残照西风白下门[2]。
他日差池春燕影[3]，
只今憔悴晚烟痕。
愁生陌上黄骢曲[4]，
梦远江南乌夜村[5]。
莫听临风三弄笛，
玉关哀怨总难论[6]。

注释　1. 秋柳：作者《菜根堂诗集序》："顺治丁酉（1657）秋，予客济南。诸名士云集明湖，一日会饮水面亭。亭下杨柳千余株，摇落有态。予怅然有感，赋诗四章。"《秋柳》在当时流传甚广，和者如云。　2."秋来"二句：以问答形式写南京秋柳最令人感伤。残照西风，李白《忆秦娥》："西风残照，汉家宫阙。"　3. 差池：参差不齐。　4. 黄骢曲：《乐府杂录》："黄骢叠，（唐）太宗定中原所乘马，后征辽，马毙，上叹息，命乐工撰此曲。"　5. 乌夜村：在浙江海盐南。　6."莫听"二句：用唐王之涣《凉州词》"羌笛何须怨杨柳，春风不度玉门关"句意，抒写漂泊之感。

晓雨复登燕子矶绝顶

岷涛万里望中收[1]，
振策危矶最上头[2]。
吴楚青苍分极浦[3]，

注释　1. 岷涛：指长江。旧时以岷江为长江真正的源头。　2. 振策：拄杖。危：高。　3. 吴楚：泛指长江中下游。春秋战国时期，此处为吴、楚之地。极浦：极远的水边。

江山平远入新秋[4]。
永嘉南渡人皆尽[5]，
建业西风水自流。
洒泪重悲天堑险，
浴凫飞燕满汀洲。

4. 平远：自近山望远。 5. 永嘉：西晋怀帝年号（307—313）。

嘉阳登舟[1]

青衣江水碧鳞鳞[2]，
夹岸山容索笑新。
怅望三峨九秋色[3]，
飘零万里一归人。
亭台处处余金粉[4]，
城郭家家绕绿蘋。
信宿嘉州如旧识[5]，
荔枝楼好对江津[6]。

注释 1. 嘉阳：即阳山江，在今四川乐山市。俗称“嘉阳山水冠西州”，即此。 2. 青衣江：江名。鳞鳞：水波荡漾貌。 3. 三峨：指峨眉山，有大峨、中峨、小峨三峰，故称。九秋：秋天。 4. 金粉：王士禛《蜀道驿程记》：“嘉州城郭，居然金粉画图。” 5. 信宿：再宿。嘉州：府名，治所在今四川乐山。 6. 荔枝楼：在乐山，以所产荔枝味美著称。江津：渡口。

晚登夔府东楼望八阵图[1]

永安宫殿莽榛芜[2]，
炎汉存亡六尺孤[3]。
城上风云犹护蜀，
江间波浪失吞吴[4]。
鱼龙夜偃三巴路[5]，

注释 1. 夔府：夔州，府治在今四川奉节。八阵图：相传诸葛亮作战时所设的阵法。 2. 永安宫殿：蜀汉行宫。刘备伐吴，兵败归白帝城，修永安宫。章武三年（223）病卒于此。 3. 炎汉：汉朝自称以火德王，故称炎汉。六尺孤：未成年的孤儿，代指刘禅。刘备临死前托孤诸葛亮。 4.“城上”二句：意谓蜀汉伐蛇鸟秋悬八阵图[6]。
搔首桓公凭吊处[7]，
猿声落日满夔巫[8]。

吴的失策。风云，李商隐《筹笔驿》歌颂诸葛亮治军有方，有“风云犹为护储胥”句。杜甫《八阵图》：“江流石不转，遗恨失吞吴。” 5. 三巴：东汉末益州牧刘璋分巴郡为巴、巴东、巴西三郡，称三巴。 6. 蛇鸟：八阵图阵名。 7. 桓公：东晋大将军桓温。《晋书 · 桓温传》：“初，诸葛亮造八阵图于鱼复平沙之上，垒石为八行，行相去二丈。温见之，谓‘此常山蛇势也’。” 8. 夔巫：巫山，在夔州境内。

送张杞园待诏之广陵[1]（选一）

茱萸湾上夕阳楼[2]，
梦里时时访旧游。
少日题诗无恙否，
绿杨城郭是扬州[3]。

注释　1. 张杞园：名贞，号杞园。时为翰林孔目，故用古官名翰林待诏称之。广陵：今江苏扬州。 2. 茱萸湾：在扬州东南。 3. “少日”二句：作者在扬州填《浣溪沙》词，有“绿杨城郭是扬州”句。少日，年轻时代。

再过露筋祠[1]

翠羽明珰尚俨然[2]，
湖云祠树碧于烟。
行人系缆月初堕，
门外野风开白莲[3]。

注释　1. 露筋祠：庙名，在扬州、高邮之间。相传古代有嫂姑夜行，嫂投田舍借宿，小姑不肯，竟为蚊虫叮咬至筋露而亡。后人哀其贞节，为之立庙。 2. 翠玉明珰：此处指祠中塑像的妆饰。俨然，宛然似真貌。 3. “行人”二句：沈德潜曰：“阐扬贞烈，易于入腐。故以题外着意之法行之。高邮远近，俱种白莲。二语得陆天随（唐诗人陆龟蒙）‘月晓风清欲堕时意’。”

真州绝句[1]（选三）

晓上江楼最上层，
去帆婀娜意难胜[2]。
白沙亭下潮千尺[3]，
直送离心到秣陵。

注释　1. 真州：今江苏仪征。　2. 婀娜：形容江船帆影。　3. 白沙亭：在仪征白沙洲上。

江干多是钓人居，
柳陌菱塘一带疏。
好是日斜风定后，
半江红树卖鲈鱼。

江乡春事最堪怜，
寒食清明欲禁烟。
残月晓风仙掌路，
何人为吊柳屯田[1]。

注释　1."残月"二句：自注："柳耆卿墓在城西仙人掌。"残月晓风，柳永《雨霖铃·秋别》："今宵酒醒何处，杨柳岸晓风残月。"柳屯田，柳永，宋仁宗时任屯田员外郎。

秦淮杂诗（选二）

年来肠断秣陵舟，
梦绕秦淮水上楼。
十日雨丝风片里，
浓春烟景似残秋。

新歌细字写冰纨[1]，
小部君王带笑看[2]。
千载秦淮呜咽水，
不应仍恨孔都官[3]。

注释　1. 新歌：指明末阮大铖所著《燕子笺》《春灯谜》等传奇。阮氏用吴绫作朱丝阑，抄写诸剧本，进呈弘光帝。冰纨：色洁如冰的丝绢。　2.“小部”句：喻指弘光帝沉湎于声色之好。　3.“千载”二句：谓秦淮流水不应再恨南朝的孔范了，因为阮大铖以声色引诱弘光，与孔范同出一辙。孔都官，指孔范，任南朝陈后主的都官尚书，为陈后主所宠信。隋师将渡江，孔范曰：“长江天堑，古来限隔，虏军岂能飞渡！”后主遂不为备，终至亡国。

雨中度故关[1]

危栈飞流万仞山，
戍楼遥指暮云间。
西风忽送潇潇雨，
满路槐花出故关。

注释　1. 故关：指井陉关，在河北省。

蟂矶灵泽夫人庙[1]

霸气江东久寂寥，
永安宫殿莽萧萧。
都将家国无穷恨，
分付浔阳上下潮[2]。

注释　1. 蟂（xiāo）矶：在今安徽芜湖江岸，上有孙夫人祠。灵泽夫人：刘备的夫人，孙权的妹妹。　2.“分付”句：沈德潜曰：“此昭烈孙夫人祠也。浔阳以上为刘，浔阳以下为孙，夫人之恨真无穷矣。”

浣溪沙（选二）

北郭青溪一带流，红桥风物眼中秋[1]。绿杨城郭是扬州。

西望雷塘何处是[2]？香魂零落使人愁[3]。澹烟芳草旧迷楼。

注释　1. 红桥：在扬州，为游赏胜地。 2. 雷塘：在今江苏江都北。 3.“香魂”句：江都西有玉钩斜，为隋炀帝葬宫女处。此句即指此。

白鸟朱荷引画桡，垂杨影里见红桥。欲寻往事已魂消。

遥指平山山外路[1]，断鸿无数水迢迢。新愁分付广陵潮[2]。

注释　1. 平山：指平山堂，在扬州北之蜀冈上，为宋欧阳修所建。 2. 广陵潮：南北朝时《长干曲》：“妾家扬子住，便弄广陵潮。”

宋　荦

宋荦（1634—1713），字牧仲，号漫堂，又号西陂，河南商丘人。官至吏部尚书。善画，能诗。有《绵津山人诗集》。

海上杂诗（选一）

杰阁从前代[1]，平看碧海流。
千年留碣石[2]，一发辨登州[3]。
潮送斜阳落，风传绝塞秋。
倚阑聊咏志，俊鹘下荒洲[4]。

注释　1. 杰阁：高阁，指山海关城楼。 2. 碣石：山名，在今河北昌黎，南距渤海仅三十里。秦始皇、汉武帝都曾登临碣石以观渤海。 3. 一发：一线。登州：今山东蓬莱。 4. 俊鹘（hú）：俊捷的鹘鸟。鹘，鸟名，又名隼。善飞，性凶猛。

荻港避风[1]（选一）

春风小市卖河豚，
薄暮津亭水气昏[2]。
不住江涛崩荻岸，
俄惊山月照松门。
渔樵有泪游兵过，
钟磬无声古庙存。
明发扬舲更东下[3]，
杜鹃啼处几家村。

注释　1. 荻港：地名，在今安徽铜陵。　2. 津亭：渡口的亭子。　3. 扬舲（líng）：开船。

曹贞吉

曹贞吉（1634—1698），字升六，号实庵，山东安丘人。康熙三年（1664）进士，官礼部郎中。其词以怀古、咏物诸篇最为时人所称。有《珂雪诗词集》。

留客住·鹧鸪

瘴云苦[1]。遍五溪[2]、沙明水碧，声声不断，只劝行人休去。行人今古如织，正复何事关卿。频寄语。空祠废驿，便征衫湿尽，马蹄难驻。

风更雨，一发中原[3]，杳无望处。万里炎荒，遮莫摧残毛羽[4]。记否越王春殿、宫女如花，只今

注释　1. 瘴（zhàng）云：山川湿热蒸郁之气，南方最盛，易致疠疫。　2. 五溪：《水经注》："武陵有五溪，谓雄溪、横溪、西溪、沅（wǔ）溪、辰溪，悉蛮夷所居。"　3. 一发中原：谓从南方蛮荒之地遥望中原，有如一发。苏轼诗："杳杳天低鹘没处，青山一发是中原。"　4. 遮莫：尽管、尽教。

惟剩汝[5]。子规声续，想江深月黑，低头臣甫[6]。

5.“记否”句：语本李白诗：“越王勾践破吴归，义士还家尽锦衣。宫女如花满春殿，只今惟有鹧鸪飞。” 6.“子规”句：杜甫《杜鹃》：“我昔游锦城，结庐锦水边。有竹一顷余，乔木上参天。杜鹃暮春至，哀哀叫其间。我见常再拜，重是古帝魂。……今忽暮春间，值我病经年。身病不能拜，泪下如迸泉。”《北征》：“臣甫愤所切。”

顾贞观

顾贞观（1637—1714），字华峰，号梁汾，江苏无锡人。康熙五年（1666）举人，擢秘书院典籍。与纳兰性德交契。工词。有《弹指词》。

金缕曲

寄吴汉槎宁古塔，以词代书。丙辰冬寓京师千佛寺，冰雪中作。

季子平安否[1]？便归来，平生万事，那堪回首？行路悠悠谁慰藉？母老家贫子幼。记不起、从前杯酒。魑魅搏人应见惯[2]，总输他、覆雨翻云手[3]。冰与雪，周旋久。

泪痕莫滴牛衣透[4]。数天涯、依然骨肉，几家能够[5]？比似红颜多命薄，更不如今还有。只绝塞、苦寒难受[6]。廿载包胥承一诺[7]，盼乌头马角终相救[8]。置此札，君怀袖。

注释 1.季子：指吴兆骞。兆骞有兆宽、兆宫两兄，故称季子。 2.魑魅搏人：暗喻小人陷害。兆骞子振臣跋《秋笳集》，言其父为仇家陷害，遣戍宁古塔。 3.覆雨翻云手：语本杜甫诗：“翻手为云覆为雨。” 4.牛衣：粗陋的衣服。 5.“数天涯”句：吴兆骞于顺治十六年（1659）流放宁古塔，四年后，妻子葛氏出关省夫，在戍所十余年，生一子四女。 6.“只绝塞”句：《秋笳集》卷八《与计甫草书》：“塞外苦寒，四时冰雪，陶陶孟夏，犹著敝裘。身是南人，何能堪此。” 7.包胥：即申包胥，春秋时楚国大夫，与伍子胥交好。子胥为报家仇，必要灭亡楚国。申包胥则立誓存楚。吴入郢都，包胥入秦乞师，连哭七日。秦哀公感其忠诚，出兵救楚。事见《史记·伍子胥列传》。 8.乌头马角：《史记·刺客列传》注：“燕丹求归，秦王曰：‘乌头白，马生角，乃许耳。’”

金缕曲

我亦飘零久。十年来，深恩负尽，死生师友。宿昔齐名非忝窃[1]，试看杜陵消瘦[2]。曾不减、夜郎僝僽[3]。薄命长辞知己别，问人生、到此凄凉否？千万恨，从君剖。

兄生辛未吾丁丑[4]，共些时、冰霜摧折，早衰蒲柳[5]。词赋从今须少作，留取心魂相守。但愿得、河清人寿[6]。归日急翻行戍稿[7]，把空名料理传身后。言不尽，观顿首。

注释 1. 宿昔齐名：王士禛《感旧集》卷十六《顾震沧》云："贞观幼有异才，能诗，尤工乐府，少与吴兆骞齐名。" 2. 杜陵消瘦：杜陵指杜甫，杜甫自称"杜陵野老""杜陵布衣"。消瘦，李白《戏赠杜甫》："饭颗山头逢杜甫，头戴笠子日卓午。借问别来太瘦生，总为从前作诗苦。" 3. 夜郎僝（chán）僽：李白坐永王李璘事流放夜郎。僝僽，遭受折磨。 4."兄生"句：吴兆骞生于明崇祯四年辛未（1631），贞观生于崇祯十年丁丑（1637）。 5. 早衰蒲柳：《世说新语》："顾悦与简文同年，而发早白。简文曰：'卿何以先白？'对曰：'蒲柳之姿，望秋而落。松柏之质，经霜犹茂。'"蒲柳，水杨，在众木中最早凋落。 6."河清"句：此句预祝吴兆骞早日归来。《左传》："俟河之清，人寿几何。" 7. 行戍稿：戍边时所写的诗文稿。

吴　雯

吴雯（1644—1704），字天章，蒲州（今山西永济）人。诸生。其诗清新秀拔，颇为名流所推。有《莲洋集》。

明　妃

不把黄金买画工，
进身羞与自媒同。
始知绝代佳人意，
即有千秋国士风。

环佩几曾归夜月[1]，
琵琶唯许托宾鸿[2]。
天心特为留青冢[3]，
春草年年似汉宫。

注释　1.“环佩”句：此处化用杜甫《咏怀古迹》“环佩空归月夜魂”句。环佩，女子衣服上的饰物。　2. 宾鸿：指南归的鸿雁。语出《礼记·月令》：“鸿雁来宾。”　3. 天心：天意。青冢：指昭君墓。相传塞外草皆为白色，只有昭君墓上草色长青。

刘献廷

刘献廷（1648—1695），字继庄，一字君贤，号广阳子，大兴（今北京）人。好治经世之学。其诗豪放有奇气。有《广阳诗集》。

咏　史

朝横而夕纵[1]，志本在温饱。
敝裘先自愧[2]，何论妻与嫂[3]？

注释　1. 朝横夕纵：苏秦，字季子，战国时著名的纵横家。初主“连横”，使六国事秦，至秦游说惠王，未被采用，才用“合纵”游说六国联合抗秦，得挂六国相印。　2.“敝裘”句：《战国策·秦策》：“（苏秦）说秦王书十上而说不行，黑貂之皮弊，黄金百斤尽，资用乏绝，去秦而归。……面目犁黑，状有愧色。”　3.“何论”句：《战国策·秦策》：“（苏秦）归至家，妻不下纴，嫂不为炊，父母不与言。”

匕首西入秦[1]，生死在眉睫。
秦政非齐桓，如何欲生劫[2]？

注释　1.“匕首”句：指荆轲刺秦王。　2.“如何”句：春秋时鲁国战败，与齐桓公会盟。曹沫持匕首劫持齐桓公，逼迫退还侵鲁之地。事见《史记·刺客列传》。

治国与治军，卧龙岂两事[1]。
陈寿亦何知，还问司马懿[2]。

注释 1. 卧龙：诸葛亮。 2. “陈寿”二句：讽刺陈寿没有识人之明。陈寿《三国志·诸葛亮传》：“亮才于治戎为长，奇谋为短；理民之干，优于将略。”诸葛亮病死五丈原。魏司马懿巡视其营垒，叹为“天下奇才”。

潘 高

潘高，字孟升，号鹤江，江苏金坛（今属常州）人。诸生。其五言诗清真古淡。有《南村集》。

秦淮晓渡

潮长波平岸，乌啼月满街。
一声孤棹响，残梦落清淮。

查慎行

查慎行（1650—1727），初名嗣琏，字夏重，后改今名，字悔余，号初白，浙江海宁人。康熙四十二年（1703）进士，官翰林院编修。诗宗宋人，多写行旅之情，亦有反映民生疾苦之作，刻画工细，意境清新，为清代一大家。著《敬业堂集》《苏诗补注》等。

中秋夜洞庭湖对月歌

长风霾云莽千里[1]，
云气蓬蓬天冒水[2]。
风收云散波乍平，
倒转青天作湖底。
初看落日沉波红，
素月欲升天敛容[3]。
舟人回首尽东望，
吞吐故在冯夷宫[4]。
须臾忽自波心上，
镜面横开十余丈。
月光浸水水浸天，
一派空明互回荡。
此时骊龙潜最深，
目眩不得衔珠吟[5]。
巨鱼无知作腾踔[6]，
鳞甲一动千黄金[7]。
人间此境知难必，
快意翻从偶然得。
遥闻渔父唱歌来，
始觉中秋是今夕。

注释　1. 霾云：阴云。　2. 蓬蓬：气升貌。冒：覆盖。　3. 敛容：正容，此处形容日落月上之间天空暂时一片昏暗。　4. 故：乃。冯夷：传说中的水神。　5.“此时”二句：月光直射湖底，连骊龙也觉得眼花，不能含珠而吟。形容湖上一片宁静。骊龙，黑龙，传说骊龙颌下有珠。　6. 腾踔（chuō）：跳跃。　7.“鳞甲”句：指巨鱼跃动后波光映月的情境。

五老峰观海绵歌[1]

峭帆昔上鄱阳船[2]，
我与五老曾周旋。
两尘相隔骨不仙[3]，
蹉跎负约十四年。
近来稍知厌世缠，
筋力大不如从前。
扶行须杖坐要箯[4]，
绝境敢与人争先？
山神手握造化权，
走入南极分炎躔[5]。
鞭羊欲从后者鞭，
假以半日登高缘[6]。
风清气爽秋景妍，
芙蓉十丈开娟娟[7]。
长江带沙黄可怜，
湖光净洗颜色鲜。
背负碧落盖地圆[8]，
尺吴寸楚飞鸟边[9]。
初看白缕生栖贤[10]，
树杪薄罥兜罗绵[11]。
移时腾涌覆八埏[12]，
四傍六幕一气连[13]。
滔滔滚滚浩浩然[14]，
混沌何处分坤乾？

注释　1. 五老峰：在庐山万松坪二里处，为庐山胜景之一。海绵：譬喻云海。　2. 鄱阳：鄱阳湖，在庐山东南。　3. 两尘相隔：《事类合璧》："韦子威师事丁约，一日辞去。谓子威曰：'郎君得道，尚隔两尘。'"　4. 箯（biān）：竹躺椅。　5. "走入"句：暗用李白《庐山谣》"庐山秀出南斗旁"句意。炎躔，南斗星运行的度次。　6. 高缘：高处。　7. "芙蓉"句：化用李白诗句"庐山东南五老峰，青天削出金芙蓉"意。　8. 碧落：青天。　9. 尺吴寸楚：以远近的视差形容吴楚之地在飞鸟边只有尺寸般大小。　10. 白缕：云气。栖贤：寺名，庐山五大丛林之一。　11. 兜罗绵：佛经中称草木的花絮，一说木棉。　12. 八埏（yán）：八方的边际。　13. 六幕：六合，天地四方。　14. 滔滔、滚滚、浩浩：原形容水势浩大，此处借喻云气。

近身扁石履一拳[15]，
性命危寄不测渊。
阳乌翅扑光倏穿[16]，
饥蛟倒吸无流涎[17]。
以山还山川自川，
五老依旧排苍巅。
来如幅巾裹华颠[18]，
去如解衣袒两肩。
酒星明明飞上天[19]，
人间那得留青莲[20]？
此时此景幻莫传，
顷刻变灭随云烟。

15. 履一拳：形容扁石极小，只能容一个拳头大小。 16. 阳乌：太阳。相传日中有三足乌，故名。 17. “饥蛟”句：比喻云气全消，刹那间一片澄澈。 18. 幅巾：古代男子用绢一幅束发，称幅巾。 19. 酒星：指李白，李白好饮酒，故称之为“酒星”。 20. 青莲：李白号青莲居士。

渡百里湖[1]

湖面宽千顷，湖流浅半篙。
远帆如不动，原树竞相高。
岁已占秋旱[2]，民犹望雨膏[3]。
涸鳞如可活[4]，吾敢畏波涛？

注释　1. 百里湖：在今湖北汉川、沔阳一带。 2. 占：预测。 3. 雨膏：即“膏雨”，滋润作物的及时雨。 4. 涸鳞：涸辙中的小鱼，暗喻旱灾中的农民。

初入黔境，土人皆居悬崖峭壁间，缘梯上下，与猿猱无异，睹之心恻，而作是诗

巢居风俗故依然[1]，
石穴高当万木颠[2]。
几地流移还有伴[3]，
旧时井灶断无烟。
余生兵革逃难稳，
绝塞田畴瘠可怜。
为报长官宽赋税，
猕猿家息久如悬[4]。

注释 1. 巢居：上古时代，人们居住在树上，称巢居。 2. 当：相当。 3. 流移：流离迁徙。 4. 猕猿：猕猴，这里代指穴居在悬崖峭壁间的少数民族。家息：生计。如悬：即室如悬磬，意谓屋子里像悬挂着的石磬一样空无所有，比喻贫困至极。

秦邮道中即目[1]

不知淫潦啮城根[2]，
但看泥沙记水痕。
去郭几家犹傍柳？
边淮一带已无村。
长堤冻裂功难就，
浊浪侵南势易奔。
贱买河鱼还废箸[3]，
此中多少未招魂[4]？

注释 1. 秦邮：今江苏高邮。 2. 淫潦：久雨后积水，此指大水灾。啮：咬，引申为侵蚀。 3. 废箸：放下筷子，吃不下饭。 4. “此中”句：点明废箸是因为想起许多被淹死的百姓。

池河驿[1]

古驿通桥水一湾，
数家烟火出榛菅[2]。
人过濠上初逢雁[3]，
地近滁州饱看山。
小店青帘疏雨后[4]，
遥村红树夕阳间。
跨鞍便作匆匆去，
谁信孤踪是倦还？

注释　1. 池河驿：在今安徽定远境内。　2. 榛菅(jiān)：丛生草木。榛，灌木。菅，草本。　3. 濠上：濠水之滨。濠水，在安徽凤阳境内。　4. 青帘：旧日酒店的青布招子。

青溪口号[1]（选四）

溪女不画眉，爱听画眉鸟。
夹岸一声啼，晓山青未了。

注释　1. 青溪：水名，在湖北远安东南。

来船桅杆高，去船橹声好。
上水厌滩多，下少惜滩少[1]。

注释　1."上水"二句：上水滩多则行舟困难，下水滩少则船行太急，故云。

渔家小儿女，见郎娇不避。
日莫并舟归，鸬鹚方晒翅。

桥坏笮系绳[1]，水浅牛可跨。
牛背度溪人，须眉绿如画。

注释 1. 笮（zé）：竹索。

早过淇县[1]

高登桥下水汤汤，
朝涉河边露气凉[2]。
行过淇园天未晓[3]，
一痕残月杏花香。

注释 1. 淇县：今河南淇县。 2. 高登桥、朝涉河：均在淇县城南。汤汤：大水急流貌。 3. 淇园：在淇县西北，以产竹著名。

纳兰性德

纳兰性德（1654—1685），初名成德，字容若，号楞伽山人，满洲正黄旗人。康熙十四年（1675）进士，官一等侍卫。清初著名词人，其词主情致，宗李煜，工小令，风格清新婉丽，颇多感伤情调。亦能诗。著《饮水词》《通志堂集》。

秣陵怀古

山色江声共寂寥，
十三陵树晚萧萧。
中原事业如江左，
芳草何须怨六朝[1]。

注释 1. “中原”句：谓明末的几位皇帝腐朽如六朝时的统治者。中原，借指北方。江左，江东。

记征人语

列幕平沙夜寂寥，
楚云燕月两迢迢。
征人自是无归梦，
却枕兜鍪卧听潮[1]。

注释　1. 兜鍪（móu）：头盔。

蝶恋花

辛苦最怜天上月，一昔如环[1]，昔昔都成玦[2]。若似月轮终皎洁，不辞冰雪为卿热[3]。

无那尘缘容易绝，燕子依然，软踏帘钩说[4]。唱罢秋坟愁未歇[5]，春丛认取双栖蝶[6]。

注释　1. 一昔：一夜。　2. 玦（jué）：玉佩，半环曰玦。　3. 冰雪为卿热：刘义庆《世说新语》："荀奉倩与妇至笃，冬月妇病热，乃出中庭自取冷，还以身熨之。"　4."燕子"二句：语本李贺《贾公闾贵婿曲》："燕语踏帘钩。"　5."唱罢"句：李贺《秋来》："秋坟鬼唱鲍家诗，恨血千年土中碧。"　6. 春丛：花丛。双栖蝶：用梁山伯、祝英台化蝶事。

蝶恋花

又到绿杨曾折处[1]，不语垂鞭，踏遍清秋路。衰草连天无意绪，雁声远向萧关去。

不恨天涯行役苦，只恨西风，吹梦成今古。明日客程还几许，沾衣况是新寒雨。

注释　1. 绿杨曾折处：指送别处。古人送别，有折柳相赠的习俗。

长相思

山一程，水一程，身向榆关那畔行[1]，夜深千帐灯。

风一更，雪一更，聒碎乡心梦不成[2]，故园无此声。

注释 1. 那畔：那边，指关外。 2. 聒：喧扰，此处指风雪声。

如梦令

万帐穹庐人醉[1]，星影摇摇欲坠。归梦隔狼河[2]，又被河声搅碎。还睡，还睡，解道醒来无味[3]。

注释 1. 穹庐：圆形的毡帐。 2. 狼河：白狼河，即大凌河。 3. 解道：知道。

金缕曲·赠梁汾[1]

德也狂生耳！偶然间、淄尘京国[2]，乌衣门第[3]。有酒惟浇赵州土[4]，谁会成生此意[5]。不信道、遂成知己。青眼高歌俱未老[6]，向尊前、拭尽英雄泪。君不见，月如水。

共君此夜须沉醉。且由他蛾眉谣诼[7]，古今同忌。身世悠悠何足问，冷笑置之而已。寻思起、

注释 1. 梁汾：顾贞观号。 2. 淄尘京国：指在京城供职奔走，衣裳为风尘所染。 3. 乌衣门第：意指出生于贵族家庭。 4. "有酒"句：语出李贺诗："买丝绣作平原君，有酒惟浇赵州土。" 5. 成生：作者自谓。 6. "青眼"句：化用杜甫《短歌行·赠王郎司直》"青眼高歌望吾子，眼中之人吾老矣"诗意。 7. 蛾眉谣诼：屈原《离骚》："众女嫉余之蛾眉兮，谣诼谓余以善淫。"

从头翻悔。一日心期千劫在[8]，后身缘[9]、恐结他生里。然诺重[10]，君须记。

8.“一日”句：意谓一日心期相许，纵然经历千劫，仍然不改初衷。 9.后身缘：来世的因缘。 10.然诺：答应。

南乡子·为亡妇题照

泪咽更无声，只向从前悔薄情。凭仗丹青重省识，盈盈，一片伤心画不成[1]。

别语忒分明，午夜鹣鹣梦早醒[2]。卿自早醒侬自梦，更更，泣尽风檐夜雨铃[3]。

注释 1.“一片”句：语出元好问《十日作》：“重阳拟作登高赋，一片伤心画不成。” 2. 鹣鹣（jiān）：古称比翼鸟，一目一翼，相得乃飞。 3. 夜雨铃：用唐玄宗“雨淋铃”故事。王灼《碧鸡漫志》：“帝（唐玄宗）幸蜀，霖雨弥旬，栈道中闻铃声，帝方悼念贵妃，采其声为《雨淋铃》曲以寄恨。”

徐　兰

徐兰（1660—1730?），字芬若，号芝仙，江苏常熟人。监生。有《出塞诗》。

出居庸关

凭山俯海古边州，
旆影翻飞见戍楼[1]。
马后桃花马前雪，
出关争得不回头[2]？

注释 1. 旆（pèi）：旌旗。 2. 争：同“怎”。

赵执信

赵执信（1662—1744），字伸符，号秋谷。山东青州人。康熙十八年（1679）进士，授翰林院编修，官至右赞善。论诗反对王士禛"神韵"说，其诗思路峻刻，若干作品讽刺现实，意义深刻。有《饴山堂集》。

氓入城行

村氓终岁不入城[1]，
入城怕逢县令行。
行逢县令犹自可，
莫见当衙据案坐。
但闻坐处已惊魂，
何事喧轰来向村？
锒铛杻械从青盖[2]，
狼顾狐嗥怖杀人。
鞭笞榜掠惨不止[3]，
老幼家家血相视。
官私计尽生路无，
不如却就城中死。
一呼万应齐挥拳，
胥隶奔散如飞烟。
可怜县令窜何处，
眼望高城不敢前。
城中大官临广堂，
颇知县令出赈荒。
门外氓声忽鼎沸，

注释　1. 氓(méng)：百姓。　2. 锒铛：铁锁链。杻械：桎梏一类的刑具。青盖：皇子所乘之车，此处借指县令所乘之车。3. 榜掠：杖责。

急传温语无张皇[4]。
城中酒浓馎饦好[5]，
人人给钱买醉饱。
醉饱争趋县令衙，
撤扉毁阁如风扫。
县令深宵匍匐归，
奴颜囚首销凶威。
诘朝氓去城中定[6]，
大官咨嗟顾县令[7]。

4. 温语：温和的语气。张皇：惊慌。 5. 馎饦（bó tuō）：饼类食物。 6. 诘朝：明天。 7. 咨嗟：叹息。

萤　火

和雨还穿户，经风忽过墙。
虽缘草成质[1]，不借月为光。
解识幽人意，请今聊处囊[2]。
君看落空阔，何异大星芒。

注释　1. 草成质：古人以为萤火虫是腐草所化。 2. “请今”句：晋车胤家贫不能点灯，用白布囊盛装数十只萤火虫，夜以继日地读书。同时此句又暗用毛遂向平原君自荐时自比锥处囊中之意。

晓过灵石[1]

晓色熹微岭上横[2]，
望中云物转凄清[3]。
林收宿雾初通日，
山挟回风尽入城。
客路远随残月没，

注释　1. 灵石：古县名，在今山西省。 2. 熹微：天色微明。 3. 云物：泛指自然景色。

乡心半向早寒生。
惊鸦满眼苍烟里，
愁绝戍楼横吹声[4]。

4. 横吹声：管笛声。

沈德潜

沈德潜(1673—1769)，字确士，号归愚，江苏苏州人。乾隆四年(1739)进士，官至礼部侍郎。论诗主“格调”，古体宗汉魏，近体宗盛唐，以“温柔敦厚”为尚。所选《古诗源》《唐诗别裁》《明诗别裁》《清诗别裁》等，影响颇大。有《沈归愚诗文全集》。

过许州[1]

到处陂塘决决流[2]，
垂杨百里罨平畴[3]。
行人便觉须眉绿，
一路蝉声过许州。

注释 1. 许州：今河南许昌。 2. 决决：流水声。 3. 罨（yǎn）：掩覆。

黄 任

黄任(1683—1768)，字莘田，号十砚老人，福建永泰人。康熙四十一年(1702)举人，官四会知县。其诗古体瘦硬近韩愈，绝句秀丽学晚唐。有《秋江集》。

西湖杂诗（选三）

珍重游人入画图，
楼台绣错与茵铺[1]。
宋家万里中原土，
博得钱塘十顷湖。

注释　1. 绣错：图案错杂的锦缎，这里比喻楼台错立的美丽景色。

画罗纨扇总如云[1]，
细草新泥簇蝶裙[2]。
孤愤何关儿女事？
踏青争上岳王坟。

注释　1. 画罗：绣有花纹的锦衣。2. 簇蝶裙：有蝴蝶图案的裙子。

珠襦玉匣出昭陵[1]，
杜宇斜阳不可听。
千树桃花万条柳，
六桥无地种冬青[2]。

注释　1.“珠襦”句：写南宋皇陵被元僧杨琏真迦挖掘事。珠襦（rú）玉匣，皇家贵族的敛服。昭陵，唐太宗的陵墓，代指南宋六陵。　2. 六桥：西湖苏堤有映波、锁澜、望山、压堤、东浦和跨虹六桥，“六桥烟柳”为著名的西湖十景之一。

杨　花[1]

行人莫折柳青青，
看取杨花可暂停。
到底不知离别苦，
后身还去化浮萍[2]。

注释　1. 杨花：黄任以此诗得名，时称黄杨花。　2.“后身”句：苏轼《水龙吟·次韵章质夫杨花词》：“晓来雨过，遗踪何在？一池萍碎。”自注：“杨花落水为浮萍，验之信然。”

厉　鹗

厉鹗（1692—1752），字太鸿，号樊榭，浙江钱塘（今杭州）人。康熙五十九年（1720）举人，乾隆元年（1736）举博学鸿词科，报罢。工诗词，为浙派诗词的代表作家。其诗取法陶潜、谢灵运及王、孟、韦、柳，尤精宋诗，风格清幽淡雅，好用冷僻典故。词则以南宋姜夔、史达祖、张炎为宗，字句清远，声调和谐，时或失之模拟堆砌。有《樊榭山房集》。

晚登韬光绝顶[1]

入山已三日，登顿遂真赏[2]。
霜磴滑难践，阴崖曦乍晃。
穿漏深竹光，冷翠引孤往。
冥搜灭众闻，百泉同一响[3]。
蔽谷境尽幽，跻巅瞩始爽[4]。
小阁俯江湖，目极但莽苍。
坐深香出院[5]，青霭落池上[6]。
永怀白侍郎[7]，愿言脱尘鞅[8]。

注释　1. 韬光：寺名，在杭州北高峰南，因唐代高僧韬光住此说法而得名。　2. 顿：暂停。真赏：指真正领略了山色之美。　3. “冥搜”二句：写山间寂静，一切声响都听不到，唯有泉声盈耳。冥搜，潜心搜寻胜境。众闻，任何声响。　4. 瞩始爽：视野突然开阔。　5. 坐深：坐久。　6. 青霭：黄昏的雾气。　7. 白侍郎：指白居易，曾任杭州刺史，后迁刑部侍郎，与韬光有诗唱和。　8. 尘鞅：指世俗事物的羁绊。鞅，套在马颈上的皮带。

湖楼题壁[1]

水落山寒处，盈盈记踏春[2]。
朱栏今已朽，何况倚栏人[3]！

注释　1. 这是乾隆七年（1742）作者悼念亡妾朱满娘的诗。　2. 盈盈：轻盈美好的样子。　3. “朱栏”二句：化用唐欧阳詹《太原道上》“高城已不见，况复城中人”。

归舟江行望燕子矶作

石势浑如掠水飞，
渔罾绝壁挂清晖[1]。
俯江亭上何人坐[2]？
看我扁舟望翠微[3]。

注释　1.“石势”二句：燕子矶仿佛燕子掠水而飞，挂在绝壁上的渔网沐浴在阳光之中。罾（zēng），网。　2. 俯江亭：亭名，在燕子矶上。　3. 翠微：山色。

春　寒

漫脱春衣浣酒红[1]，
江南二月最多风。
梨花雪后酴醾雪[2]，
人在重帘浅梦中。

注释　1. 漫：随意。　2. 雪：形容花的白色。酴醾（tú mí）：花名，色白。

谒金门·七月既望湖上雨后作[1]

凭画槛，雨洗秋浓人淡[2]。隔水残霞明冉冉，小山三四点。

艇子几时同泛？待折荷花临鉴。日日绿盘疏粉艳[3]，西风无处减。

注释　1. 七月既望：阴历七月十六日。湖：当指杭州西湖。　2.“雨洗”句：经过雨洗，秋色更浓，人更淡雅。人淡，唐司空图《诗品》：“人淡如菊。”　3.“日日”句：意谓荷花逐渐凋谢。绿盘，指荷叶。粉艳，指荷花。

眼儿媚

一寸横波惹春留[1]，何止最宜秋。妆残粉薄，矜严消尽[2]，只有温柔。

当时底事匆匆去，悔不载扁舟。分明记得，吹花小径[3]，听雨高楼。

注释　1. 横波：指美人的眼睛。李白诗："昔时横波目，今为流泪泉。"　2. 矜严：矜持严肃。　3. 吹花：唐虞世南诗："动枝生乱影，吹花遗远香。"

百字令

月夜过七里滩[1]，光景奇绝。歌此调，几令众山皆响。

秋光今夜，向桐江[2]，为写当年高躅[3]。风露皆非人世有，自坐船头吹竹[4]。万籁生山，一星在水，鹤梦疑重续[5]。拏音遥去[6]，西岩渔父初宿[7]。

心忆汐社沉埋[8]，清狂不见，使我形容独。寂寂冷萤三四点，穿过前湾茅屋。林净藏烟，峰危限月，帆影摇空绿。随风飘荡，白云还卧深谷。

注释　1. 七里滩：又名七里濑，在浙江桐庐县境内，横亘七里，两山夹峙，水驶如箭。　2. 桐江：即富春江，过桐庐，故名桐江。　3. 当年高躅：指严光。严光少与汉光武帝刘秀同游学。光武即位，数遣使聘之，三反而后至，授谏议大夫，不屈，归钓于桐江。高躅，高人的足迹。　4. 吹竹：吹奏管乐。　5. 鹤梦：陆游《秋夜》："露浓惊鹤梦，月冷伴蛩愁。"　6. 拏（ná）音：船桨划水声。　7. "西岩"句：语本柳宗元"渔翁夜傍西岩宿"诗意。　8. 汐社：南宋遗民谢翱至杭州等地，与志同道合之士取潮汐之意，结汐社。

齐天乐·秋声馆赋秋声

箪凄灯暗眠还起，清商几处催发[1]？碎竹虚廊，枯蓬浅渚，不辨声来何叶，桐飙又接[2]。尽吹入潘郎[3]，一簪华发。已是难听，中宵无用怨离别。

阴虫还更切切[4]。玉窗挑锦倦，惊响檐铁[5]。漏断高城，钟疏野寺，遥送凉潮呜咽。微吟渐怯。讶篱豆花开，雨筛时节[6]。独自开门，满庭都是月。

注释　1. 清商：凉风。 2. 桐飙（biāo）：桐树上的风。 3. 潘郎：指晋潘岳。 4. 阴虫：蟋蟀之类的昆虫。切切：虫叫声。 5. 檐铁：屋檐下的铁马。 6. 雨筛时节：下雨的时候。筛，过筛，名词动用。

郑　燮

郑燮（1693—1765），字克柔，号板桥，江苏兴化人。乾隆元年（1736）进士，先后任山东范县、潍县知县。因为民请赈忤上，以病乞归。以书画名，工画兰竹。诗近白居易、陆游，以白描胜。有《板桥全集》。

姑　恶[1]

古诗云：“姑恶，姑恶，姑不恶，妾命薄。”可谓忠厚之至，得三百篇遗意矣！然为姑者，岂有悛悔哉[2]？因复作一篇，极形其状，以为激劝焉。

小妇年十二，辞家事翁姑。
未知伉俪情，以哥呼阿夫。

注释　1. 姑恶：水鸟名，声如“姑恶”，相传为姑婆虐待致死的妇女所化。 2. 悛（quān）悔：改悔。

两小各羞态，欲言先嗫嚅[3]。
翁令处闺阁，织作新流苏。
姑令杂作苦，持刀入中厨。
切肉不成块，礧磈登盘簠[4]。
作羹不成味，酸辣无别殊。
析薪纤手破[5]，执热十指枯。
翁曰是幼小，教导当徐徐。
姑曰幼不教，长大谁管拘？
恃其桀傲性，将欺颓老躯。
恃其骄纵资[6]，吾儿将伏蒲[7]。
今日肆詈辱[8]，明日鞭挞俱。
五日无完衣，十日无完肤。
吞声向暗壁，啾唧微叹吁[9]。
姑云是诅咒，执杖持刀铻[10]。
汝肉尚可切，颇肥未为癯。
汝头尚有发，薅尽为秋壶[11]。
与汝不同生，汝活吾命殂。
鸠盘老形貌[12]，努目真凶屠[13]。
阿夫略顾视，便嗔羞耻无。
阿翁略劝慰，便嗔昏老奴。
邻舍略探问，便嗔何与渠[14]。
嗟嗟贫家女，何不投江湖？
江湖饱鱼鳖，免受此毒荼[15]。
嗟哉天听卑[16]，岂不闻怨呼？
人间为小妇，沉痛结冤诬。
饱食偿一刀，愿作牛马猪。
岂无父母来，洗泪饰欢娱。

3. 嗫嚅（niè rú）：欲言又止。　4. 礧磈（léi kuǐ）：指肉块大小不一。簠（fǔ）：食器。　5. 析薪：劈柴。　6. 桀傲：凶暴恨戾。资：本性。　7. 伏蒲：同“匍匐”，爬行。　8. 詈（lì）：辱骂。　9. 啾唧：低泣声。　10. 铻（wú）：剑。锟铻，古名剑。　11. 薅（hāo）：拔除。秋壶：葫芦。　12. 鸠盘：即鸠盘荼，恶鬼名，常比喻丑妇。　13. 凶屠：凶狠的屠夫。　14. 何与渠：“与渠何”的倒装句式，跟她有什么关系。　15. 毒荼：荼毒，残害。　16. 天听卑：即“天高听卑”，指上天神明，能洞察下界最卑微之处。

岂无兄弟问，忍痛称姑劬[17]。
疤痕掩破襟，秃发云病疏，
一言及姑恶，生命无须臾！

17. 劬：勤劳，辛苦。

还家行

死者葬沙漠，生者还旧乡。
遥闻齐鲁邦，谷黍等人长。
目营青岱去[1]，足辞辽海霜。
拜坟一痛哭，永别无相望。
春秋社燕雁[2]，封泪远寄将。
归来何所有？兀然空四墙[3]。
井蛙跳我灶，狐狸踞我床。
驱狐窒鼯鼠[4]，扫径开堂皇[5]。
湿泥涂四壁，嫩草覆新黄。
桃花知我至，屋角舒红芳。
旧燕喜我归，呢喃话空梁。
蒲塘春水暖，飞出双鸳鸯。
念我故妻子，羁卖东南庄[6]。
圣恩许赎归，携钱负橐囊[7]。
其妻闻夫至，且喜且彷徨。
大义归故夫，新夫非不良。
摘下乳下儿，抽刃割我肠。
其儿知永绝，抱颈索阿娘。
堕地儿翻覆，泪面涂泥浆。

注释　1. 目营：目光萦绕。青岱：泛指山东一带。青，青州。岱，泰山。　2. 社燕：燕子春社来，秋社去，故称社燕。社，古代祭祀土地神的日子，汉以后有春、秋两个社日。　3. 兀然：空洞貌。4. 鼯鼠：大飞鼠，这里泛指老鼠。　5. 堂皇：富丽的堂屋。此处指破败的房屋，有讽刺意味。　6. 羁卖：封建社会，丈夫可以把妻子典卖给别人，到时赎回，称羁卖。　7. 橐（tuó）囊：袋子。

上堂辞姑舅，姑舅泪浪浪。
赠我菱花镜[8]，遗我泥金箱[9]。
赐我旧簪珥，包并罗衣裳。
好好作家去[10]，永永无相忘。
后夫年正少，惭惨难禁当。
潜身匿邻舍，背树倚夕阳。
其妻径以去，绕陇过林塘。
后夫携儿归，独夜卧空房。
儿啼父不寐，灯短夜何长！

8. 菱花镜：古代以铜为镜，日照则光影如菱花，因名。 9. 泥金：用金箔和胶水制成的金色颜料。 10. 作家：当家过日子。

题竹石画

咬定青山不放松，
立根原在破岩中。
千磨万击还坚劲，
任尔东西南北风。

潍县署中画竹呈年伯包大中丞括[1]

衙斋卧听萧萧竹，
疑是民间疾苦声。
些小吾曹州县吏，
一枝一叶总关情。

注释 1. 年伯：指与父同年登科的长辈，明以后泛指父辈。中丞：明清巡抚称中丞。

严遂成

严遂成（1694—？），字崧瞻，号海珊，浙江乌程（今湖州）人。雍正二年（1724）进士，乾隆元年（1736）举博学鸿词科，历官云南嵩明州知州。诗以咏史为工，七言律尤畅达豪健，善于议论。有《海珊诗钞》。

三垂冈[1]

英雄立马起沙陀，
奈此朱梁跋扈何[2]！
只手难扶唐社稷，
连城且拥晋山河。
风云帐下奇儿在，
鼓角灯前老泪多[3]。
萧瑟三垂冈畔路，
至今人唱《百年歌》。

注释　1. 三垂冈：地名，在今山西屯留境内。后唐李存勖曾在此设伏兵破后梁，解潞州之围。　2.“英雄”二句：李克用是沙陀的英雄，忠于唐朝，却对飞扬跋扈的朱梁政权无可奈何。英雄，指李克用，沙陀人。黄巢起义，李克用率沙陀军帮助唐朝镇压起义军有功，封晋王。朱梁，朱温初从黄巢，降唐后封梁王。906 年废唐自立，改国号梁。　3.“风云”二句：《新五代史·唐庄宗纪》：“存勖，克用长子也。初，克用破孟方立于邢州，还军上党，置酒三垂冈，伶人奏《百年歌》，至于衰老之际，声辞甚悲，坐上皆凄怆。时存勖在侧，方五岁，克用慨然捋须，指而笑曰：‘吾行老矣，此奇儿也。后二十年，其能代我战于此乎！’”

桑调元

桑调元（1695—1771），字伊佐，号弢甫，浙江钱塘（今杭州）人。雍正十一年（1733）进士，官工部主事。晚年主泺源书院。有《弢甫集》。

五人墓[1]

吴下无斯墓[2]，要离冢亦孤[3]。
义声嘘侠烈，悲吊有屠沽[4]。
阘冗朝廷党[5]，峥嵘里巷夫。
田横岛中士[6]，足敌五人无？

注释　1. 五人墓：明天启年间，宦官魏忠贤专权，派人前往苏州逮捕抨击时政的官员周顺昌，激起市民暴动。魏党遂以“吴民之乱”为借口，诛杀了颜佩韦、杨念如、马杰、沈扬、周文元五位义士。次年，魏忠贤自杀，苏州人民即在虎丘山下的魏氏废祠合葬了五人尸骨，称五人墓。　2. 吴下：苏州。　3. 要离：春秋时吴国刺客。吴公子光为争夺王位刺杀吴王僚后，又派遣要离行刺王僚之子庆忌。要离成功后，伏剑自杀。墓亦在苏州。　4. 屠沽：屠户和卖酒的人，泛指下层百姓。　5. 阘（tà）冗：又作“阘茸”，小人。　6. “田横”句：田横，秦末齐国贵族，楚汉相争时自立为王。汉朝建立，他带领部属五百人逃入海岛。刘邦招降，他与两门客同赴洛阳，途中因耻于事汉而自杀。岛中五百人闻讯后亦自杀。

王又曾

王又曾（1706—1762），字受铭，号谷原，浙江嘉兴人。乾隆十九年（1754）进士，官刑部主事。诗学宋人。有《丁辛老屋集》。

临平道中看荷花同朱冰壑陈渔沂[1]

船窗六扇拓银纱[2]，
倚桨风前正落霞。

注释　1. 临平：今杭州临平镇。　2. 拓：开。

依约前滩凉月晒[3]，
但闻花气不看花。

3. 依约：隐约，依稀。

皋亭来往省年时[1]，
香饮连筒醉不辞[2]。
莫怪花容浑似雪，
看花人亦鬓成丝。

注释　1. 皋亭：山名，在临平。　2. 筒：以荷花梗饮酒。

钱　载

钱载（1708—1793），字坤一，号萚石，浙江嘉兴人。乾隆元年（1736）举荐博学鸿词，乾隆十七年（1752）进士，官至礼部侍郎。秀水派主要诗人。其诗宗杜甫、韩愈，造诣深沉，自成一大家面目，为晚清同光体诗人所推崇。有《萚石斋诗文集》。

到家作（选一）

久失东墙绿萼梅[1]，
西墙双桂一风摧。
儿时我母教儿地，
母若知儿望母来。
三十四年何限罪[2]，
百千万念不如灰。
曝檐破袄犹藏箧[3]，
明日焚黄只益哀[4]。

注释　1. 绿萼梅：梅花的一种，花白而跗蒂纯绿。　2. 三十四年：距离作者母亲卒年的时间。罪，自恨不能报答母亲。　3. 曝檐：在屋檐下晒衣服。　4. 焚黄：品官把皇帝封赠其先人的诰文用黄纸缮写，焚烧祭告。

观王文简公所题马士英画[1]（选一）

王师南下不多年，
司理扬州句为传[2]。
落尽春灯飞却燕[3]，
江山如画画依然。

注释 1. 文简：王士禛的谥号。马士英：贵阳人，崇祯末任凤阳总督。李自成破北京，马拥立福王于南京，授东阁大学士，起用阉党阮大铖，排挤史可法等人。南京陷落，南走浙江，为清军俘杀。善绘画。 2. “司理”句：王士禛于康熙元年（1662）任扬州推官（别称司理，掌刑狱），有《马士英画》诗：“秦淮往事已如斯，断素流传自阿谁？比似南朝诸狎客，何如江令擘笺时？” 3. 春灯、燕：指阮大铖所作《春灯谜》《燕子笺》传奇。

梅心驿南山行[1]（选一）

坞里秋田䆉䅃平[2]，
田分涧水逐人行。
一行白鹭干于雪，
落向松梢正晚晴。

注释 1. 梅心驿：在今安徽舒城境内。 2. 䆉（bà）䅃（yà）：形容禾苗茂盛。

袁 枚

袁枚（1716—1798），字子才，号简斋，又号随园老人，浙江钱塘（今杭州）人。乾隆四年（1739）进士，授翰林院庶吉士，任江宁知县。年四十，辞官不出，筑随园于江宁小仓山。论诗主性灵，与赵翼、蒋士铨称“乾嘉三大家”。其诗善白描，自成一格。有《小仓山房诗文集》《随园诗话》等。

同金十一沛恩游栖霞寺望桂林诸山[1]

奇山不入中原界，走入穷边才逞怪。桂林天小青山大，山山都立青天外。我来六月游栖霞，天风拂面吹霜花。一轮白日忽不见，高空都被芙蓉遮。山腰有洞五里许，秉火直入冲乌鸦。怪石成形千百种，见人欲动争谽谺[2]。万古不知风雨色，一群仙鼠依为家[3]。出穴登高望众山，茫茫云海坠眼前。疑是盘古死后不肯化[4]，头目手足节骨相钩连。又疑女娲氏[5]，一日七十有二变，青红隐现随云烟。蚩尤喷妖雾[6]，尸罗袒右肩[7]。猛士植竿发[8]，鬼母戏青莲[9]。我知混沌以前乾坤毁，水沙激荡风轮颠[10]。山川人物熔在一炉内，精灵腾踔有万千[11]。彼此游戏相爱怜。忽然刚风一吹化为石[12]，清气既散浊气坚。至今欲活不得，欲去不能，只得奇形诡状蹲人间。不然造物纵有千手眼，亦难一一施雕镌。而况唐突真宰岂无罪[13]，何以耿耿群飞欲刺天[14]。金台公子

注释　1. 栖霞寺：在广西桂林东栖霞山。　2. 谽谺（hān xiā）：谷口张开貌。　3. 仙鼠：蝙蝠。　4. 盘古：神话中开天辟地的人物。盘古死后，头为五岳，目为日月，脂膏为江海，毛发为草木。　5. 女娲：神话中炼石补天的人物。相传女娲人头蛇身，一日变化七十次。　6. 蚩尤：传说中人物，曾与黄帝大战于涿鹿，制造大雾迷惑敌方。　7. 尸罗：佛经中行善的菩萨。袒右肩：僧穿袈裟的模样。　8.“猛士”句：古代著名的猛士夏育、乌获“植发如竿”。　9. 鬼母：传说中的神仙，虎头龙足，蟒目蛟眉。青莲：梵语优钵罗花的译名。　10. 风轮：佛经中地下世界的名称。“地深九亿万里，第四是地轮，第五水轮，第六风轮。”　11. 腾踔：跳跃。　12. 刚风：又作“罡风”，刚烈之风。　13. 真宰：人格化的天。　14. 群飞欲刺天：形容群峰峻削。

酌我酒[15]，听我狂言呼否否。更指奇峰印证之，出入白云乱招手。几阵南风吹落日，骑马同归醉兀兀[16]。我本天涯万里人，愁心忽挂西斜月。

15. 金台公子：指金沛恩。 16. 醉兀兀：酒醉昏沉貌。

澶　渊[1]

路出澶河水最清，
当年照影见东征。
满朝白面三迁议[2]，
一角黄旗万岁声[3]。
金币无多民已困[4]，
燕云不取祸终生[5]。
行人立马秋风里，
懊恼孱王早罢兵[6]。

注释　1. 澶渊：水名，在今河南濮阳西南。宋真宗景德元年（1004），辽军南下，深入宋境，朝野震动。群臣大多主张迁都，唯有宰相寇准力主亲征。十一月，真宗抵达澶州。辽军交战不利，结盟退兵。史称“澶渊之盟”。 2. 白面：即白面书生，形容见识浅薄。三迁议：指参知政事王钦若等人奏请迁都之事。 3.“一角”句：宋真宗登上澶州北门城楼。远近望见御盖，无不欢呼万岁。 4. 金币：金银币帛。盟约规定宋每年输辽银十万两，绢二十万匹。 5. 燕云：即燕云十六州。后晋石敬瑭割让给契丹，有宋一朝也未能收复。 6. 孱（chán）王：懦弱的君王，指宋真宗。

马嵬[1]（选一）

莫唱当年长恨歌[2]，
人间亦自有银河。
石壕村里夫妻别[3]，
泪比长生殿上多[4]！

注释　1. 马嵬：马嵬坡，在陕西兴平西二十五里。唐玄宗天宝十四载（755），爆发“安史之乱”，玄宗自长安逃往成都，士兵哗变，玄宗被迫命杨贵妃自尽于此。 2. 长恨歌：白居易的名诗，描写唐玄宗与杨贵妃的爱情。 3. 石壕村：地名，在河南三门峡陕州区。唐杜甫有

《石壕吏》诗，讲述石壕村一对老夫妇因安史之乱中官军征兵征役被迫分别的惨剧。 4. 长生殿：唐代皇帝的宫殿，旧址在陕西骊山华清宫内。

张丽华[1]（选一）

结绮楼边花怨春[2]，
青溪栅上月伤神[3]。
可怜褒妲逢君子，
都是《周南》传里人[4]。

注释 1. 张丽华：南朝陈后主的宠妃。隋军灭陈，被杀。 2. 结绮楼：张丽华在宫中的居所。 3. 青溪：水名，在南京，张丽华被杀于此。 4. "可怜"二句：即使褒姒、妲己碰到贤明的国君，也会成为《周南》诗传中的有德后妃。《周南》，《诗经》十五国风之一。传，指毛苌为《诗经》作的传，它解释《周南》中的《关雎》诸篇，均为赞美"后妃之德"的作品。

蒋士铨

蒋士铨（1725—1785），字心余，号藏园，江西铅山人。清乾隆二十二年（1757）进士，授翰林院编修。后养母南归，为书院山长。论诗主张唐宋并师，诗作浑厚沉雄，颇有风骨。与袁枚、赵翼并称"乾嘉三大家"。有《忠雅堂诗文集》。

鸡毛房[1]

冰天雪地风如虎，裸而泣者无栖所。黄昏万语乞三钱，鸡毛房中买一眠。牛宫豕栅略相似[2]，禾秆黍秸谁与致？鸡毛作茵厚铺

注释 1. 鸡毛房：贮鸡毛以供乞丐等穷苦人冬天住宿的客房，是当时北京特有的现象之一。 2. 牛宫：牛圈。

地，还用鸡毛织成被。纵横枕藉鼾齁满[3]，秽气熏蒸人气暖。安神同梦比闺房，挟纩帷毡过燠馆[4]。腹背生羽不可翱，向风脱落肌粟高[5]。天明出街寒虫号[6]，自恨不如鸡有毛。吁嗟乎！今夜三钱乞不得，明日官来布恩德，柳木棺中长寝息。

3. 枕藉：互相枕靠。鼾齁（hōu）：打鼾声。 4. 挟纩（kuàng）：穿丝棉衣。燠（yù）馆：暖室。 5. 肌粟：鸡皮疙瘩。 6. 寒虫：寒号鸟。

岁暮到家

爱子心无尽，归家喜及辰[1]。
寒衣针线密，家信墨痕新。
见面怜清瘦，呼儿问苦辛。
低徊愧人子，不敢叹风尘。

注释 1. 及辰：及时。

赵 翼

赵翼（1727—1814），字云崧，号瓯北，江苏常州人。乾隆二十六年（1761）进士，授翰林院编修，官贵西兵备道。辞官家居，主讲安定书院。论诗主张推陈出新，反对摹拟。其诗自写性情，好议论，善谐谑。有《瓯北诗集》《瓯北诗话》。

杂题八首（选一）

每夕见明月，我已与熟悉。
问月可识我，月谓不记忆。
茫茫此世界，众生奚啻亿[1]。
除是大英豪，或稍为目拭[2]。
有如公等辈，未见露奇特。
若欲一一认，安得许眼力[3]？
神龙行空中，蝼蚁对之揖。
礼数虽则多，未必遂鉴及[4]。

注释　1. 奚啻（chì）：何止。啻，仅，只。　2. 目拭：拭目，表示重视。　3. 许：如许。　4. 鉴及：看到。

后园居诗（选一）

有客忽叩门，来送润笔需[1]。
乞我作墓志，要我工为谀[2]。
言政必龚黄[3]，言学必程朱[4]。
吾聊以为戏，如其意所须。
补缀成一篇[5]，居然君子徒。
核诸其素行，十钧无一铢[6]。
其文倘传后，谁复知贤愚？
或且引为据，竟入史册摹。
乃知青史上，大半亦属诬[7]。

注释　1. 润笔：请人作诗文书画的酬金。　2. 谀：阿谀。　3. 龚黄：龚遂、黄霸，汉宣帝时的良吏。　4. 程朱：宋代著名理学家程颐、程颢和朱熹的合称。　5. 补缀：拼凑。　6.“十钧”句：形容夸大其词。钧、铢：古代计量单位。三十斤为一钧，二十四铢为一两。　7. 诬：不实之词。

渡太湖登马迹山[1](选一)

元气混茫间，雄观上碧孱[2]。
无边天作岸，有力浪攻山。
村暗杨梅树[3]，津开苦竹湾[4]。
离家才廿里，垂老始跻攀[5]。

注释 1. 马迹山：在江苏常州西南太湖中。 2. 孱：通“巉”，山高貌。 3. 杨梅：马迹山以八角杨梅最为著名。 4. 苦竹湾：太湖水港名。 5. 跻攀：登攀。

题元遗山集[1]

身阅兴亡浩劫空，
两朝文献一衰翁[2]。
无官未害餐周粟[3]，
有史深愁失楚弓[4]。
行殿幽兰悲夜火[5]，
故都乔木泣秋风。
国家不幸诗家幸，
赋到沧桑句便工。

注释 1. 元遗山：即元好问，字裕之，号遗山。金宣宗兴定年间进士，官至尚书右司员外郎，金亡不仕。有《元遗山集》。遗山诗多述写家国兴亡之感，风格刚遒劲健，为有元一代诗宗。 2.“两朝”句：元好问曾整理金、元两朝的历史文献，编成《中州集》等书。 3. 周粟：用伯夷、叔齐不食周粟的典故。 4. 失楚弓：《孔子家语》载，楚恭王出游时丢失了乌皞宝弓，左右要去寻找。楚恭王回答：“楚人失弓，楚人得之，又何求之。” 5. 幽兰：指幽兰轩，在金汴京。汴京陷落，焚于火。

论诗(选一)

李杜诗篇万口传[1]，
至今已觉不新鲜。
江山代有才人出，
各领风骚数百年。

注释 1. 李杜：李白与杜甫。

姚鼐

姚鼐（1731—1815），字姬传，一字梦谷，安徽桐城人。乾隆二十八年（1763）进士，官至刑部郎中。为桐城派代表人物。其诗兼采唐宋，以清雅为宗。有《惜抱轩集》。

岳州城上[1]

高接云霄下石矶，
城头终日敞清晖。
孤筇落照同千里，
白水青天各四围。
山自衡阳皆北向，
雁过江外更南飞。
人间好景湘波上，
却照新生白发归。

注释　1. 岳州：府名，治在今湖南岳阳。

翁方纲

翁方纲（1733—1818），字正三，号覃溪，顺天大兴（今北京）人。乾隆十七年（1752）进士，官至内阁学士。论诗倡“肌理”说，主张以学问考据为诗。有《复初斋集》。

望罗浮

只有蒙蒙意，人家与钓矶。
寺门钟乍起，樵客径犹非。

四百层泉落[1]，三千丈翠飞。
与谁参画理，半面尽斜晖。

注释　1."四百"句：罗浮山有大小峰峦四百多座，峰峰有泉。

汪　中

汪中（1744—1794），字容甫，江苏扬州人。乾隆四十二年（1777）贡生，著名的经学家。有《容甫先生遗诗》。

过龙江关[1]

井邑千家夹岸喧，
浮桥列楫望关门。
鱼盐近市商人喜，
鼓吹临江榷吏尊[2]。
春水蛟龙浮旧窟，
夕阳鸟雀下荒村。
华衣掾史须眉老[3]，
会计雄心长子孙。

注释　1.龙江关：在南京，明清在此设户部钞关，专门负责税收。　2.榷(què)吏：收税的官吏。　3.掾史：即掾吏。

梅　花

孤馆寒梅发，春风款款来[1]。
故园花落尽，江上一枝开。

注释　1.款款：徐缓的样子。

黎 简

黎简（1748—1799），字简民，号二樵，广东顺德人。乾隆年间贡生。工山水。善诗，与宋湘同为当时广东之名家。其诗峻拔清峭，刻意新颖。有《五百四峰草堂诗钞》。

龙门滩[1]

西江几千里，有力使倒流。
狞石张厥角[2]，直欲砺我舟[3]。
竹缆如枯藤[4]，袅袅山上头。
失势倘一落，万钧亦浮沤[5]。
浔州两江水[6]，其北导柳州。
上逼铜鼓滩[7]，下握相思洲[8]。
龙门在其中，神物居其幽[9]。
往往一夕泊，晓不辨马牛。
龙堂洞鏊夜[10]，瑶天云雨秋[11]。
繄予屡经历[12]，不为风波愁。
肃然慎前途，毋为二人忧[13]。

注释　1. 龙门滩：在今广西桂平境内。　2. 厥：其。　3. 砺：磨砺。　4. 缆：纤索。　5. "失势"二句：纤索倘若松断，万钧大船也会破碎。浮沤，水上的泡沫。　6. 浔州：府名，治在今广西桂平。两江水：指郁江和黔江，在桂平合流为浔江。　7. 铜鼓滩：在黔江上。　8. 相思洲：在浔江上。　9. 神物：指龙。　10. 龙堂：龙的殿堂，此指龙门滩。　11. 瑶天：瑶地的天空。　12. 繄：助词，无义。　13. 二人：指父母。

小 园

水影动深树，山光窥短墙。
秋村黄叶满，一半入斜阳。
幽竹如人静，寒花为我芳。
小园宜小立，新月似新霜。

春郊

水满碧不动，春郊新雨晴。
数行浓柳外，一桁晓山横[1]。
日薄滃花气[2]，风恬软鸟声。
病才蠲六七[3]，虚白已全生[4]。

注释 1. 桁（héng）：梁上横木，借喻远山。 2. 滃（wēng）：云气蒸腾貌。 3. 蠲（juān）：去除。六七：十分之六七。 4. 虚白：形容澄澈明朗的心境。

村饮

村饮家家醵酒钱[1]，
竹枝篱外野塘边。
谷丝久倍寻常价，
父老休谈少壮年。
细雨人归芳草晚，
东风牛藉落花眠。
秧苗已长桑芽短，
忙甚春分寒食天。

注释 1. 醵（jù）：凑钱。

黄景仁

黄景仁（1749—1783），字汉镛，一字仲则，号鹿菲子，江苏武进人。监生，官县丞。其诗学李白、韩愈、李商隐，多述写穷愁不遇之情怀，诗风清新沉挚。有《两当轩集》《竹眠词》。

圈虎行

都门岁首陈百技，
鱼龙怪兽罕不备[1]。
何物市上游手儿，
役使山君作儿戏[2]。
初舁虎圈来广场[3]，
倾城观者如堵墙。
四周立栅牵虎出，
毛拳耳戢气不扬[4]。
先撩虎须虎犹帖[5]，
以棓卓地虎人立。
人呼虎吼声如雷，
牙爪丛中奋身入。
虎口呀开大如斗，
人转从容探以手。
更脱头颅抵虎口，
以头饲虎虎不受，
虎舌舐人如舐彀[6]。
忽按虎脊叱使行，
虎便逡巡绕阑走。
翻身踞地蹴冻尘[7]，
挥身抖开花锦茵。
盘回舞势学胡旋[8]，
似张虎威实媚人。
少焉仰卧若佯死，

注释　1. 鱼龙怪兽：古代百戏中的角色，由人扮演。　2. 山君：虎的别称。　3. 舁（yú）：抬。　4. 拳：拳曲。戢（jí）：收敛。　5. 帖：服帖，驯服。　6. 彀（gòu）：哺乳，此借指小老虎。　7. 蹴（cù）：踏。　8. 胡旋：唐代乐舞名。

投之以肉霍然起。
观者一笑争醵钱[9]，
人既得钱虎摇尾。
仍驱入圈负以趋，
此间乐亦忘山居。
依人虎任人颐使[10]，
伴虎人皆虎唾余[11]。
我观此状气消沮[12]，
嗟尔斑奴亦何苦[13]。
不能决蹯尔不智[14]，
不能破槛尔不武。
此曹一生衣食汝，
彼岂有力如中黄[15]，
复似梁鸯能喜怒[16]。
汝得残餐究奚补，
伥鬼羞颜亦更主[17]。
旧山同伴倘相逢，
笑尔行藏不如鼠。

9. 醵钱：凑钱，投钱。 10. 颐使：以下巴指挥。 11. 唾余：吃剩下的。这里比喻靠老虎吃饭。 12. 消沮：沮丧。 13. 斑奴：老虎。 14. 决蹯（fān）：裂掌、断足。蹯，兽足掌。 15. 中黄：古代传说中能搏虎的勇士。 16. 梁鸯：周宣王的牧正，善于驯兽。 17. 伥鬼：传说人被老虎吃掉，便会化为伥鬼帮助老虎伤人，叫作“虎伥”。

都门秋思（选一）

五剧车声隐若雷[1]，
北邙惟见冢千堆[2]。
夕阳劝客登楼去，
山色将秋绕郭来。

注释 1. 五剧：四通八达的闹市。2. 北邙：洛阳山名，多陵墓。后泛指墓地。

寒甚更无修竹倚，
愁多思买白杨栽。
全家都在风声里，
九月衣裳未剪裁。

杂　感

仙佛茫茫两未成，
只知独夜不平鸣。
风蓬飘尽悲歌气，
泥絮沾来薄幸名。
十有九人堪白眼，
百无一用是书生。
莫因诗卷愁成谶[1]，
春鸟秋虫自作声[2]。

注释　1.“莫因”句：自注：“或戒以吟苦非福，谢之而已。” 2.“春鸟”句：表示不平则鸣的意思。语出韩愈《送孟东野序》：“以鸟鸣春，以雷鸣夏，以虫鸣秋，以风鸣冬，四时之相推敓，其必有不得其平者乎？”

金陵别邵大仲游[1]

三千余里五年遥，
两地同为断梗飘。
纵有逢迎皆气尽，
不当离别亦魂消[2]。
经过燕市成吴市[3]，
相送皋桥又板桥[4]。

注释　1.邵仲游：名圣艺，黄景仁业师邵齐焘的长子，与作者友善。 2.“不当”句：江淹《别赋》：“黯然消魂者，惟别而已矣。” 3.燕市：指北京。吴市：指苏州。 4.皋桥：桥名，在苏州阊门内。板桥：在南京秦淮河上。

愁绝驮铃催去急[5]，
白门烟柳晚萧萧。

5. 驮铃：系在马脖子上的铃铛。

新安滩[1]

一滩复一滩，一滩高一丈。
三百六十滩，新安在天上。

注释　1. 新安：新安江，以滩多著称。

癸巳除夕偶成[1]（选一）

千家笑语漏迟迟，
忧患潜从物外知。
悄立市桥人不识，
一星如月看多时[2]。

注释　1. 癸巳：乾隆三十八年（1773）。　2. "一星"句：指金星比往年更明亮，预示着祸事即将来临。

少年行

男儿作健向沙场[1]，
自爱登台不望乡。
太白高高天尺五[2]，
宝刀明月共辉光。

注释　1. 作健：鼓足勇气。　2. 太白：金星。

别老母

搴帏拜母河梁去[1]，
白发愁看泪眼枯。
惨惨柴门风雪夜，
此时有子不如无。

注释　1. 搴（qiān）帏：掀开门帘。河梁：桥梁。古诗文中常用作送别之地的代称。

贺新郎·太白墓
和稚存韵[1]

何事催人老？是几处、残山剩水，闲凭闲吊。此是青莲埋骨地[2]，宅近谢家之朓[3]。总一样，文人宿草[4]。只为先生名在上，问青天、有句何能好？打一幅，思君稿。

梦中昨夜逢君笑。把千年、蓬莱清浅，旧游相告。更问后来谁似我？我道才如君少，有亦是、寒郊瘦岛[5]。语罢看君长揖去，顿身轻、一叶如飞鸟。残梦醒，鸡鸣了。

注释　1. 太白墓：即李白墓，在安徽当涂县青山。稚存：洪亮吉字。　2. 青莲：李白号青莲居士。　3. “宅近”句：南齐谢朓曾筑宅青山。　4. 文人宿草：指文人的墓。宿草，隔年的草。　5. 寒郊瘦岛：唐孟郊、贾岛为诗以清刻瘦硬为尚，苏轼称为“郊寒岛瘦”。

摸鱼儿·归鸦

倚柴门，晚天无际，昏鸦归影如织。分明小幅倪迂画[1]，点上米家颠墨[2]。看不得，带一片斜阳，万古伤心色。暮寒萧淅[3]。似卷得风来，还兼雨过，催送小楼黑。

曾相识，谁傍朱门贵宅？上林谁更栖息[4]。几丛枯木惊霜重，我是归飞倦翮[5]。飞暂歇。却好趁、渔船小坐秋帆侧。旧巢应忆。笑画角声中，暝烟堆里，多少未归客。

注释　1. 倪迂：元代著名画家倪瓒。2. 米家颠：指宋代著名书法家米芾。3. 萧淅：冷清。　4. 上林：苑名，秦汉的皇家园林。　5. 翮（hé）：鸟翅膀，代指鸟。

左　辅

左辅（1751—1833），字仲甫，一字蘅友，号杏庄，江苏阳湖（今武进）人。乾隆年间进士，嘉庆间官至巡抚。有《念宛斋词》。

南浦·夜寻琵琶亭[1]

浔阳江上[2]，恰三更、霜月共潮生。断岸高低向我，渔火一星星。何处离声刮起？拨琵琶、千载剩空亭。是江湖倦客，飘零商妇，于此荡精灵。

注释　1. 琵琶亭：在江西九江，唐白居易作《琵琶行》于此。　2. 浔阳江：九江古名浔阳，江名浔阳江。

且自移船相近，绕回阑、百折觅愁魂。我是无家张俭，万里走江城。一例苍茫吊古，向荻花、枫叶又伤心。只琵琶响断，鱼龙寂寞不曾醒[3]。

3. 鱼龙寂寞：杜甫《秋兴》："鱼龙寂寞秋江冷。"

宋 湘

宋湘（1756—1826），字焕襄，号芷湾，广东嘉应州（今梅州）人。嘉庆四年（1799）进士，授翰林院编修，官至湖北督粮道。其诗风自然豪放，善以古诗笔意写近体。有《红杏山房诗钞》。

入洞庭

客自长江入洞庭，
长江回首已冥冥。
湖中之水大何许？
湖上君山终古青[1]。
深夜有人觞正则[2]，
孤舟无酒酹湘灵[3]。
灯前欲续悲秋赋[4]，
又恐鱼龙跋浪听[5]。

注释　1. 君山：在洞庭湖中。　2. 正则：屈原名。　3. 湘灵：湘水神。　4. 悲秋赋：指宋玉《九辩》，首句为"悲哉秋之为气也"，故称悲秋赋。　5. 跋(bá)浪：乘浪。

贵州飞云洞题壁

我与青山是旧游，
青山能识旧人不[1]？
一般九月秋红叶，
两个三年客白头[2]。
天上紫云原幻相[3]，
路边泉水亦清流。
无心出岫凭谁语[4]，
僧自撞钟风满楼。

注释　1. 不：否。　2.“两个”句：作者自注：“戊辰秋，典黔试游此。”　3. 紫云：旧时以为祥瑞的云气。　4. 无心出岫（xiù）：陶潜《归去来辞》：“云无心以出岫。”岫，山洞。

忆少年（选一）

老屋柴门树打头，
青山屋后水门流。
受书十日九逃学，
恨不先生命牧牛。

孙原湘

孙原湘（1760—1829），字子潇，号心青，江苏常熟人。嘉庆十年（1805）进士，官至武英殿协修。孙原湘为袁枚弟子，性灵派的重要作家。其诗秀美灵巧，有《天真阁集》。

蒙　山[1]

山被云围住，围云更有山。
青连马陵树[2]，秀入铁门关[3]。
海近风常啸，峰高日可攀。
我来立马望，一雁正南还。

注释　1. 蒙山：山名，在山东蒙阴。2. 马陵：山名，在山东临沂。　3. 铁门关：在今山东利津北，依山近海。

太湖舟中

只有天围住，清光万顷圆。
四无云障碍，一气水澄鲜。
日映鹭皆雪，风吹帆欲仙。
莲花波上立[1]，知是莫厘巅[2]。

注释　1. 莲花：形容湖中的山形似莲花。　2. 莫厘：即东洞庭山。相传隋将军莫厘曾居住于此，故名。

西陵峡

一滩声过一滩催，
一日舟行几百回。
郢树碧从帆底尽[1]，
楚云青向橹前来。
奔雷峡断风常怒[2]，
障日风多雾不开。
险绝正当奇绝处，
壮游毋使客心哀。

注释　1. 郢：楚国都城，在今湖北江陵西北。　2. 奔雷：形容水声之响。

王　昙

王昙（1760—1817），一名良士，字仲瞿，浙江秀水（今嘉兴）人。乾隆五十九年（1794）举人。工诗，诗风奇诡纵肆，然时涉粗犷。有《烟霞万古楼集》。

焦山夜泊

华严灵馆压嶕峣[1]，
一片风烟接寂寥。
大地星河围永夜[2]，
中江灯火见南朝。
鱼龙古寺三秋水，
神鬼虚堂八月潮[3]。
独上数层扪北极[4]，
满天风露下银霄[5]。

注释　1. 华严灵馆：即华严阁，在焦山上。嶕峣（jiāo yáo）：高耸貌。　2. 永夜：长夜。　3. 虚堂：空堂。　4. 北极：北极星。　5. 银霄：银河在天上，故称银霄。

张惠言

张惠言（1761—1802），原名一鸣，字皋文。江苏武进人。嘉庆四年（1799）进士，官翰林编修。工词及散文，为常州词派创始人。尝辑《词选》，有《茗柯词》。

木兰花慢·杨花

尽飘零尽了，何人解，当花看？正风避重帘，雨回深幕，云护轻幡[1]。寻他一春伴侣，只断红、

注释　1. 幡（fān）：护花幡。

相识夕阳间。未忍无声委地，将低重又飞还。

疏狂情性，算凄凉耐得到春阑。便月地和梅，花天伴雪，合称清寒。收得十分春恨，做一天、愁影绕云山。看取青青池畔，泪痕点点凝斑。

水调歌头·春日赋示杨生子掞（选三）

东风无一事，妆出万重花。闲来阅遍花影，惟有月钩斜。我有江南铁笛，要倚一枝香雪[1]，吹彻玉城霞。清影渺难即，飞絮满天涯。

飘然去，吾与汝，泛云槎。东皇一笑相语[2]：芳意在谁家？难道春花开落，又是春风来去，便了却韶华[3]？花外春来路，芳草不曾遮。

注释　1. 香雪：指花。　2. 东皇：相传司春的神人。　3. 韶华：此指美好的春光。

今日非昨日，明日复何如？朅来真悔何事[1]，不读十年书。为

注释　1. 朅：去。

问东风吹老，几度枫江兰径，千里转平芜。寂寞斜阳外，渺渺正愁予[2]！

千古意，君知否？只斯须[3]。名山料理身后[4]，也算古人愚。一夜庭前绿遍，三月雨中红透，天地入吾庐[5]。容易众芳歇，莫听子规呼。

2.“渺渺”句：极目远视，使我愁苦。语本《楚辞·湘夫人》：“帝子降兮北渚，目渺渺兮愁予。”渺渺，极目远视貌。愁予，使我愁苦。 3. 斯须：霎那。 4.“名山”句：古人把著作藏于名山，以求传世。后人称著作之事为名山事业。 5.“天地”句：自己房间之内，可以容纳天地，比喻胸襟宽广。

长镵白木柄[1]，劚破一庭寒[2]。三枝两枝生绿，位置小窗前。要使花颜四面，和着草心千朵，向我十分妍。何必兰与菊，生意总欣然。

晓来风，夜来雨，晚来烟。是他酿就春色，又断送流年。便欲诛茅江上[3]，只恐空林衰草，憔悴不堪怜。歌罢且更酌，与子绕花间。

注释 1. 镵（chán）：掘土工具。2. 劚（zhǔ）：砍、斫。 3. 诛茅：割茅建屋。

相见欢

年年负却花期，过春时，只合安排愁绪、送春归。

梅花雪，梨花月，总相思。
自是春来不觉、去偏知。

张问陶

张问陶（1764—1814），字仲冶，号船山，四川遂宁人。乾隆五十五年（1790）进士，官莱州知府。论诗主性情，反摹拟。其诗多反映日常生活之作，近体尤佳。有《船山诗钞》。

芦　沟[1]

芦沟南望尽尘埃，
木脱霜寒大漠开[2]。
天海诗情驴背得[3]，
关山秋色雨中来。
茫茫阅世无成局[4]，
碌碌因人是废才[5]。
往日英雄呼不起，
放歌空吊古金台[6]。

注释　1. 芦沟：桥名，在北京广安门外。　2. 木脱：落叶。　3. 诗情驴背得：唐郑綮做宰相后，很少作诗。有人询问近作，他回答："诗思在灞桥风雪驴背上。"　4. 阅世：经历世事。　5. 碌碌因人：形容人才能平庸，只能依靠他人成事。6. 金台：战国时期，燕昭王曾筑台招揽天下贤才，上置千金，人称黄金台。

咏怀旧游（选一）

秦栈萦纡鸟路长[1]，
三年三度过陈仓[2]。
诗因虎豹驱除险，

注释　1. 秦栈：秦地的栈道。萦纡：曲折旋绕。鸟路：鸟道。　2. 陈仓：地名，在今陕西宝鸡东。

身为峰峦接应忙。
雁响夜凄函谷雨，
柳枝秋老灞桥霜。
美人名士英雄墓，
一概累累古道旁。

阳湖道中[1]

风回五两月逢三[2]，
双桨平拖水蔚蓝。
百分桃花千分柳，
冶红妖翠画江南[3]。

注释 1. 阳湖：今江苏常州。 2. 五两：古人用五两羽毛挂在桅杆顶上，用来测量风向。月逢三：适逢三月。 3. 冶红妖翠：形容桃红柳绿，颜色艳丽。

过黄州[1]

清舲一叶独归舟，
寒浸春衣夜水幽。
我似横江西去鹤[2]，
月明如梦过黄州。

注释 1. 黄州：府名，府治在今湖北黄冈。 2.“我似”句：宋苏轼谪居黄州，作《后赤壁赋》：“时夜将半，四顾寂寥。适有孤鹤，横江东来。……掠予舟而西也。”诗意本此。

舒　位

舒位（1765—1815），字立人，号铁云，直隶大兴（今属北京）人。乾隆五十三年（1788）举人，以馆幕为生。其诗博丽奇崛，有《瓶水斋诗集》。

杨　花

歌残杨柳武昌城，
扑面飞花管送迎[1]。
三月水流春太老，
六朝人去雪无声[2]。
较量妾命谁当薄，
吹落邻家尔许轻[3]。
我住天涯最飘荡[4]，
看渠如此不胜情。

注释　1.“歌残”二句：唐韦蟾从武昌离任，宾僚饯行，席中妓女作诗，有“武昌无限新栽柳，不见杨花扑面飞”句。此处化用其意。　2.“三月”二句：写暮春杨花随风飘舞的形态。前句暗用朱应辰《杨花》“三月江头飞送春”及苏轼《水龙吟·次韵章质夫杨花词》“春色三分，二分尘土，一分流水”；后句用东晋谢道韫用柳絮喻雪事。　3.尔许：如此。　4.“我住”句：高士谈《杨花》：“我比杨花更漂荡。”

卧龙冈作（选一）

象床宝帐悄无言[1]，
草得降书又几番？
两表涕零前出塞[2]，
一官安乐老称藩[3]。
祠官香火三间屋，
大将星辰五丈原[4]。
异代萧条吾怅望，
斜阳满树暮云繁。

注释　1.象床宝帐：指诸葛亮祠庙神龛中的陈设。　2.“两表”句：诸葛亮力主北伐曹魏，作前、后《出师表》，《前出师表》结尾有“今当远离，临表涕零，不知所云”句。　3.“一官”句：蜀汉后主刘禅降魏，封安乐公。　4.“大将”句：诸葛亮还师五丈原，长星坠落，病卒。

郭　麐

郭麐（1767—1831），字祥伯，号频伽，江苏吴江人。嘉庆间贡生。诗风清俊。有《灵芬馆全集》。

新晴即事（选一）

游罢回船泊钓矶，
濛濛晴雪扑人衣[1]。
春阴亦未全无用，
留住杨花一日飞。

注释　1. 晴雪：指杨花。

陈文述

陈文述（1771—1843），字隽甫，号云伯，一号退庵，浙江钱塘（今杭州）人。嘉庆五年（1800）举人，官知县。其诗学吴梅村、钱谦益，博雅绮丽。亦工词。有《碧城诗馆诗钞》《紫鸾笙谱》等。

夏日杂诗（选一）

水窗低傍画栏开，
枕簟萧疏玉漏催[1]。
一夜雨声凉到梦，
万荷叶上送秋来。

注释　1. 玉漏：玉制的计时器。

减字木兰花·吴门元夕[1]

月明华屋。夜深犹绕阑干曲。
何处清游。一树梅花拥画楼。
参差雁柱[2]。玉筝弦上关山路。
四壁宫花，红烛春寒小玉家[3]。

注释　1. 吴门：苏州的别称。　2. 雁柱：筝柱斜列，如雁行，故名。　3. 小玉：此指吴王夫差的女儿。

邓廷桢

邓廷桢（1775—1846），字嶰筠，江苏江宁（今南京）人。嘉庆间进士，道光间任两广总督。因禁烟被遣戍伊犁，召还，官至陕西巡抚。有《双研斋词》。

高阳台

鸦度冥冥，花飞片片[1]，春城何处轻烟[2]。膏腻铜盘[3]，枉猜绣榻闲眠。九微夜爇星星火[4]，误瑶窗、多少华年？那更堪，一道银潢[5]，长贷天钱[6]。

星槎恰到牵牛渚，叹十三楼上[7]，暝色凄然。望断红墙，青鸾消息谁边？珊瑚网结千丝密，乍收来、万斛珠圆。指沧波，细雨归帆，明月空舷。

注释　1.“鸦度”句：点明“鸦片”二字。　2.“春城”句：韩翃《寒食》：“春城无处不飞花，寒食东风御柳斜。日暮汉宫传蜡烛，轻烟飞入五侯家。”句中有“烟”字，此句借用。　3. 膏腻铜盘：李贺《秦宫》：“十夜铜盘腻烛黄”，句中借指鸦片烟具。　4.“九微”句：此句借用骆宾王诗“秋夜兰灯灯九微”句意，形容鸦片烟灯。爇（ruò），点燃。　5. 银潢：天河。　6. 长贷天钱：相传牛郎曾借天帝二万钱备礼，久久不还，此处借指鸦片流入，国帑耗尽。　7. 十三楼：指当时广东十三行。

月华清

中秋月夜，偕少穆、滋圃登沙角炮台绝顶晾楼[1]。西风泠然，玉轮涌上，海天一色，极其大观，辄成此解。

岛列千螺[2]，舟横万鹢[3]，碧天朗照无际。不到珠瀛[4]，那识玉盘如此[5]。划秋涛，长剑珠寒；倚峭壁，短箫吹醉。前事，似元规啸咏[6]，那时情思。

却料通明殿里[7]，怕下界云迷，蜃楼成市。诉于瑶阊[8]，今夕月华烟细。泛深杯，待喝蟾停[9]；鸣画角，恐惊蛟睡。秋霁，记三人对影，不曾千里。

注释　1. 少穆：林则徐字。滋圃：关天培字。　2. 千螺：形容岛屿之多。　3. 鹢（yì）：水鸟，古人常画其形于船头，名鹢首。　4. 珠瀛：瀛海。　5. 玉盘：形容满月。李白诗：“少时不识月，呼作白玉盘。”　6. 元规：东晋庾亮字。庾亮曾登武昌城楼赏月啸咏。　7. 通明殿：传说玉帝所居的宫殿。　8. 瑶阊：传说中的天门。　9. 蟾：蟾蜍，代指月亮。

董士锡

董士锡，字晋卿，一字损甫，张惠言甥，江苏武进人。嘉庆间副贡生，候选直隶州州判。工古文诗赋，兼擅填词。有《齐物论斋词集》。

虞美人

韶华争肯偎人住？已是滔滔去。西风无赖过江来，历尽千山万水几时回？

秋声带叶萧萧落，莫响城头角。浮云遮月不分明，谁挽长江一洗放天青？

木兰花慢·武林归舟中作[1]

看斜阳一缕，刚送得，片帆归。正岸绕孤城，波回野渡，月暗闲堤。依稀是谁相忆？但轻魂如梦逐烟飞。赢得双双泪眼，从教涴尽罗衣[2]。

江南几日又天涯，谁与寄相思？怅夜夜霜花，空林开遍，也只侬知。安排十分秋色，便芳菲总是别离时。惟有醉将醽醁[3]，任他柔橹轻移。

注释　1. 武林：杭州的别称。　2. 涴（wǎn）：沾湿。　3. 醽醁（línɡ lù）：酒名。

张维屏

张维屏（1780—1859），字子树，一字南山，号松心子，广东广州人。道光二年（1822）进士，官南康知府。张维屏的部分作品反映中国人民反抗帝国主义侵略的社会现实，表现出昂扬的爱国主义热情。诗风质朴有力，格调高昂，平易晓畅。有《松心庐诗集》。

三元里[1]

三元里前声若雷，
千众万众同时来。
因义生愤愤生勇，
乡民合力强徒摧[2]。
家家田庐须保卫，
不待鼓声群作气。
妇女齐心亦健儿，
犁锄在手皆兵器。
乡分远近旗斑斓，
什队百队沿溪山。
众夷相视忽变色，
黑旗死仗难生还[3]。
夷兵所恃惟枪炮，
人心合处天心到。
晴空骤雨忽倾盆，
凶夷无所施其暴。
岂特火器无所施，
夷足不惯行滑泥。
下者田塍苦踯躅[4]，
高者冈阜愁颠挤[5]。
中有夷酋貌尤丑，
象皮作甲裹身厚。
一戈已揕长狄喉[6]，
十日犹悬郅支首[7]。

注释　1. 三元里：在广州市北郊。道光二十一年（1841）五月，英国侵略军劫掠广州近郊，被以三元里人民为中心的平英团击溃。　2. 强徒：强盗，指英军。　3. 黑旗：自注："夷打死仗则用黑旗，适有执神庙七星旗者，夷惊曰：'打死仗者至矣。'"　4. 田塍（chéng）：田畦。　5. 颠挤：当作"颠隮"，坠落。　6."一戈"句：语出《左传·文公十一年》："获长狄侨如，富父终甥揕其喉以戈，杀之。"长狄，古代北狄的一种，此处借指被击毙的英国军官。　7."十日"句：汉元帝时，西域都护甘延寿及副校尉陈汤等击杀匈奴郅支骨都侯单于，悬其首于蛮夷邸门。车骑将军许嘉等以为"宜悬十日"。此处代指英国军官毕霞等被悬首数日。

纷然欲遁无双翅，
歼厥渠魁真易事[8]。
不解何由巨网开，
枯鱼竟得攸然逝[9]。
魏绛和戎且解忧[10]，
风人慷慨赋同仇[11]。
如何全盛金瓯日[12]，
却类金缯岁币谋[13]？

8. 渠魁：首恶，指英军指挥官义律。 9.“不解”二句：清政府委派广州知府余保纯等前去三元里替英军解围。枯鱼：干鱼，借指被围英军。 10. 魏绛：春秋时晋国大夫。晋悼公时，山戎请和，魏绛力主和戎。此处代指议和事。 11. 风人：诗人。同仇：同心御敌。 12. 金瓯（ōu）：比喻国土完整巩固。瓯，小盆。 13.“却类”句：道光二十一年（1841），奕山与英军签订休战条款，规定支付英军赎城费六百万两。

新　雷

造物无言却有情[1]，
每于寒尽觉春生。
千红万紫安排著，
只待新雷第一声。

注释　1.“造物”句：语本《论语·阳货》：“天何言哉，四时行焉，百物生焉。”

周　济

周济（1781—1839），字保绪，一字介存，晚号止庵，江苏荆溪（今宜兴）人。嘉庆十年（1805）进士，官淮安府教授。论词推重周邦彦，崇尚雅正，强调寄托，为常州派重要词论家。有《味隽斋词》《止庵词》。

渡江云·杨花

春风真解事，等闲吹遍，无数短长亭。一星星是恨[1]，直送春归，替了落花声。凭阑极目，荡春波、万种春情。应笑人、舂粮几许？便要数征程[2]。

冥冥，车轮落日[3]，散绮余霞[4]，渐都迷幻景。问收向、红窗画箧，可算飘零？相逢只有浮云好，奈蓬莱东指，弱水盈盈[5]。休更惜，秋风吹老莼羹。

注释　1. 一星星：一点点。　2. “应笑人”二句：此以风里杨花漂泊天涯为比，而觉得计算征程而舂粮的人可笑。舂（chōng）粮，捣米。《庄子·逍遥游》：“适百里者，宿舂粮；适千里者，三月聚粮。”　3. 车轮落日：人望落日，大如车轮。　4. 散绮余霞：谢朓诗：“余霞散成绮。”　5. 弱水：《山海经·大荒西经》：“西海之南，流沙之滨，有大山，名曰昆仑之丘，其下有弱水之渊环之。”注云：“其水不胜鸿毛。”

陈　沆

陈沆（1785—1826），字秋舫，号太初，湖北蕲水（今浠水）人。嘉庆二十四年（1819）进士，授翰林院修撰，官至四川道监察御史。其诗清苍幽峭，颇具意境。有《简学斋集》。

夜抵刘山人家[1]

行到月斜处，入门千竹林。
故人此高卧，前日约相寻。
雨过春如梦，山空夜有音。
坐深无一语[2]，何以答同心？

注释　1. 山人：指隐逸山林之士。
2. 坐深：坐久。

扬州城楼

涛声寒泊一城孤，
万瓦霜中听雁呼。
曾是绿杨千树好，
只今明月一分无[1]。
穷商日夜荒歌舞，
乐岁东南困转输[2]。
道谊既轻功利重，
临风还忆董江都[3]。

注释　1.“曾是”二句：化用前人成句，指出扬州今不如昔。王士禛《浣溪沙·红桥》：“绿杨城郭是扬州”。徐凝《忆扬州》：“天下三分明月夜，二分无赖是扬州。”　2. 转输：扬州是当时漕运的中心，负责转运朝廷物资。　3. 董江都：董仲舒，曾任江都王相。江都，扬州。

林则徐

林则徐（1785—1850），字少穆，福建侯官人。嘉庆年间进士，道光十八年（1838）以钦差大臣赴粤查办鸦片烟案，继任两广总督。朝廷议和，遣戍伊犁。旋授陕甘总督，未莅任而卒。有《云左山房诗钞》。

赴戍登程口占示家人[1]（选一）

力微任重久神疲，
再竭衰庸定不支[2]。
苟利国家生死以[3]，
岂因祸福避趋之！
谪居正是君恩厚，
养拙刚于戍卒宜[4]。

注释　1. 诗作于道光二十二年（1842）作者谪戍伊犁离家登程时。　2. 衰庸：犹“衰朽”，衰老而无能，自谦之词。　3.“苟利”句：语出春秋著名政治家子产：“何害！苟利社稷，死生以之。”指为了国家，可以献出自己的生命。　4. 养拙：犹藏拙。刚于：正好以。

戏与山妻谈故事，
试吟断送老头皮[5]。

5.“戏与”二句：旨在表达自身的旷达胸襟。自注：“宋真宗闻隐者杨朴能诗，召对，问：‘此来有人作诗送卿否？’对曰：‘臣妻有一首云：更休落魄耽杯酒，且莫猖狂爱咏诗。今日捉将官里去，这回断送老头皮。’上大笑，放还山。东坡赴诏狱，妻子送出门，皆哭，坡顾谓曰：‘子独不能如杨处士妻作一首诗送我乎？’妻子失笑，坡乃去。”

塞外杂咏（选一）

天山万笏耸琼瑶[1]，
导我西行伴寂寥。
我与山灵相对笑[2]，
满头晴雪共难消。

注释　1. 万笏（hù）：指天山群峰。琼瑶：美玉，比喻积雪。　2. 山灵：山神。

高阳台·和嶰筠尚书韵[1]

玉粟收余[2]，金丝种后[3]，蕃航别有蛮烟[4]。双管横陈，何人对拥无眠[5]。不知呼吸成何味，爱挑灯，夜永如年。最堪怜，是一丸泥[6]，损万缗钱[7]。

春雷欻破零丁穴[8]，笑蜃楼气烬，无复灰燃。沙角台高[9]，乱帆收向天边。浮槎漫许陪霓节[10]，

注释　1. 嶰筠：邓廷桢字。　2. 玉粟：作者自注：“罂粟，一名苍玉粟。”　3. 金丝：作者自注：“吕宋烟草曰金丝醺。”　4. 蛮烟：借指英商贩卖烟土。　5.“双管”二句：描写吸食鸦片者的情状。　6. 一丸泥：指鸦片膏。　7. 缗（mín）：钱一贯。　8.“春雷”句：指中英爆发战争。欻（xū），忽然。零丁穴，即零丁洋，在广东珠江口。　9. 沙角：山名，在广东东莞虎门海口外，为船舶必经之处。　10. 霓节：古代使臣或重臣所执符节，用以示信。霓，符节上装饰品的色彩。

看澄波，似镜长圆。更应传、绝
岛重洋，取次回舷[11]。

11. 回舷：返航。

龚自珍

龚自珍（1792—1841），一名巩祚，字璱人，号定庵，浙江杭州人。道光九年（1829）进士，官礼部主事。通经学、文字学和史地学。其诗关注社会现实，风格上承胡天游、王昙而别具面目，气势磅礴，浓郁绚丽。有《定庵全集》。

咏 史

金粉东南十五州，
万重恩怨属名流[1]。
牢盆狎客操全算[2]，
团扇才人踞上游[3]。
避席畏闻文字狱[4]，
著书都为稻粱谋。
田横五百人安在，
难道归来尽列侯[5]？

注释　1.“金粉”二句：东南名士皆醉心声色，沉溺于儿女恩怨之中，忘怀国事之艰危。金粉，铅粉，古代女子妆饰之用，此处意为繁华豪奢。东南十五州，泛指江南地区。　2. 牢盆：煮盐的器具。狎客：旧称为权贵豪富所亲近狎昵的人，这里指盐商门下的清客。　3. 团扇才人：指轻薄文人。团扇，东晋王珉喜持白团扇，与嫂婢相爱。事发，嫂挞婢，婢作《团扇歌》。　4. 避席：古人席地而坐，遇亲友来访，总是离席而起，表示敬意，称避席。此处表示因害怕而离席。　5.“田横”二句：意谓像田横五百壮士那样的人再也没有出现，难道投降汉朝的人都能封侯吗？表达作者对于坚守气节者的赞赏。

己亥杂诗[1]（选五）

浩荡离愁白日斜，
吟鞭东指即天涯。
落红不是无情物，
化作春泥更护花。

注释　1. 己亥：道光十九年（1839）。

只筹一缆十夫多[1]，
细算千艘渡此河。
我亦曾糜太仓粟[2]，
夜闻邪许泪滂沱[3]。

注释　1. 筹：计算。一缆：代指一船。2. 太仓粟：官俸。　3. 邪许：号子声。

九州生气恃风雷[1]，
万马齐喑究可哀[2]。
我劝天公重抖擞[3]，
不拘一格降人才。

注释　1. 作者自注："过镇江，见赛玉皇及风神、雷神者，祷祠万数，道士乞撰青词。"　2. 万马齐喑（yīn）：语出苏轼《三马图赞序》："振鬣长鸣，万马齐喑。"此处比喻清王朝的统治使人们的思想受到极度压抑。瘖，哑。　3. 抖擞：振作精神。

陶潜酷似卧龙豪[1]，
万古浔阳松菊高[2]。
莫信诗人竟平淡，
二分梁甫一分骚[3]。

注释　1. "陶潜"句：辛弃疾《贺新郎》："把酒长亭说，看渊明风流，酷似卧龙诸葛。"　2. 浔阳：此代指陶潜。松菊：陶潜《归去来辞》："三径就荒，松菊犹存。"　3. "二分"句：谓陶潜的作品三分中有二分像《梁甫吟》，一分像《离骚》。《梁甫吟》，多世事感慨之作。

九边烂熟等雕虫[1]，
远志真看小草同[2]。
枉说健儿身手在，
青灯夜雪阻山东。

注释　1. 九边：明代分北方的边防为九区，命大将统兵镇守，号九边。此处指关于边防御敌的知识。雕虫：末技，比喻辞章之事。　2.“远志”句：《世说新语》：“谢公始有东山之志，后严命屡臻，势不获已，始就桓公司马。于时人有饷桓公药草，中有远志。公取以问谢：‘此药又名小草，何一物而有二称？’谢未即答。时郝隆在坐，应声答曰：‘此甚易解，处则为远志，出则为小草。’”

鹊踏枝·过人家废园作

漠漠春芜春不住，藤刺牵衣，碍却行人路。偏是无情偏解舞，濛濛扑面皆飞絮。

绣院沉沉谁是主[1]？一朵孤花，墙角明如许。莫怨无人来折取[2]，花开不合阳春暮。

注释　1. 绣院：华美的庭院。　2.“莫怨”句：杜秋娘《金缕衣》：“花开堪折直须折，莫待无花空折枝。”

湘　月

壬申夏，泛舟西湖，述怀有感，时予别杭州盖十年矣。

天风吹我，堕湖山一角，果然清丽[1]。曾是东华生小客[2]，回首苍茫无际。屠狗功名[3]，雕龙文卷[4]，岂是平生意。乡亲苏小[5]，定应笑我非计。

注释　1.“天风”三句：自谓生长在风景秀丽的杭州。　2. 东华：北京有东华门，代指京城。　3. 屠狗功名：指不为人所重的功名。《史记·樊哙传》：“舞阳侯樊哙者，沛人也。以屠狗为事。”　4. 雕龙文卷：对文章精雕细琢。　5. 乡亲苏小：即苏小小。唐韩翃诗：“钱塘苏小是乡亲。”

才见一抹斜阳，半堤香草，顿惹清愁起。罗袜香尘何处觅[6]，渺渺予怀孤寄[7]。怨去吹箫，狂来说剑，两样销魂味。这般春梦，橹声荡入云水。

6. 罗袜香尘：喻美人步态轻盈。曹植《洛神赋》："凌波微步，罗袜生尘。" 7. 渺渺予怀：屈原《九歌·湘夫人》："帝子降兮北渚，目渺渺兮愁予。"

魏　源

魏源（1794—1857），字默深，湖南邵阳人。道光二十四年（1844）进士，官至高邮知州。其诗多关注现实之作，风格遒劲，清苍幽峭。有《古微堂诗集》《清夜斋诗稿》。

寰海十章[1]（选一）

楼船号令水犀横[2]，
保障遥寒岛屿鲸[3]。
仇错荆吴终畏错[4]，
间晟赞普讵攻晟[5]。
乐羊夜满中山箧[6]，
骑劫晨更即墨兵[7]。
刚散六千君子卒[8]，
五羊风鹤已频惊[9]。

注释　1. 寰海：海内。 2."楼船"句：道光十八年（1838），林则徐以钦差大臣赴粤查办鸦片案。广东水师经他的整顿训练，屡立战功。水犀，指水师。 3. 岛屿鲸：指英国。 4."仇错"句：用西汉晁错故事，说明投降派既仇视林则徐又畏惧他的一身正气。 5."间晟"句：借唐李晟事喻指英国挑拨离间，打击林则徐。李晟，唐中期的名将，镇守边疆有功。吐蕃赞普施用离间计，使唐德宗取消了李晟的军权。 6."乐羊"句：用乐羊事，比喻林则徐立功而遭谤。乐羊：战国时魏将，率兵讨伐中山国，归而论功，魏文侯示以一匣诽谤信。 7."骑劫"句：用骑劫事，比喻清廷以琦善取代林则徐。战国时燕王派遣乐毅统兵破齐六十城，齐即墨守将田单巧施反间计，燕王果然任命骑劫替代乐毅。 8. 六千君子卒：越王勾践的军队中有"君子六千人"，此处指林则徐的部队。 9. 五羊：广州的别称。风鹤：风声鹤唳，形容非常疑惧。

高邮州署秋日偶题（选一）

传舍官如住寺僧[1]，
半年暂主此荒城。
湖边无处看山色，
但爱千家带雨耕。

注释　1. 传舍：旅舍。

项鸿祚

项鸿祚（1798—1835），一名廷纪，字莲生。浙江钱塘（今杭州）人。道光十二年（1832）举人。有《水仙亭词》《忆云词》。

水龙吟·秋声

西风已是难听，如何又着芭蕉雨？泠泠暗起[1]，澌澌渐紧[2]，萧萧忽住。候馆疏砧[3]，高城断鼓[4]，和成凄楚。想亭皋木落[5]，洞庭波远，浑不见，愁来处。

此际频惊倦旅，夜初长、归程梦阻。砌蛩自叹，边鸿自唳，剪灯谁语？莫更伤心，可怜秋到，无声更苦。满寒江剩有，黄芦万顷，卷离魂去。

注释　1. 泠泠：声音清越。　2. 澌澌：风声。　3. 候馆：客馆。疏砧：指稀疏的捣衣声。　4. 断鼓：断续的鼓声。　5. 亭皋：水边的平地。

顾 春

顾春（1799—1877），字子春，号太清，满洲镶蓝旗人。贝勒奕绘侧室。词风清隽自然，王鹏运谓满洲词人“男有成容若，女有太清春而已”。有《东海渔歌》《天游阁诗集》。

早春怨·春夜

杨柳风斜，黄昏人静，睡稳栖鸦。短烛烧残，长更坐尽，小篆添些[1]。

红楼不闭窗纱，被一缕、春痕暗遮[2]。淡淡轻烟，溶溶院落，月在梨花[3]。

注释　1. 小篆：指香的烟缕萦回如同篆书。秦观《减字木兰花》：“断尽金炉小篆香。” 2. 春痕：杨柳的枝叶。 3. “淡淡”句：晏殊《无题》“梨花院落溶溶月，柳絮池塘淡淡风。”

郑 珍

郑珍（1806—1864），字子尹，晚号柴翁，贵州遵义人。道光十七年（1837）举人，历官荔波教谕。其诗题材广阔，多反映社会现实之作。为晚清宋诗派的代表作家。有《巢经巢全集》。

经死哀

虎卒未去虎隶来，催纳捐欠声如雷。雷声不住哭声起，走报其翁已经死[1]。长官切齿目怒嗔，吾不要命只要银。若图作鬼即宽

注释　1. 经死：吊死。

减，恐此一县无生人。促呼捉子来，且与杖一百。陷父不义罪何极，欲解父悬速足陌[2]。呜呼，北城卖屋虫出户[3]，西城又报缢三五。

2. 足陌：古代以一百钱为“陌”，实足一百钱称“足陌”。此指足够的钱数。
3. 虫出户：人死未葬，尸虫都爬出门外。

晚　望

向晚古原上，悠然太古春[1]。
碧云收去鸟[2]，翠稻出行人[3]。
水色秋前静，山容雨后新。
独怜溪左右，十室九家贫。

注释　1. 太古：上古。　2. 去鸟：归巢的鸟。　3.“翠稻”句：化用范成大《初归石湖》“行人半出稻花上”诗意。

蒋春霖

蒋春霖（1818—1868），字鹿潭，江苏江阴人。曾任两淮盐官。中年专力于词，词风近姜夔、张炎，多抒写身世之感。有《水云楼词》。

卜算子

燕子不曾来，小院阴阴雨。
一角阑干聚落花，此是春归处。
弹泪别东风，把酒浇飞絮。
化了浮萍也是愁，莫向天涯去。

柳梢青

芳草闲门，清明过了，酒滞香尘。白楝花开，海棠花落，容易黄昏。

东风阵阵斜曛，任倚遍红阑未温。一片春愁，渐吹渐起，恰似春云。

木兰花慢·江行晚过北固山[1]

泊秦淮雨霁，又灯火送归船。正树拥云昏，星垂野阔[2]，暝色浮天。芦边夜潮骤起，晕波心、月影荡江圆。梦醒谁歌楚些[3]，泠泠霜激哀弦。

婵娟，不语对愁眠。往事恨难捐。看莽莽南徐[4]，苍苍北固，如此山川！钩连更无铁锁，任排空、樯橹自回旋。寂寞鱼龙睡稳，伤心付与秋烟。

注释　1. 北固山：在今江苏镇江丹徒北，山斗入江，三面临水。　2. 星垂野阔：杜甫诗："星垂平野阔。"　3. 楚些：楚辞句尾多用"些"字，此处代指楚辞。　4. 南徐：古地名，今江苏镇江。

江　湜

江湜（1818—1866），字持正，一字弢叔，江苏苏州人。三应乡试不第，潦倒终身。其诗多写思家之苦、旅途之艰，语言质朴，流畅自然。有《伏敔堂诗录》。

由江山至浦城，雪后度越诸岭，舆中得绝句九首[1]（选二）

连宵雨霰苦纷纷，
今上篮舆盼夕曛[2]。
万竹无声方受雪，
乱山如梦不离云。

岭外行云如走马，
晴色下晒山家瓦。
残雪忽堕适打头，
我自看云立松下。

注释　1. 江山：今浙江江山。浦城：今福建浦城。　2. 篮舆：竹轿。

张景祁

张景祁（1827—约1899），字蘩甫，一字蕴梅，号新蘅主人，浙江钱塘（今杭州）人。光绪年间进士，官福安知县。有《新蘅词》。

秋霁·基隆秋感

盘岛浮螺，痛万里胡尘，海上吹落。锁甲烟销[1]，大旗云掩，燕巢自惊危幕[2]。乍闻唳鹤[3]，健儿罢唱从军乐。念卫霍[4]，谁是汉家图画壮麟阁[5]？

遥望故垒，毳帐凌霜[6]，月华当天，空想横槊[7]。卷西风、寒鸦阵黑，青林凋尽怎栖托，归计未成情味恶。最断魂处，惟见莽莽神州，暮山衔照，数声哀角。

注释　1. 锁甲：锁子甲。　2.“燕巢”句：语本丘迟《与陈伯之书》：“鱼游于沸鼎之中，燕巢于飞幕之上。”形容处境非常危险。　3. 唳鹤：用前秦苻坚“风声鹤唳”故事。　4. 卫霍：汉大将卫青、霍去病。　5. 麟（lín）阁：即麒麟阁，汉宣帝曾图画功臣于此。　6. 毳（cuì）帐：毡帐。　7. 横槊：曹操征讨东吴，曾横槊赋诗。

庄　棫

庄棫（1830—1878），字中白，江苏镇江人。家本盐商，输饷得部主事。有《蒿庵词》。

定风波

为有书来与我期，便从兰杜惹相思[1]。昨夜蝶衣刚入梦，珍重。东风要到送春时。

注释　1. 兰杜：两种香草。杜，杜若。

三月正当三十日，占得。春光毕竟共春归。只有成阴并结子，都是。而今但愿著花迟。

李慈铭

李慈铭（1830—1895），字炁伯，号莼客，浙江会稽（今绍兴）人。光绪六年（1880）进士，官至山西道监察御史。通经史百家，工诗及骈文。有《杏花香雪斋诗》《白华绛跗阁诗集》。

庚午书事[1]（选一）

孤愤千秋在[2]，狂呼一击中。
夷酋方丧魄，廷议急和戎。
歼敌诚非易，要盟岂有终[3]。
宋金殷鉴在[4]，幸莫恃成功。

注释　1. 庚午：同治九年（1870），天津人民激于义愤，殴毙法国驻天津领事丰大业，并焚烧教堂和法国领事馆。史称“天津教案”。事后，直隶总督曾国藩和李鸿章在英、美七国联衔抗议的压力下，杀害无辜群众二十人，充军二十五人。清廷还委派钦差大臣崇厚赴法国道歉，赔款五十余万两。同时拟定章程八条，向各国公使“妥筹善后”，以保“中外永远和好”。 2. 孤愤：耿直孤行，愤世嫉俗。 3. 要盟：以势力胁迫对方缔结的盟约。 4. 殷鉴：可供借鉴的往事。

谭献

谭献（1832—1901），初名廷献，字仲修，号复堂，浙江杭州人。同治六年（1867）举人，历仕歙县知县。于词学致力尤深，论词宗张惠言与周济，并编选清词为《箧中词》。有《复堂类集》。

望月忆女

生汝过三岁，从无百里分。
月如娇女面，人倚秀州云[1]。
索果耶频唤，敲门笑已闻。
今宵依母膝，不见母欢欣。

注释　1. 秀州：州名，治所在今浙江嘉兴。

蝶恋花

庭院深深人悄悄，埋怨鹦哥，错报韦郎到[1]。压鬓钗梁金凤小，低头只是闲烦恼。

花发江南年正少，红袖高楼，争抵还乡好？遮断行人西去道，轻躯愿化车前草[2]。

注释　1. 韦郎：指唐代韦皋，年轻时曾游江皋，与侍女玉箫相爱，本事详见范摅《云溪友议》。后泛指心爱的男子。2. 车前草：一名车前当道，生长在牛粪中，籽可入药。此处一语双关。

鹧鸪天

绿酒红灯漏点迟，黄昏风起下帘时。文鸳莲叶成漂泊，幺凤桐花有别离[1]。

云澹澹，雨霏霏，画屏闲煞素罗衣。腰支眉黛无人管，百种怜侬去后知。

注释　1. 幺凤桐花：王士禛《蝶恋花》："郎似桐花，妾似桐花凤。"

樊增祥

樊增祥（1846—1931），字云门，一字樊山，湖北恩施人。光绪三年（1877）进士，官至护理两江总督。其诗与易顺鼎齐名，号“樊易”。古风叙事委曲尽情，近体清丽。有《樊山全集》。

八月六日过灞桥口占

残柳黄于陌上尘，
秋来长是翠眉颦[1]。
一弯月更黄于柳，
愁煞桥南系马人。

注释　1. 翠眉颦：用女子皱眉比喻陌上残柳。

黄遵宪

黄遵宪（1848—1905），字公度，广东嘉应州（今梅州）人。光绪二年丙子（1876）举人，历任驻日、英诸国使馆参赞及总领事等职。回国后积极参与戊戌变法，失败后被革职，郁郁而死。他主张“我手写我口”，要求表现“古人未有之物，未辟之境”，是近代“诗界革命”的倡导者和实践者。有《人境庐诗草》。

今别离[1]（选一）

朝寄平安语，暮寄相思字。
驰书迅已极，云是君所寄。
既非君手书，又无君默记[2]。
虽署花字名[3]，知谁箝缗尾[4]。

注释　1. 今别离：古乐府杂曲歌辞旧题，黄遵宪借用此题，分别将火车、轮船、电报、照相等新事物与新知识写进诗中，借以抒写男女别离之情。此首写电报。　2. 默记：暗记、记号。　3. 花字名：签署名字，古称押字，又称花字。　4. 箝缗尾：指电报封口。箝，夹住。

寻常并坐语，未遽悉心事。
况经三四译，岂能达人意？
只有斑斑墨，颇似临行泪。
门前两行树，离离到天际[5]。
中央亦有丝，有丝两头系[6]。
如何君寄书，断续不时至？
每日百须臾，书到时有几？
一息不相闻[7]，使我容颜悴。
安得如电光，一闪至君旁！

5.“门前”二句：指路旁由近及远的电线杆。离离，历历，形容行列分明。 6.“中央”二句：指杆上电线。古乐府《捉搦歌》：“黄桑柘屐蒲子履，中央有丝两头系。”丝，寓“思”。 7. 一息：一呼一吸，形容时间短暂。

哀旅顺

海水一泓烟九点[1]，
壮哉此地实天险。
炮台屹立如虎阚[2]，
红衣大将威望俨[3]。
下有洼池列巨舰[4]，
晴天雷轰夜电闪。
最高峰头纵远览，
龙旗百丈迎风飐[5]。
长城万里此为堑，
鲸鹏相摩图一啖[6]。
昂头侧睨何眈眈[7]，
伸手欲攫终不敢。
谓海可填山易撼，

注释　1.“海水”句：语出李贺《梦天》：“遥望齐州九点烟，一泓海水杯中泻。”意谓九州、四海虽然广大辽阔，但自天上看，不过点烟、杯水而已。 2. 阚：虎怒貌。 3. 红衣大将：大炮名。 4. 洼池：指船坞。 5. 龙旗：大清的国旗，上有龙的图案。 6.“鲸鹏”句：形容帝国主义列强图谋瓜分中国。 7. 眈眈：垂目注视貌。

万鬼聚谋无此胆。
一朝瓦解成劫灰，
闻道敌军蹈背来。

度辽将军歌[1]

闻鸡夜半投袂起[2]，
檄告东人我来矣[3]！
此行领取万户侯，
岂谓区区不余畀[4]？
将军慷慨来度辽，
挥鞭跃马夸人豪。
平时搜集得汉印[5]，
今作将印悬在腰。
将军乡者曾乘传[6]，
高下句骊踪迹遍[7]。
铜柱铭功白马盟[8]，
邻国传闻犹胆颤。
自从弭节驻鸡林[9]，
所部精兵皆百炼。
人言骨相应封侯[10]，
恨不遇时逢一战。
雄关巍峨高插天，
雪花如掌春风颠。
岁朝大会召诸将[11]，

注释　1. 度辽将军：原指西汉范明友，诗中指湖南巡抚吴大澂。　2. 闻鸡：用祖逖闻鸡起舞事。投袂：挥袖，表示立即行动。　3. 东人：指日本侵略军。　4. 畀：给。　5.“平时”句：吴大澂喜好金石，购得一枚汉印，其文曰“度辽将军”，大喜，以为万里封侯的吉兆。　6. 乡者：以前，从前。传：古代的驿车。　7. 高下句骊：指朝鲜。　8.“铜柱”句：吴大澂于光绪十一年（1885）参与中俄勘界，收回被侵占的部分领土。铜柱，国界的标志。　9. 弭（mǐ）节：驻车。鸡林：今吉林。　10. 骨相：人的骨骼相貌，古代认为骨相决定人的贵贱祸福。　11. 岁朝：阴历正月初一。

铜炉银烛围红毡。
酒酣举白再行酒[12]，
拔刀亲割生彘肩[13]。
自言平生习枪法，
炼目炼臂十五年。
目光紫电闪不动[14]，
袒臂示客如铁坚。
淮河将帅巾帼耳[15]，
萧娘吕姥殊可怜[16]。
看余上马快杀贼，
左盘右辟谁当前[17]？
鸭绿之江碧蹄馆[18]，
坐令万里销烽烟。
坐中黄曾大手笔[19]，
为我勒碑铭燕然[20]。
么么鼠子乃敢尔，
是何鸡狗何虫豸！
会逢天幸遽贪功[21]，
它它籍籍来赴死[22]。
能降免死跪此牌，
敢抗颜行聊一试[23]。
待彼三战三北余，
试我七纵七擒计[24]。
两军相接战甫交，
纷纷鸟散空营逃。
弃官脱剑无人惜，
只幸腰间印未失。

12. 举白：干杯。 13. 彘肩：猪腿。 14. 紫电：形容目光锐利。 15. 淮河将帅：指叶志超、卫汝贵等淮军将领。 16. 萧娘吕姥：《南史·临川靖惠王（萧）宏传》：“（帝诏宏侵魏）……宏闻魏援进，畏懦不敢进，召诸将欲议旋师。吕僧珍曰：‘知难而退，不亦善乎？’宏曰：‘我亦以为然。’……魏人知其不武，遗以巾帼。北军歌曰：‘不畏萧娘与吕姥，但畏合肥有韦武。’”意指萧宏与吕僧珍懦怯如女子老妇。 17. 左盘右辟：左右进退回旋。 18. 碧蹄馆：在当时朝鲜国都西三十里。 19. 黄曾：黄，当作“王”，王同愈。曾，曾炳章。两人都是吴大澂的幕僚。大手笔：写文章的高手。 20.“为我”句：东汉窦宪率兵击败北匈奴，登燕然山，刻石勒功，命班固作铭。这里用此典，有讥讽吴大澂夜郎自大的意味。 21. 天幸：侥天之幸。 22. 它它籍籍：交错纷乱貌。 23. 颜行：即雁行，指冲锋在前的战士。 24.“待彼”二句：吴大澂讨日檄文中语：“待该夷人三战三北之余，看本大臣七纵七擒之计。”三战三北，屡战屡败。七纵七擒，用诸葛亮七擒孟获事，意谓以德服人。

将军终是察吏才，
湘中一官复归来[25]。
八千子弟半摧折[26]，
白衣迎拜悲风哀。
幕僚步卒皆云散，
将军归来犹善饭。
平章古玉图鼎钟[27]，
搜箧价犹值千万。
闻道铜山东向倾[28]，
愿以区区当芹献[29]。
借充岁币少补偿，
毁家报国臣所愿。
燕云北望忧愤多，
时出汉印三摩挲[30]。
忽忆辽东浪死歌[31]，
印兮印兮奈尔何！

25.“将军”二句：写吴大澂战败后仍任湖南巡抚。 26. 八千子弟：项羽率领江东子弟八千人渡江灭秦并与刘邦争夺天下，最后归至乌江时，只剩他一人，遂自杀。此处借用该典，形容吴大澂所率湘军损失惨重。 27. 平章：评鉴。 28.“闻道”句：中日甲午战争后，中国赔款二亿两白银。铜山，古代用铜铸钱。这里指钱。 29. 芹献：自谦所献微薄。 30. 摩挲：抚摸。 31. 辽东浪死歌：隋代农民起义军领袖王薄，作《无向辽东浪死歌》以为号召。

王鹏运

王鹏运（1849—1904），字幼遐，号半塘老人，晚号鹜翁，广西临桂（今属桂林）人。同治九年（1870）举人，历官礼科给事中。其词多抒写平生不得志之感，词风沉郁，语言工丽，为晚清词坛四大家之一。有《半塘定稿》。

点绛唇·饯春

抛尽榆钱[1]，依然难买春光驻。饯春无语，肠断春归路。

春去能来，人去能来否？长亭暮，乱山无数。只有鹃声苦。

注释　1. 榆钱：即榆荚。榆树花后结实，似成串铜钱，俗称榆钱。

陈三立

陈三立（1852—1937），字伯严，号散原。江西修水人。光绪十五年（1889）进士，官吏部主事。戊戌变法失败，革职。清亡，以遗老自居。其诗学黄庭坚，工于炼句琢词，清涩奥衍，为“同光体”的代表诗人。有《散原精舍诗集》。

晓抵九江作

藏舟夜半负之去[1]，
摇兀江湖便可怜[2]。
合眼风涛移枕上，
抚膺家国逼灯前。
鼾声临榻添雷吼[3]，
曙色孤蓬漏日妍。
咫尺琵琶亭畔客[4]，
起看啼雁万峰巅。

注释　1.“藏舟”句：典出《庄子·大宗师》：“夫藏舟于壑，藏山于泽，谓之固矣，然而夜半有力者负之而走，昧者不知。”诗以此形容乘夜行船抵九江，同时以舟喻中国，感慨列强要吞并中国，而国人并未觉醒。　2. 摇兀：摇荡。　3.“鼾声”句：此句语意双关，既写实境，又暗喻列强侵略中国。鼾声临榻，宋太祖赵匡胤将征南唐，后主李煜请求缓师，宋太祖曰：“江南亦何罪？但天下一家，卧榻之侧，岂容他人鼾睡耶？”　4. 琵琶亭：在九江附近的浔阳江边。白居易送客至此，听闻女子夜弹琵琶，写下名作《琵琶行》。

寄调伯弢高邮榷舍[1]（选一）

闻道津亭傍胜区[2]，
唱筹挝鼓捋髭须[3]。
露筋祠畔千帆尽，
税到江头鸥鹭无？

注释　1. 伯弢：作者友人陈锐字。榷舍：征税的机关。　2. 胜区：名胜。　3. 唱筹：唱数，此处指收税时高声唱数。挝（zhuā）：击。

文廷式

文廷式（1856—1904），字道希，号芸阁，江西萍乡人。光绪十六年（1890）榜眼，授翰林编修，擢侍读学士，因弹劾李鸿章而罢官。参与戊戌变法，失败后东走日本，潦倒终身。其词兼具豪放、婉约两种风格。有《云起轩词钞》。

蝶恋花

九十韶光如梦里[1]。寸寸关河，寸寸销魂地。落日野田黄蝶起，古槐丛荻摇深翠。

惆怅玉箫催别意。蕙些兰骚[2]，未是伤心事。重叠泪痕缄锦字，人生只有情难死。

注释　1. 九十韶光：指三春。　2. 蕙些兰骚：屈原《离骚》："余既滋兰之九畹兮，又树蕙之百亩。"注："言己虽见放流，犹种莳众香，修行仁义，勤身自勉，朝暮不倦。"

水龙吟

落花飞絮茫茫，古来多少愁人意。游丝窗隙，惊飙树底，暗移人世。一梦醒来，起看明镜，二毛生矣[1]。有葡萄美酒，芙蓉宝剑[2]，都未称，平生志。

我是长安倦客，二十年、软红尘里[3]。无言独对，青灯一点，神游天际。海水浮空，空中楼阁，万重苍翠。待骖鸾归去，层霄回首，又西风起。

注释　1. 二毛：头发花白。潘岳《秋兴赋》："余三十有二，始见二毛。" 2. 芙蓉宝剑：袁康《越绝书》："客有能相剑者名薛烛。王取纯钩示之，薛烛手振拂扬，其华淬如芙蓉始出。" 3. 软红尘：指都市繁华之地。

郑文焯

郑文焯（1856—1918），字俊臣，号小坡，又号大鹤山人，奉天（今辽宁）铁岭人，属汉军正白旗。光绪元年（1875）举人，任内阁中书。旅居苏州四十余年。能书善画，精通音律。有《大鹤山房全集》。

玉楼春

梅花过了仍风雨，
着意伤春天不许。
西园词酒去年同，
别是一番惆怅处。

一枝照水浑无语，
日见花飞随水去。
断红还逐晚潮回[1]，
相映枝头红更苦！

注释　1. 断红：凋落的花瓣。

朱孝臧

朱孝臧（1857—1931），原名祖谋，字古微，号彊村，浙江归安（今湖州）人。光绪九年（1883）进士，授编修，历官广东学政。其词初似吴文英，晚宗苏轼，沉抑绵邈，自成一家。有《彊村语业》。

声声慢

辛丑十一月十九日[1]，味聃赋落叶词见示[2]，感和。

鸣螿颓堿[3]，吹蝶空枝，飘蓬人意相怜。一片离魂，斜阳摇梦成烟。香沟旧题红处[4]，拚禁花[5]、憔悴年年。寒信急[6]，又神宫凄奏[7]，分付哀蝉。

终古巢鸾无分，正飞霜金井，抛断缠绵。起舞回风，才知恩怨无端。天阴洞庭波阔[8]，夜沉沉、流恨湘弦[9]。摇落事、向空山，休问杜鹃。

注释　1. 辛丑：光绪二十七年（1901），八国联军入侵北京的第二年。　2. 味聃：洪汝冲字　3. 螿（jiāng）：寒蝉。堿（cè）：台阶。　4. "香沟"句：《云溪友议》载，唐卢渥于御沟中得到一片题诗的红叶。之后，唐宣宗放出宫人，允许她们嫁人。卢渥所娶宫女正是红叶题诗之人。　5. 禁花：宫禁中的花。　6. 寒信：指秋风。　7. 神宫：皇帝所住的宫殿。　8. 洞庭波阔：用《楚辞·九歌·湘夫人》"袅袅兮秋风，洞庭波兮木叶下"句意。　9. 湘弦：孟郊《湘弦怨》："湘弦少知音，孤响空踯躅。"

乌夜啼·同瞻园登戒坛千佛阁[1]

春云深宿虚坛，磬初残，步绕松阴双引出朱阑[2]。

吹不断，黄一线，是桑乾[3]，又是夕阳无语下苍山。

注释　1. 瞻园：即作者友人张仲炘。戒坛：寺名，在北京西郊。　2. 双引：携手而行。　3. 桑乾：河名。

夏孙桐

夏孙桐（1857—1941），字闰枝，又字悔生，号闰庵。江苏江阴人。光绪十八年（1892）进士，授编修，历官杭州知府。有《悔龛词》。

南楼令·秋怀次韵

残叶下寒阶，秋风震旅怀。话莼鲈、空自低回。莽莽神州兵气亘，听不得，泽鸿哀[1]。

夕照淡金台，消沉几霸才。对霜天、尊酒悲来。丛菊漫淹词客泪[2]，偏多傍，战场开。

注释　1. 泽鸿：代指难民。　2.“丛菊”句：化用杜甫《秋兴》“丛菊两开他日泪”句意。

康有为

康有为（1858—1927），原名祖诒，字广厦，号长素，又号更生，广东南海（今佛山）人。光绪二十一年（1895）进士，官工部主事。积极参与“百日维新”，自戊戌政变起，流亡国外。其诗学杜甫、龚自珍，风格雄肆，卓然大家风范。有《南海先生诗集》。

秋登越王台[1]

秋风立马越王台，
混混蛇龙最可哀[2]。
十七史从何说起[3]，
三千劫几历轮回[4]。
腐儒心事呼天问，
大地山河跨海来。
临睨飞云横八表[5]，
岂无倚剑叹雄才！

注释　1. 越王台：一名粤王台，在广州市北越秀山上，相传为西汉南越王赵佗所建。　2. 混混蛇龙：蛇龙混杂，比喻君子与小人混杂在一起。　3.“十七”句：语出文天祥：“一部十七史，从何处说起！”意谓中国历史久远纷繁，一切无从说起。十七史，自《史记》至宋之前的《五代史》等正史共十七部，故称。　4. 三千劫：极言历史之久远。　5. 八表：八方之外。

出都留别诸公[1]（选一）

沧海惊波百怪横[2]，
唐衢痛哭万人惊[3]。
高峰突出诸山妒，
上帝无言百鬼狞[4]。
岂有汉廷思贾谊，
拚教江夏杀祢衡[5]。

注释　1. 自注：“吾以诸生请变法，开国未有，群疑交集，乃行。”　2.“沧海”句：写西方列强虎视眈眈，意图瓜分中国。　3. 唐衢：唐中叶诗人，有文才，终身不得志，读他人诗文有所伤叹者，必哭，故有“唐衢善哭”之称。　4. 上帝：指光绪帝。百鬼：指后党。　5.“岂有”二句：以贾谊自比，自愤不为朝廷所重用；又以祢衡自比，表示不惧迫害。祢衡，字正平，东汉末年人。才高性傲，为江夏太守黄祖所杀。

陆沉预为中原叹[6]，
他日应思鲁二生[7]。

6. 陆沉：国土沦丧。 7. 鲁二生：汉初，叔孙通为博士，曾征召鲁国诸生三十余人共订朝仪，有两个儒生不齿叔孙通的为人，辞不往。

闻意索三门湾以兵轮三艘迫浙江有感[1]

凄凉白马市中箫[2]，
梦入西湖数六桥。
绝好江山谁看取？
涛声怒断浙江潮！

注释 1. 三门湾：在今浙江宁海、三门之间，为我国重要港湾。 2. "凄凉"句：作者以伍子胥自比。"百日维新"失败后，谭嗣同等"戊戌六君子"被杀，康有为逃亡日本。白马，越灭吴后，临江设坛，杀白马以祭伍子胥。

蝶恋花

记得珠帘初卷处，人倚阑干，被酒刚微醉。翠叶飘零秋自语[1]，晓风吹堕横塘路。

词客看花心意苦，坠粉零香[2]，果是谁相误。三十六陂飞细雨，明朝颜色难如故。

注释 1. 翠叶：指荷叶。 2. 坠粉零香：指荷花凋谢。

夏曾佑

夏曾佑（1861—1924），字穗卿，号碎佛，浙江钱塘（今杭州）人。光绪十六年（1890）进士，历官泗州知府，调权广德。辛亥弃官归。能以新名词入诗，为诗纡徐不迫，深于言情，也富玄理。

绝句

冰期世界太清凉[1]，
洪水茫茫下土方[2]。
巴别塔前分种教[3]，
人天从此感参商[4]。

注释　1. 冰期：冰河期。　2. 洪水：西方宗教神话，上帝曾降雨四十昼夜，洪水泛滥一百五十余天。除诺亚方舟上的生物外，其他全部毁灭。　3. 巴别塔：洪水之后，诺亚子孙向东迁徙，至示拿平原，计划修建一座直达天上的塔。上帝深怕他们今后将无所不能，就混乱其语言，使彼此不能沟通，诺亚子孙便分散各地。塔名巴别，即混乱之意。种教：种族和宗教。　4. 参商：星名。两星此出彼没，永不相见。

丘逢甲

丘逢甲（1864—1912），字仙根，号蛰仙，台湾彰化人。光绪十五年（1889）进士，官工部主事。清廷割让台湾，逢甲积极参与“台湾民主国”的创立活动，抵抗日军。兵败内渡，寄寓广东。其诗内容深广，兼具凌厉雄迈、豪放激越和清丽宛适的风格。有《岭云海日楼诗钞》。

岁暮杂感（选一）

一曲升平泪万行，
风尘戎马厄潜郎[1]。

注释　1. 潜郎：西汉颜驷在汉文帝、景帝和武帝三朝皆为郎官，不得重用，故名。

民愁竞造黄天说[2]，
岁熟如逢赤地荒[3]。
七贵五侯金穴富[4]，
白山黑水铁车忙[5]。
老生苦记文忠语[6]，
多恐中原见鹫章[7]。

2. 黄天说：东汉末年爆发了大规模的农民起义，领导人张角曾提出“苍天已死，黄天当立。岁在甲子，天下大吉”的口号。 3. 赤地：遇灾后寸草不生的土地。 4. 七贵：西汉时七位皇帝后妃的家族吕、霍、上官、丁、赵、傅、王都很显贵。五侯：东汉顺帝皇后梁家一门有五人封侯。金穴：比喻极其富贵的人家。东汉光武帝郭皇后之弟郭况家多金帛，时称郭家为“金穴”。 5.“白山”句：光绪二十二年(1896)，沙俄诱使清政府签订了卖国的《中俄密约》，内容包括允许俄国在黑龙江、吉林两省修筑铁路等。 6. 文忠语：鸦片战争以后，国人普遍担心最强大的英国，林则徐则认为，俄国才是中国的心腹大患。文忠，林则徐的谥号。 7. 鹫章：指沙俄。沙俄国徽上有雕鸟图案。

元夕无月（选一）

三年此夕月无光[1]，
明月多应在故乡。
欲向海天寻月去，
五更飞梦渡鲲洋[2]。

注释　1.“三年”句：台湾于光绪二十一年（1895）割让给日本，同年诗人内渡，至作此诗时已三年。 2. 鲲（kūn）洋：台湾外海有多处以鲲命名的小屿，故台海又称鲲洋。

春　愁

春愁难遣强看山，
往事惊心泪欲潸[1]。
四百万人同一哭[2]，
去年今日割台湾。

注释　1. 潸（shān）：流泪貌。 2. 四百万人：自注：“台湾人口和闽、粤籍，约四百万人也。”

谭嗣同

谭嗣同（1865—1898），字复生，号壮飞，湖南浏阳人。光绪二十四年（1898）入京，任四品卿衔军机章京，参加康有为、梁启超领导的维新运动。戊戌变法失败，被捕遇害，为“戊戌六君子”之一。其诗富有爱国主义精神，风格恢廓豪放。有《莽苍苍斋诗》。

儿缆船

友人泛舟衡阳，遇风，舟濒覆。船上儿甫十龄，曳舟入港，风引舟退，连曳儿仆[1]，儿啼号不释缆，卒曳入港，儿两掌骨见焉。

北风蓬蓬[2]，大浪雷吼，小儿曳缆逆风走。惶惶船中人，生死在儿手。缆倒曳儿儿屡仆，持缆愈力缆糜肉[3]。儿肉附缆去，儿掌惟见骨。掌见骨，儿莫哭，儿掌有白骨，江心无白骨。

注释　1. 仆：跌倒。　2. 蓬蓬：风声。　3. 糜：使……糜烂，勒烂。

崆　峒[1]

斗星高被众峰吞[2]，
莽荡山河剑气昏[3]。
隔断尘寰云似海，
划开天路岭为门。
松拏霄汉来龙斗[4]，
石负苔衣挟兽奔。

注释　1. 崆峒：山名，在今甘肃平凉西。　2. 斗星：北斗星。　3. 莽荡：旷远貌。剑气：宝剑的精气。此处指兵气。　4. 拏：牵，抓。

四望桃花红满谷，
不应仍问武陵源。

狱中题壁[1]

望门投止思张俭[2]，
忍死须臾待杜根[3]。
我自横刀向天笑，
去留肝胆两昆仑[4]。

注释　1. 此诗是作者的绝命诗。2.“望门”句：张俭，东汉人。因弹劾权阉侯览，遭到朝廷的通缉。时人慕其名，张俭“望门投止”，人人“破家相容”。望门投止，指人为求避难，见家门即进。3.“忍死”句：杜根，东汉人。安帝时为郎中，上书反对外戚专权，遭到杜太后的扑杀。执法者因其忠正，阴使人不用力。杜根诈死三天后逃亡。　4. 两昆仑：康有为与大刀王五，一说唐才常和王五。

秋　瑾

秋瑾（1875—1907），字璇卿，号竞雄，别号鉴湖女侠，浙江山阴（今绍兴）人。1904年赴日留学，次年加入同盟会。归国后，组织光复军起义，失败后被捕，英勇就义。其诗风格刚健遒劲，浑雄豪放。有《秋瑾集》。

黄海舟中日人索句并见日俄战争地图

万里乘风去复来[1]，
只身东海挟春雷。
忍看图画移颜色[2]？

注释　1. 去复来：秋瑾于1904年夏东渡日本，同年冬返国，1905年春再赴日本。　2. 图画：地图。移颜色：世界地图用不同颜色区别各国。颜色变换，表明我国领土被人侵占。

肯使江山付劫灰！
浊酒不销忧国泪，
救时应仗出群才。
拼将十万头颅血，
须把乾坤力挽回。

对　酒

不惜千金买宝刀，
貂裘换酒也堪豪[1]。
一腔热血勤珍重，
洒去犹能化碧涛[2]。

注释　1. 貂裘换酒：用李白《将进酒》“五花马，千金裘，呼儿将出换美酒”句意。　2.“一腔”二句：周大夫苌弘忠心耿耿，却遭人陷害而自杀，三年后他的血化为碧玉。此句借用此典，表达秋瑾勇于为国牺牲的高尚情操。

满江红

小住京华，早又是、中秋佳节。为篱下黄花开遍，秋容如拭。四面歌残终破楚[1]，八年风味徒思浙。苦将侬、强派作蛾眉，殊未屑[2]！

身不得，男儿列。心却比，男儿烈！算平生肝胆，因人常热。俗子胸襟谁识我？英雄末路当磨折。莽红尘、何处觅知音，青衫湿！

注释　1.“四面”句：用项羽四面楚歌故事。　2. 未屑：不屑。